꿈 사랑 풍요

– 제호는 정원식 국무총리의 휘호 –

오 성 호 지음

꿈과 사랑은
축복받은 삶의 근원이다

청남 정원식

추천의 글

따스한 햇빛과 서늘한 그늘이 되어 주신
교육자 같은 회장님

정 강 정 │ 전 한국교육과정평가원 원장
국무총리비서실 실장
경주세계문화엑스포 사무총장

저의 고향 선배이신 오성호 회장님은 기업인이지만 교육자라는 인상을 주시는 분입니다. 대구에서 기업을 하시다가 서울에 오실 때 만나 뵈면 항상 인자하시고 겸손한 모습을 보여주시는 국제 신사, 젠틀맨이었습니다.

대구에서 서울로 회사를 옮길 때 자녀 교육, 건축 관계, 은행 거래 등에서 의견을 말씀드리면 경청하셨다가 전광석화처럼 실천하시는 모습이 놀라웠습니다. 항상 언행이 일치하신 분이었습니다. 작은 일에도 감사하면서 "범사에 감사하라"는 말씀을 삶 속에서 실천하셨습니다.

국가관이 투철하신 분입니다. 회장님께서 전자사업을 하시면서 자나 깨나 "우리 기업이 원·부자재를 국산화하는 것이 일본으로부터의 진정한 독립"이라며 일에 열중하시던 모습이 눈에 선합니다. 공무원 출신인 저로서도 회장님의 투철한 국가관과 애국정신에 그저 놀라울 따름이었습니다. 전자부품 국산화에 성공하시어 사업적으로 크게 성장해서도 자랑하지 않으시고 처음처럼 겸손하게 일관된 모습을 보여주셨습니다.

고향 경주인 '서라벌'을 떠나 서울에서 사는 동안 회장님과 함께한 40여 년의 세월은 저에게 늘 행운이 함께 했습니다. 싸늘한 도심의 하늘 아래서 떨고 있을 때 언제나 따스한 햇빛이 되어 주셨고, 격무에 시달려 이마에 땀방울이 맺힐 때 서늘한 그늘이 되어 주셨습니다.

회장님은 자신에게는 엄격하시지만, 다른 사람에게는 자애롭고 상서로운 자줏빛 구름이 되어 주시는 분이기에 그 뜻을 담아 회장님의 호를 '자운(紫雲)'이라고 지어드렸습니다.

회장님은 힘든 사업을 경영하시면서도 언제나 따뜻함과 낭만을 잃지 않으셨습니다. 서울의 북악산, 인왕산, 삼청공원, 청계천 산책길을 함께 거닐 때 어려운 사업 이야기는 잊으시고, 그리운 고향 이야기를 하시며 여유가 있으셨습니다. 고향 서라벌을 같이 여행할 때에는 알천변, 문천변, 동해안 맛집을 항상 안내해 주셨습니다.

회장님께서 팔순을 넘기시면서 살아오신 이야기를 엮어서 자서전 『꿈 사랑 풍요』를 발간하신 것을 축하드립니다. 고향에서 꿈을 꾸시던 어린 시절의 모습을 보니 천년 왕국, 이천 년 고도 서라벌의 역사문화 향기가 배어 있는 듯하고, 별 바위 첨성대의 반짝이는 별빛, 월성, 월지, 월명로 위의 아름다운 달빛도 비추는 것 같아, 더욱 정겹게 느껴집니다.

점보실업(주)을 창업하시어 부품 국산화에 성공하신 과정들이 드라마처럼 펼쳐지고 있어 감동을 줍니다. 풍요는 결국, 가정과 이웃과 나라 사랑으로 귀결된다면서 소개한 가정교육과 신앙교육 이야기도 신선한 울림으로 다가옵니다. 독자들에게 많은 교훈과 희망을 주리라 기대합니다.

노블레스 오블리주를
실천하신 참 기업인

전 경 태 | 계명대 명예교수
DGB 대구은행 이사회 의장
전 계명대 부총장

내가 오성호 회장님을 처음 만난 건 50년 전 회장님께서 '법률보사' 언론사를 운영하시던 때이다. 회장님은 호기심이 많으시고 학습의 열정이 뛰어난 분이셨다. 나는 당시 재직하던 대구 미국문화원을 회장님께 소개하고 회원으로 등록하도록 안내해 드렸다. 한국 사회가 미성숙 단계였던 당시 선진문화와 첨단산업 정보의 산실이었던 미국문화원에 출입하는 게 쉬운 일이 아니었다.

회장님은 수시로 미국문화원을 찾아 세계 선진기업들에 관한 정보를 얻고 경제 동향을 파악하셨다. 대구에 각계각층에 계신 분들이 많았지만, 그곳을 이용하시는 분은 흔치 않았다. 오 회장님은 훗날 기업을 하는데 이때 얻은 정보와 지식이 많은 도움이 되었다고 회상하시곤 하셨다. 회장님을 곁에서 오랜 시간 지켜보며 나는 많은 것을 보고 느낄 수 있었다.

첫째, 꿈이 있으시고 원칙을 중시하는 분이다.

회장님은 꿈을 가지고 있으시면서 생각과 행동은 복잡하지 않고 단순하고 명쾌하다. 원칙인지 아닌지를 가지고 판단하기 때문이다. 원칙이 아니면 가지 않는 분이다. 삶에서도 기업을 하면서도 원칙 중심의 리더십이 몸에 배어 있었다.

둘째, 애국정신이 투철하신 분이시다.

〈조국을 위하여, 민족을 위하여, 사회를 위하여〉, 점보실업의 사훈이다. 회사 설립 목적에 조국과 민족과 사회를 앞세운 게 신선한 충격이었다. 회장님은 그만큼 사업을 하면서도 나라를 먼저 생각하셨다. 회장님은 "우리 기업들이 원·부자재 탈일본화, 부품의 국산화, 독자적 제품개발로 일본제품을 앞서나가 세계시장에서 깃발을 흔들어야 한다"며 삼성, 금성 등 국내기업들을 향해 강하게 호소하셨다. 일본으로부터의 진정한 독립은 경제적인 독립이라 생각하셨고, 그 일환으로 부품의 국산화를 위해 매진하셨다. 회장님의 투철한 애국, 애족 정신을 엿볼 수 있다.

셋째, 노블레스 오블리주를 실천하신 분이시다.
회장님은 자신과 자녀들에게는 엄격하시다. 소위 '내로남불'을 싫어하시고 스스로 도덕성을 지키고 솔선수범하기 위해 노력하셨다. 직원들을 위해 당시에는 생소했던 주5일제를 먼저 실시하고, 집에서는 선풍기를 사용하면서도 사무실에는 에어컨을 달아주신 분이다. 가난한 사람들을 보면 그냥 지나가지 않으시고 도움의 손길을 주시며 나눔과 봉사에 앞장서신 분이다. 삶 속에 노블레스 오블리주 정신이 철저히 녹아있는 분이다.
회장님은 꿈을 꾸고 하나님과 이웃을 사랑하고, 그 결과로 풍요를 맛볼 수 있다고 생각하셨다. 특히, 풍요는 가정을 통해서 정신적으로 물질적으로 찾아온다고 믿고 가정교육에 늘 관심을 가지고 실천하셨다. 손주들이 '가훈 감상문 공모전'에 참여하여 쓴 글을 읽어보면 깊은 울림으로 다가온다.

회장님의 삶의 발자취를 더듬어볼 수 있는 자서전 『꿈 사랑 풍요』를 읽으면 수신제가치국평천하(修身齊家治國平天下)의 의미를 깨닫는 귀한 시간이 되리라 믿는다.

겸손과 나눔과 봉사의 삶

홍 용 수 | 전 한국경제신문 논설위원
한양대학교 겸임교수
KBS경제프로 MC

점보실업 오성호 회장님은 서울정동로터리클럽, 오정회(친목회) 회원으로 30여 년 나와 함께 지내오면서 로터리 정신과 우정을 나눈 보기 드문 기업인입니다. 서울정동로터리클럽은 국내에서 100여 명 이상의 회원으로 고급 전문직이 많은 모범 로터리로 알려져 있습니다. 국내 대기업 그룹의 경영진, 중견·중소기업의 경영자, 전 경제부총리, 변호사, 대학교수, 전·현직 국회의원, 은행장, 언론인, 예비역 장성, 의사, 올림픽 마라톤대회 우승자, 성악 지휘자 등 다양한 회원으로 구성되어 있습니다.

나는 로터리 회장단의 요청으로 10여 년간 서울정동로터리클럽의 프로그램 위원장으로서 매주 한 차례 조찬회에 강의하실 분을 섭외하여 당일 회원들에게 소개하는 역할을 하였습니다. 앞 연단에서 연사를 소개할 때마다 특별히 오성호 회장님의 양복에 맨 넥타이가 빛나고 화려했습니다. 아마 부인께서 외출할 때마다 양복 색깔에 맞는 넥타이를 골라주시는 것 같았습니다. 오 회장님 부부를 여러 번 칭찬한 바 있습니다.

어느 날 오성호 회장님이 보내온 청첩장에는 두 아들을 한날한시에 같은 예식장에서 결혼식을 올린다고 되어 있었습니다. 결혼식 날 축하하기 위해 참석한 많은 하객들은 만면에 웃음을 띠고 힘찬 박수로 신랑 신부에게 축하의 박수를 보내었습니다. 축의금을 전혀 받지 않으시는 오 회장님의 결단은 특별했습니다.

또한, 회장님은 기업인으로서 한국의 경제와 산업 발전을 위해 정부 요로에 자문하고 건의하는 일을 서슴지 않았습니다. 기초가 미약한 한국기업들은 일본 기업을 모방하여 생산, 판매하는 경영 방식에서 한 걸음 더 나아가 한국기업이 뼈를 깎는 심정으로 스스로 개발하지 않고는 장차 치열한 국제 경쟁에서 살아남을 수 없다고 관계 정부와 기업에 역설했습니다.

오성호 회장님은 자신이 경영하는 회사에서 TV 안에 들어가는 필수 부품을 국산으로 독자 개발하여 대기업인 TV 완성품 회사에 납품해 왔습니다. 또한, 중소기업도 대기업처럼 병역특례제도를 개선하여, 우수 인재가 중소기업에 유입되어 기술개발과 생산증대로 국가시책에 부응할 수 있도록 정부가 제도를 개선하여 줄 것을 건의하여 뜻을 이루기도 했습니다. 또, 기업이 부담하는 각종 조세도 기업 경영에 큰 부담을 주지 않고, 분납할 수 있도록 배려하여 줄 것을 국세청에 건의하여 시행되는 등보람 있는 일을 많이 하고 있습니다.

부디 앞으로도 봉사와 진실한 우정으로 가정의 행복과 더불어 사업이 건실하게 발전하여 국가와 기업 발전에 귀감이 되시기 바랍니다.

온화하고 겸손하신
'온량공검양(溫良恭儉讓)'의 모델 회장님

양 병 무 | 감사나눔연구원 원장
전 인간개발연구원 원장
재능교육 대표이사

"원·부자재의 탈(脫)일본화, 부품의 국산화"

오성호 회장님이 전자산업 관련 기업인 점보실업을 창업하시면서 내세운 목표였습니다. 일본으로부터의 경제적 독립이 진정한 독립이라고 생각하셨기 때문입니다. 원·부자재와 부품의 탈일본화를 위해서 프랑스, 독일, 미국, 인도 등 세계를 다니시면서 고군분투하셨습니다. 대기업에서조차 포기했던 TV 브라운관의 핵심 부품인 '리드 어셈블리' 개발에 무모하게 도전하셨습니다.

천신만고 끝에 세계에서 네 번째로 리드 어셈블리 개발에 성공한 후 삼성전관에 공급하여 전자산업 발전에 기여하셨습니다. 그 공로로 대한민국 산업훈장을 받으셨습니다. 불가능해 보이는 일에 도전하여 성취를 이룬 용기 있는 분이셨습니다. 이처럼 담대한 믿음을 가지고 계시면서도 늘 온화하시고 겸손하셨습니다.

저는 인간개발연구원 원장 시절부터 20여 년 동안 회장님을 뵈면서 공자님의 성품인 "온량공검양(溫良恭儉讓): 온화하시고, 어지시고, 공손하시고, 검소하시고, 양보하시는 미덕"을 느껴왔습니다. 뵐 때마다 지혜와 명철을 주시고 격려해주시고 용기를 주셔서 큰 힘이 되었습니다.

'점보실업'을 설립하시면서 세우신 〈조국을 위하여, 민족을 위하여, 사회를 위하여〉라는 사훈을 보고서 놀랐습니다. 국가관이 투철하셔서 '대한민국' 소리만 들어도 가슴이 뛴다고 하셨습니다. 목표를 세우시고 사랑을 바탕으로 경영을 하시면서 직원들의 복지 향상을 위해서 기업이 할 수 있는 최선을 다하셨습니다.

　가정이나 기업이나 국가나 꿈과 사랑이 궁극적으로 정신과 물질의 풍요를 가져온다는 말씀이 인상적이었습니다. 꿈, 사랑, 풍요를 일관되게 견지하시면서 가족들에게도 그 철학을 물려주었습니다. 손주들의 '가훈 감상문 공모전'을 보면 저절로 감탄하게 됩니다.

　흔히 "창업(創業)보다 수성(守城)이 더 어렵다"라는 말을 합니다. 가정이든 기업이든 마찬가지입니다. 하지만 회장님의 가훈과 손주들의 가훈 감상문을 감상하면 회장님의 가치관과 철학이 후손들에게까지 변함없이 전수될 수 있으리라는 생각이 들었습니다. 그래서 회장님께 꼭 책을 쓰시라고 말씀드렸습니다.

　회장님의 자서전 『꿈 사랑 풍요』에는 기업인으로서 꿈, 사랑, 풍요를 실천하시고 가정교육에도 연결하신 과정들이 실감 나게 소개되어 있습니다. 후손들과 후진들에게 전하고 싶은 말, 남기고 싶은 말이 자서전 속에 면면히 흐르고 있습니다. 『꿈 사랑 풍요』의 책을 읽으시는 분들께서도 꿈과 사랑 그리고 풍요의 바다로 나아가시기를 기원합니다.

대한민국에 딱 한 분 계시다

오 풍 연 | 한국교직원공제회 이사
전 서울신문 법조 대기자

오성호 회장님과의 인연은 30년을 거슬러 올라간다. 우리 부부에게는 부모님과 같은 분이다. 내가 오 회장님을 처음 만난 것은 1992년이다. 당시 경제부 기자로 상공부를 출입하고 있었다. 마침 인터뷰를 나갔다가 오 회장님을 처음 뵈었다. 점보실업이라는 전자부품 회사를 운영하고 계셨다. 나는 30대 초반, 회장님은 50대 초반이었다.

그때 이후 지금까지 가족처럼 지내고 있다. 아마 이 같은 경우는 아주 드물 것이다. 오 회장님은 내가 가장 존경하는 분이다. 기자 생활 만 30년을 하면서 숱한 사람들을 만나고, 보아 왔다. 그러나 오 회장님만큼 완벽한 사람은 보지 못했다. 정말 배울 점이 많은 분이다. 경우에 어긋남이 없다. 상대방에 대한 배려는 오 회장님을 따라갈 사람이 없다.

하나를 보면 열을 안다고 했다. 회장님에게는 아들만 셋이 있다. 두살 아래로 둘째와 셋째는 쌍둥이다. 가정교육을 철저히 시켜 아들들도 매우 겸손하고 성실하다. 나는 아들들이 대학교에 다닐 때부터 보아 왔다. 그들이 커서 결혼을 했다.

큰아들이 먼저 하고, 쌍둥이는 함께 했다. 회장님은 셋을 장가보내면서 화환과 축의금을 일절 받지 않았다. 나는 그런 경우도 처음 보았다. 25년 전인데도 가족 위주로 결혼식을 치렀던 것. 축의금 봉투를 만들어 갔던 내가 머쓱할 정도였다. 노블레스 오블리주가 따로 없었다. 오 회장님은 지인 애경사는 꼬박꼬박 챙기신다.

지금 35살이 된 내 아들(인재)은 오 회장님을 할아버지라고 부른다. 오 회장님도 인재를 친손자처럼 예뻐하신다. 초등학교, 중학교, 고등학교, 대학교에 들어갈 때마다 선물을 챙겨주시곤 했다. 인재가 할아버지를 처음 만난 것은 5살 때다. 그러니까 30년 동안 할아버지의 사랑을 듬뿍 받았다고 할 수 있다. 88년생인 인재 친할아버지는 1975년 돌아가셨고, 외할아버지도 1993년 세상을 떠나셨다.

오 회장님과는 거의 부부 동반으로 만난다. 사모님도 얼마나 좋으신지 모른다. 내 나이가 60을 넘었는데도 여전히 오 회장님 신세를 진다. 밥값이라도 한 번 내려고 하면 못 내게 말리신다. "인재 아빠보다는 내 형편이 나으니까 밥은 내가 사야지." 대신 어디 모시고 함께 갈 때는 내가 운전을 한다. 우리 부부는 이 같은 덕담을 한다. "회장님이 건강하게 오래오래 사셔야 합니다." 오직 건강하시기만 바랄 뿐이다.

회장님은 살아 있는 인생 교과서라고 할 수 있다. 이번에 『꿈 사랑 풍요』 자서전을 내게 돼 진심으로 축하드린다. 회장님의 진면목을 볼 수 있으리라 생각한다. 모든 분들에게 진한 감동을 선사하리라고 본다.

프롤로그 | 인생에 대한 세 가지 질문

"나는 누구인가?"
"나는 어떻게 살아야 하는가?"
"나는 어디로 가는가?"
인문학이 우리 인생에게 던지는 중요한 세 가지 질문이다.

"나는 누구인가?"
내가 태어난 시기는 절망과 굶주림이 만연했던 일제 강점기와 한국 전쟁의 그늘 아래 있었다. 주어진 환경과 현실에서는 그 어둠이 사라질 기미가 보이지 않았다. 어제와 오늘이 다르지 않았다.

어느 수요일 저녁, 교회에서 미국 선교사가 환등기로 요셉의 일대기를 보여 주었다. 화면이 바뀌며 이야기가 진행되자 내 가슴에는 불꽃처럼 감동이 솟구쳐 올랐다. 요셉이 꾸었던 그 꿈을 나도 꾸고 싶었다. 밤마다 그 꿈을 꾸려고 잠자리에 들었고 낮에는 그 꿈을 꾸려고 밤을 기다렸다.

"어떻게 살아야 하는가?"
미국은 20세기 이후 가장 부강한 나라를 이루었다. 이는 미국을 건국한 아버지 중의 한 명인 밴저민 프랭클린(Benjamin Franklin) 같은 위대한 인물이 있어서 가능했다.

그는 초등학교 2학년을 중퇴하고 인쇄소 심부름 아이로 출발, 주간신문을 창간한 언론인이며, 번개가 전기임을 증명하고 벼락을 예방하는 피뢰침을 개발한 과학자이며, 미국 독립선언문의 초안을 작성한 정치가이며, 프랑스와의 동맹을 성사시킨 외교관으로서 독립전쟁을 승리로 이끄는 데 큰 역할을 했다.

어려운 환경을 극복하고 사회와 국가를 위해 열정을 다해 정진해 온 그의 삶에 매료되지 않을 수 없었다. 나의 삶도 그와 비슷한 궤적을 향해가고 있었다.

나는 낮에는 건설사무소에서 일하고 밤에는 야간학교에 나가 주경야독의 길을 걸었다. 언론사 기자로 재직 후 '점보실업(주)'을 설립하여 TV 핵심부품인 '리드 어셈블리'를 세계에서 4번째로 개발하기도 했다.

"어디로 가는가?"

아버지는 늘 베푸시며 사신 분이었다. 고향에서는 정신이상자 가족을 항상 돌보았고, 어머니를 잃은 내 친구 가족에게도 양식과 의복을 제공해 주었으며, 거주하던 아파트를 팔아 어려운 이웃들에게 나누어 주었다. 어려운 여건에도 아버지는 이웃에게 내 것을 내어 주었다. 우리의 이익을 위해 남과 다툰 적이 단 한 번도 없었다.

부지런하게 살아야 나도 살고, 이웃도 살린다는 말씀을 귀에 못 박힐 정도로 듣고 자랐다. 베풂과 배려가 있는 곳에 사랑이 샘솟고 몸과 마음에 풍요로움이 넘치는 삶이라고 말씀하셨다.

그 가르침은 내게도 중요한 삶의 지침이 되었다.

대한민국은 이제 선진국으로 진입한 자랑스러운 나라가 되었다. 피땀으로 조국 발전에 헌신하신 애국자들 덕분에 우리는 그 풍요를 누리고 있다. 다음 세대도 부지런하고 성실한 애국선열들처럼 국가 발전에 공헌하여 보다 더 풍요롭고 부강한 나라를 만들어 주었으면 하는 바램이다.

이 책은 제1부 꿈, 제2부 사랑, 제3부 풍요로 구성되어 있다. 꿈, 사랑, 풍요는 내 삶의 이정표였다. 나는 이 목표를 젊은 시절부터 가슴에 품고 살아왔기에 우리 집 가훈으로 정하고 이를 위해 달려왔다. 그래서 이 책의 제목도 『꿈 사랑 풍요』로 정하게 되었다.

부족한 책이 완성되어 나오기까지 여러분들의 도움이 있었다.

정원식 전 국무총리님과 대한민국학술원 회장 김동기 고려대 교수님께서 부족한 나에게 과분한 사랑을 베푸시고 늘 격려해 주셨다. 두 분은 자서전에 추천사를 써주겠다며 많은 용기를 주셨는데, 얼마 전 고인이 되셔서 슬프고 안타까운 마음을 금할 수 없다. 정원식 총리님과 김동기 교수님께 머리 숙여 감사드린다. 또, 국무를 수행하시느라 바쁘신 중에도 가훈 "꿈 사랑 풍요"를 친필로 격려의 글을 써주신 한덕수 국무총리님께 감사의 마음을 드린다.

추천의 글을 써주신 정강정 한국교육과정평가원 원장님, 전경태 계명대 명예교수님, 홍용수 한국경제신문 논설위원님, 오풍연 대기자님, 그리고 출간에 함께하신 감사나눔연구원 양병무 원장님께 감사를 드린다.

또한, 나의 삶의 중심에 있는 가족들! 꿈 사랑 풍요의 길을 동행한 사랑하는 아내, 세 아들과 며느리, 손자, 손녀들의 사랑과 성원에 고마운 마음을 전한다.

2023년 9월

자운(紫雲) 오 성 호

◆ 차 례 ◆

제1부 꿈

←→

꿈!
꿈은 출발
꿈은 로드맵
꿈은 이정표
꿈은 생존

1

아버지는
랍비다

아버지가 나의 마음에 남겨준 것을
내가 자식들에게 물려준다.
- 탈무드 -

광복을 3년 앞둔 1942년 나는 만주 길림에서 태어났다.

1942년은 제2차 세계대전의 광풍이 절정으로 치달았던 해였다. 일제 강점기에 있던 우리나라는 청년들이 강제 징집되어 전쟁터로 끌려갔고, 처녀들도 정신대로 끌려가 큰 고통을 당하던 격랑의 시대였다.

이 무렵 일본은 식민지가 된 조선을 발판으로 중국을 비롯한 아시아 국가들에 대한 침략전쟁을 펼치면서 전쟁에 필요한 인적·물적 자원을 충당하기 위해 조선인들의 고혈을 짜내고 있었다.

일제 강점기 아버지는 우체국에서 전보통신 업무를 담당했다. 우체국까지는 전신으로 도달한 전문이지만, 이를 전달하기 위해서는 배달해 주어야만 했다. 민간인 전보도 있었지만, 경찰서와 기타 관공서로 배달할 조선총독부의 전문도 있었다. 우리 민족을 괴롭히는 전문이 올 때마다 아버지는 매우 고통스러워 하셨다.

비밀리에 독립운동을 지원하시던 아버지는 이러한 이율배반적인 상황에서, 더 이상 우체국 업무를 계속할 수 없다고 생각하고 마침내 사표를 냈다. 그리고 가족을 데리고 만주로 떠났다. 대구 전신전화국장을 지낸 박정동 씨는 "아버님께서 우체국에 계속 근무하셨으면 체신청 경북 대구 청장을 하셨을 겁니다"라며 아버지에 대한 존경심과 아쉬움을 토로했다.

젊은 시절의 아버님

사직과 해방

만주까지 아버지 수배령이 떨어졌다. 소문을 들은 부모님은 몽골로 피신했다가 일본의 수배가 느슨해진 사이 중국 길림으로 이주했다. 이곳에서 아버지는 조선족을 위한 일을 하셨다. 그러나 만주에 자리 잡은 아버지는 나라를 잃었다는 참담한 현실과 마주하게 되었다. 당시 길림은 일제의 수탈에 시달리다 못해 빈손으로 조국을 떠나온 조선인들이 많았다. 경작할 농토를 구하지 못해 굶주림에 시달리고 있었다.

아버지는 이를 타개할 방법을 모색했다. 길림에 사는 조선인들을 설득해서 조선인 공동체를 만들고, 중국인 지주를 찾아가 협상을 했다. 지주들이 조선인들에게 소작을 주지 않는 이유를 파악했다. 나라 없이 떠도는 조선인들을 신뢰할 수 없기 때문이었다. 아버지가 제안한 협상 조건은 "일정한 규모 이상의 농토를 조선인 공동체에 빌려주면 공동체 전원이 농지의 소작료를 책임지겠다"는 것이었다. 협상은 성사되었고, 아버지는 임대받은 농토를 공동체 구성원들과 나누어 농사를 지었다. 그리고 중국인 지주에게 한 약속을 지켰다. 아버지는 조선인 공동체의 터전을 마련해 주셨다.

1945년 8월 15일, 일왕의 항복선언으로 2차 세계대전이 종결되고 마침내 꿈에 그리던 광복을 맞았다. 아버지는 곧바로 귀국을 서둘렀다. 부모님과 나, 봉천에서 태어난 동생까지 우리 가족은 모두 네 식구였다. 그런데 갑자기 중국의 국경이 봉쇄되었다는 소식이 들려왔다. 주변 동포들은 물론이고 친하게 지내던 중국인들도 귀국을 만류했으나 그 누구도 되찾은 조국으로 돌아가겠다는 아버지의 뜻을 꺾지 못했다.

아버지 친구인 중국 관리가 우리를 도왔다. 우리 가족을 이삿짐 속에 숨긴 후 수레로 국경을 넘을 수 있게 도와주었다. 그 덕분에 국경을 넘어 압록강을 건너 신의주역에 도착할 수 있었고, 우리 가족은 신의주역에서 기차를 타고 서울로 내려갔다.

서울역에 도착했을 때 귀국 소식을 들은 사람들이 아버지를 기다리고 있었다. 우리 가족을 위해 서울역 옆 후암동에 일본인이 살던 적산가옥 한 채를 준비해 놓았다. 그곳에서 잠시 살았는데 이후에도 사람들이 계속 찾아왔다. 아버지는 '내 할 일은 이게 아니다'라고 생각하시고 내심 결별을 단행하셨다.

대전으로

아버지는 1946년 이른 봄 우리 가족을 데리고 대전 근교로 내려와 2년여 동안 살았다. 연고가 전혀 없는 곳이었다.

우리는 산 아래 넓은 대지에 자리잡은 외딴 집에 살았다. 그곳은 실개천이 흐르고 조금만 올라가면 온갖 나무가 무성하고, 산꽃과 들꽃이 봄, 여름, 가을 쉬지 않고 꽃을 피우는 아름다운 곳이다.

집에는 소와 닭을 키웠다. 모이가 든 바가지를 들고 닭장 근처를 가면, 닭들이 앞으로 달려들었다. 모이를 보여주지도 않았는데 어떻게 알고 모여드는지 무척 놀라웠다. 누렁이가 꼬리를 흔들면 나를 좋아한다는 것임을 그때 알게 되었다.

아버지 어머니는 논밭을 개간하여 고구마를 심었는데 수확한 고구마가 얼마나 크고 굵은지 한 개만 먹어도 배가 불렀다. 땅을 파면 그곳에도 움직이는 생명체가 있고 풀을 뽑아도 다시 돋아나는 것을 보았다.

꽃피는 봄이 되면 동네 아낙네들이 우리 가족이 사는 곳으로 화전놀이 하려고 떼를 지어 오는데 온 들판 여기저기에 돗자리를 펴고 잔치가 벌어졌다. 불을 피워 음식을 만들기도 하고, 준비해온 음식들을 먹고 마시고 흥에 겨워 팔을 들었다 내렸다 춤을 추기도 했다. 노래를 부르다 웃음보가 터져 배꼽 잡고 이마가 땅에 닿을 만큼 구부리고 폈다를 반복했다. 세상 근심 걱정 하나 없이 즐겁게 놀고 있는 모습을 보면서 사람들은 저렇게 사는 것이 일상인 듯 느낌을 받았다.

필요한 물건은 우리 집에서 빌려 가서 사용하다가 돌아갈 때는 일부 음식과 함께 되돌려 주는 사람도 있고, 어떤 사람은 놀던 장소에 내버려 두기도 했다. 그때 하늘과 땅, 산과 물, 짐승과 벌레, 풀과 꽃, 해와 달, 별과 구름과 비와 바람 등 자연을 알게 되었다. 부모와 형제 및 친척, 이웃과 어울려 먹고 마시고, 배부름과 배고픔, 좋은 것과 싫은 것, 오늘과 내일, 자는 것과 깨는 것 등 무수히 많은 사물들을 깨닫고 배우고 체험하는 시간이었다.

어느 날 아버지가 밤이 늦었는데도 집에 오시지 않았다. 나는 궁금해서 어머니에게 물었다. 아버지는 장사하러 가셨고 내일 오신다고 했다. 나는 장사가 무언지 다시 물었다. 어머니는 장사란 물건을 필요한 사람에게 돈을 받고 파는 것인데, 이윤을 많이 붙이면 돈을 많이 벌고 이윤을 적게 붙으면 돈을 적게 번다고 설명해 주셨다.

그곳에서도 아버지를 찾아오는 사람들이 많았다. 저녁이면 보통 4~5명, 많게는 10여 명이 아버지를 아랫마을 주막집으로 불러냈다. 가끔 어머니 심부름으로 아버지를 모시러 가면 사람들이 항상 모여 있었다.

1948년 4월 동생 성필이가 태어났고, 그해 7월 초순 할머니가 위독하다는 전보를 받은 아버지는 경작 중인 모든 농작물을 따르던 후배에게 대가 없이 넘겨주고, 나를 찾지 말라고 당부한 후 경주로 귀향하기로 결심했다. 그렇게 우리 다섯 식구는 경주 외동으로 귀향하게 되었다.

경주 귀향

1948년 7월 고향 경주에 도착한 아버지는 병환 중인 할머니와 눈물로 재회했다. 아버지는 왕진 온 의사에게 처방받은 탕약을 직접 달여 드렸고, 어머니는 병수발을 하셨다.

아버지의 간절한 노력에도 할머니의 병환은 크게 호전되지 않았고 기력은 나날이 소진되어 갔다.

어느날 아버지는 나를 할머니 옆에 데리고 가서 할머니 손을 잡게 했다. 할머니 또한 내손을 잡으면서 "우리 장손 영특하게 생겼네!" 하시며 내 얼굴을 쓰다듬어 주셨다.

할머니를 처음 뵈었지만, 친근감이 느껴져 어색하지 않았고 돌아가실 때까지 할머니곁에서 말 동무가 되었다. 처음 찾아온 고향에는 아는 사람도, 친구도 없어서 할머니 외에는 나를 따뜻하고 살갑게 대해주는 사람이 없었다.

잡수시다 남은 사과 조각을 손수 내 입에 넣어 주시던 할머니의 모습과 따뜻한 손길이 떠오를 때마다 내 가슴은 미어지고 눈시울이 뜨거워진다.

한 달여 후 할머니는 하나님 나라로 떠나셨다. 장례식날 어른들이 너는 집에 있으라고 했지만, 나는 어른들 몰래 할머님의 상여가 장지로 가는 모습을 먼발치로 뒤따라갔다.

나는 10여년 전 선영의 양지바른 산자락에 부모님과 조부모님을 한지붕 새집으로 함께 모셨다.

"할머님! 예수님 재림 하는 날, 아들 며느리 쉽게 찾도록 장손이 마련한 처소가 흡족하면 좋겠습니다. 할머님! 절기마다 찾아오는 후손들의 문안인사 받으시며 편히 쉬세요!"

외갓집

　고향에 돌아와 나는 아버지를 따라 처음으로 울산 외갓집을 방문했다. 마당과 대문 앞에는 커다란 소나무 정원수가 몇 그루 있는 기와집이었다.

　외할아버지는 이미 돌아가셨고, 외할머니와 외삼촌 가족이 살고 있었다. 외할머니의 단아하고 기품있고 멋진 모습을 보고 깜짝 놀랐다. 예쁘고 이목구비가 뚜렷한 얼굴에 피부마저 뽀얀 모습의 외할머니가 무척 자랑스러웠다.

　나를 처음 본 외할머니는 두 팔을 벌려 달려오는 외손자를 품에 안고는 "잘 생겼다, 내 손자"라며 "이 귀엽고 잘난 놈을 이제야 보는구나!" 하시면서 무척 예뻐해 주셨다.

　외할머니 품에 처음 안긴 나는 어머니 품속같이 포근하고 따사롭게 느껴졌고, 순간 외할머니의 눈물방울이 내 얼굴에 떨어졌다. 나는 "외할머니 울지 마세요. 다음에 또 오겠습니다"라며 위로하자 "그래, 그토록 보고 싶었던 외손자 이제 다시 볼 수 있어 좋다"면서 얼굴에 뽀뽀해 주셨다.

　그 후 초등학교 1학년 초여름, 우리집에 오신 외할머니를 다시 뵐 수 있었다. 외할머니는 두 번째 만나 뵙고 나서는 더는 뵐 수 없는 곳으로 가셨다.
　긴 세월이 흘렀건만 그때 뵈었던 모습이 아련하게 떠오른다.

보국대

6.25 전쟁 당시, 마을 공터는 젊은이들의 징집 현장으로 이용되기도 했다. 소집된 청년들은 감독관에게 따귀를 맞거나, 발로 차이는 경우가 많았다. 마침 그 광경을 목격한 아버지가 감독관에게 "이게 뭐 하는 짓이냐"며 "이 젊은이들은 군에 가면 죽을지 살지도 모르는데 이렇게 함부로 대해선 안 된다"고 강하게 항의했다.

그런 아버지의 행동을 괘씸하게 여긴 징병관은 오히려 아버지를 잡아 보국대로 보내버렸다. 보국대는 일제가 조선인의 노동력을 수탈하기 위해 강제로 끌고 가서 만들었던 노역조직으로, 주로 도로·철도·비행장·신사 등을 건설하는데 동원되었다. 다행히 아버지는 연세가 많은 탓에 이틀 만에 귀가 하셨다. 자신의 안위보다 정의감이 강하신 분이었다.

석천교회 개척

우리 가족은 경주 입실 할아버지 댁에서 머무르다 석계 상동에 가옥을 신축하여 이사하게 되었다.

1950년초 새해를 맞아 아버지는 장로교파 소속 석계교회 집사로 계실 때 고신파 부흥강사를 모시고 부흥회를 개최하였다. 석계교회 설립 이후 최초의 큰 행사였다.

그런데 타 교파 부흥강사를 초청한 것을 노회가 문제로 삼았다. 장로교 교칙에 위배되어 징계 대상이 된다는 것이었다.

교인들은 다른 종교 강사를 초청한 것도 아니고, 다른 교파 강사를 초청해 부흥회를 개최한 것을 징계하는 것을 납득할 수 없었다. 이는 오히려 하나님의 뜻에 역행하는 처사라고 생각했다.

아버지는 김석조, 박규동 집사와 정병찬 학생을 비롯한 10여 명의 교인과 함께 교회부흥과 선교활동을 저해하는 교단에 더 이상 머물 수 없다며, 석계교회를 떠나 우리집에서 예배를 드리면서 석천교회를 개척하게 되었다.

개척교회 이름은 경주 동방교회 박헌찬 목사님께서 석천교회(石泉教會)라고 지어 주셨는데, "돌에서 샘솟는 맑고 깨끗한 물"이라는 뜻이라고 말씀해 주셨다.
석천교회는 우리 밭에 터를 잡고 주춧돌 위에 아담한 교회를 신축하여 3명의 집사님이 사역을 담당하셨다.

석천교회에는 마땅히 일을 돌볼 사람이 없었다. 집사가 3명 있었으나 아버지 외에는 일할 사람이 없었다. 초등학교 저학년 때부터 교회와 관련된 심부름은 대부분 내가 했다. 교회를 신축하는 동안 인부들 심부름은 물론이고, 신축 후에도 예배당 청소도 내 몫이었다.
시커멓게 그을린 남포등 유리 커버를 깨끗이 씻어 등불을 밝히고, 매달아 놓은 산소통을 쳐서 예배시간을 알렸다.
초등학교 4학년 때 일이다. 석천교회(현재 석계교회로 개칭)에서 강사를 초청해 부흥회를 열었다. 어머니는 부흥회 준비와 강사를 대접하느라 몹시 바빴다. 나는 어머니를 돕고 부흥회에 참석하기 위해 일주일 동안 결석했다. 이 때문에 담임 선생님으로부터 심하게 매를 맞았다.

이 사실을 안 아버지께서 이귀출 교장 선생님을 찾아가 "이런 일로 어린 아이를 이토록 가혹하게 때릴 수 있느냐?"며 항의했다. 교장 선생님은 자초지종을 알아보고 우리 집에 찾아오셔서 사과하셨다. 이귀출 교장 선생님은 내가 존경하는 분이었는데 성인이 되어서 찾아갔으나 이미 하늘나라로 떠나가셨다는 말에 가슴이 아렸다.

석천교회(현재 석계교회)

안목

초등학교 3학년 겨울방학 때였다. 한자 500자를 쓰고 외우라는 숙제가 있었다. 큰 회색 갱지를 구입해 A4 용지 크기로 잘라 밤마다 한자를 쓰면서 외웠다. 이 모습을 지켜보던 아버지는 내게 "한자 공부 그렇게 열심히 하지 않아도 된다"고 하시며 앞으로 한글 전용시대가 올 것이라고 말씀하셨다. 그리고 한글의 우수성에 대해 설명해 주셨다.

"한글은 익히기 쉽고, 소리 나는 대로 쓰는 문자라서 어떤 외국말도 모두 표기가 가능하다. 이에 비해 다른 나라 글자는 발음표기가 쉽지 않다. 한글은 그대로 읽으면 그대로 말이 나온다. 한글만큼 훌륭한 문자는 이 세상 어디에도 없다."

그 이후로 오랜 기간 아버지 외에는 그 어느 누구로부터도 한글의 우수성을 들어 본 적이 없었다. 그만큼 아버지는 남다른 안목과 혜안으로 도래할 세상을 예견하고 미래를 보신 분이었다.

랍비

랍비(Rabbi)는 유대인 사회에서 존경받는 인물 또는 학식이 많은 선생을 부르는 존칭어이자, '나의 스승', '나의 주인'이라는 뜻이다.

아버지는 일생을 봉사, 헌신, 신앙으로 살아오셨다. 시골 교회에서 주일예배, 수요예배, 새벽예배에서 말씀을 전하셨는데, 그 설교 말씀은 나에게 소중한 배움이 되었다.

또한, 우리 집에서는 매일 저녁 식사 후 예배를 드렸다. 가족들이 성경을 읽고, 차례로 기도한 후, 아버지는 성경 말씀을 해석해 주셨다. 1년 내내 계속된 가정예배를 통해 성경에 등장하는 인물의 생애와 그 시대의 역사를 배울 수 있었다.

아버지는 민족의 독립과 부강한 나라를 향한 꿈을 자주 말씀하셨다.

공부해서 적국에 아첨하는 자, 첩자, 국익보다 개인의 사욕을 탐하는 자와는 결탁하지 말라고 하셨다. 또, 공직자나 국가의 중책을 맡을 자는 확고

한 국가관과 안목 있는 지도자가 되어야 하고, 지도자는 나라가 어려움에 처하면 목숨을 초개같이 바칠 수 있어야 한다고 가르치셨다. 이를 위해서는 국민 수준이 성숙해야 한다고 덧붙이셨다.

또한, 국민은 누구나 자기 국가를 사랑하는 애국심이 최우선시되어야 한다고 가르치셨다. 부모 없는 자식도 불쌍하지만 나라 없는 백성은 더욱 불쌍하다고 말씀하셨다.

〈예수 사랑, 이웃 사랑, 한글 사랑을 몸소 행하신 아버지, 존경합니다!〉

아버지의 묘비 비문이자 아버지께 바치는 헌사이다. 아버지는 나의 훌륭한 랍비이시다.

2
어머니는
최고의 스승이다

하나님은 모든 곳에 있을 수 없어
어머니를 보내셨다.
- 탈무드 -

나는 어머니가 내 인생 최고의 스승이라고 생각한다. 내 모든 정신의 토양은 어머니로부터 비롯되었고, 나는 어머니의 말씀과 교육과 가르침 속에서 성장했다. 특히 어머니는 사람과의 관계를 매우 중요시했다. 어머니는 가족과 이웃, 사회관계에서 나타나는 일상을 통해 구체적인 언행(言行)을 반복하여 나에게 가르쳐 몸에 배도록 하셨다.

인사

어머니에게 귀가 따갑도록 들은 말이 있다. "인사 잘해라."

동네 어른들을 만나면 먼저 가서 인사하라고 하셨다. 인사성 바르면 누구나 사랑받을 수 있다. 아이는 어른에 대한 존경심을 인사로 표현하는 것이다.

길에서 어른들께 인사를 드리면 그렇게 좋아하실 수가 없었다. 어떤 분은 나를 붙들고 거친 수염으로 내 얼굴을 비벼대곤 했는데, 얼굴이 따가워서 참기 힘들 때도 있었지만 사랑받는 느낌에 기분이 좋았다. 인사 잘하는 덕분에 많은 사랑을 받았다. "인사는 웃는 얼굴로 해야 한다"고 하셨다.

임말하고 살아라

'임말'은 경상도 방언이다. 어머니는 어떤 일을 하든지 자존감을 가지고 살아야 한다고 하셨다. 비록 지금 힘들어도 열심히 노력하면 언젠가는 옛말하고 살게 된다는 뜻이었다. 어머니 말씀처럼 내가 걸어온 삶의 여정이 즐겁고 흥미로운 이야기거리가 되길 바라며 살아왔다.

어머님과 막내동생

거름 지고 장에 가지 말라

어머니가 수시로 하시던 말씀이다. 거름지고 논밭으로 가야 할 사람이 남이 시장간다고 따라가면 비웃음거리가 된다. 자기 목적에 반하는 길로 동행한다는 것은 자신의 역할을 망각하는 것이다. 그 어떤 존재든 자신의 역할에 충실하지 않으면 생존이 어렵다. 남의 행동에 부화뇌동(附和雷同)하지 말라는 어머니의 가르침은 책임감과 자존감을 심어주었다.

흉 전하지 말라

하루는 어머니가 말씀하셨다.

"애야, 혹시 오씨 집안에 '흉'이 될 만한 사실을 알게 되어도 이 어미에게 말하지 마라."

어릴 때 들은 이야기라 그때는 무슨 뜻인지 이해하지 못했는데, 나이 들어보니 어머니가 참 현명하셨다는 생각이 든다.

시댁에 대한 부정적인 소문을 듣게 되면 결혼생활이나 자신의 역할에 대해서도 부정적인 생각을 할 수 있다. 어머니는 그런 가능성을 사전에 차단하고 자신의 역할을 받아들여 긍정적인 삶을 살겠다는 의지를 밝힌 것이다. 어머니는 말의 힘, 말의 중요성을 잘 알고 계셨다.

나는 이 가르침 덕분에 내가 속한 가족이나 조직의 문제점을 인식하면 불평이나 원망보다는 해결책을 찾아 도움을 주려고 노력했다.

처신

1950년대는 빈곤의 시기였다. 학교에 도시락을 가져오는 학생들이 드물었다. 간혹 친구 집에서 놀다 보면 어느새 식사시간이 되곤 하는데, 어머니는 그럴 때는 친구 집에 머물지 말고 바로 집으로 오라고 말씀하셨다. 가족끼리 식사하는 자리에 눈치 없이 끼어있지 말라는 뜻으로, 때와 장소에 따라 맞는 처신을 하라는 가르침이었다.

이러한 처신은 언행뿐 아니라 옷차림도 마찬가지다. 격식을 갖춰야 하는 자리에는 그에 합당한 복장을 갖추는 것이 마땅하다고 하셨다.

부지런해라

어른들과 함께 집안일, 교회일, 농사일을 도왔던 나는 늘 힘이 부족했다. 어른들은 물통에 우물물을 가득 채워 나르는데 초등학생인 나는 그럴 수가 없었다. 그때 어머니의 말씀이 내게 좋은 방법을 알려 주었다. 어른들이 물통을 한 번 옮기고 쉴 동안 나는 부지런히 여러 번 나르면 된다고 하셨다. 능력이 부족해도 부지런하면 어른 몫도 할 수 있다는 것을 깨달았다. 그래서 이 세상은 살 만한 것이다. 능력이 있다고 잘사는 것도 아니고, 부족하더라도 못 사는 것이 아니다.

어머니는 어디 가든지 쓸모있는 사람이 되라고 하셨다. 이 세상에서 자신을 제일 잘 아는 사람은 자기 자신이다. 자신이 남보다 잘하는 것이 있으면 최고가 되거나, 최소 10% 안에 들어야 한다고 하셨다.

여자에게 잘해라

"여자한테 잘해라. 여자를 억울하게 하면 안 된다."
나는 어머니의 이 말씀을 참 많이 듣고 자랐다.

우리 집은 동네 아주머니들의 사랑방이었다. 저녁 식사를 마친 동네 아주머니들이 삼삼오오 바느질감을 들고 어머니를 찾아왔다.

그 시절 한복은 여름에 홑옷, 겨울에는 솜옷을 입었다. 특히, 겨울에는 한복에 솜을 넣었는데 그 바느질이 보통 일이 아니었다. 하얀 옷감은 때가 잘 타고 명주나 무명으로 된 것이어서 빨고 삶아 다림질한 다음, 저고리와 바지에 솜을 넣어 한 땀 한 땀 옷을 짓는다. 게다가 식구도 한두 사람이 아니고 시부모에, 남편에, 자식들 옷까지. 그만큼 시간도 오래 걸리고 손도 많이 가는 일이었다. 온종일 밭일을 하다가 저녁이 되어서야 호롱불 켜고 바느질을 하셨다.

어머니가 밤마다 잠도 제대로 못 주무시고 바느질하는 것을 보고 나는 조금이라도 도와드리고 싶어 동네 아주머니들과 어머니 곁에 앉아 바늘에 실을 꿰어 드리곤 했다. 그때 참 많은 이야기를 들었다.

아주머니 중에는 일찍 과부가 된 여인, 남편이 소실을 얻어 생과부가 된 아낙네, 계모 밑에서 구박받는 처녀 등 저마다 사연이 많았다. 어느 집 며느리는 어떻고, 누구 남편은 어떻고, 어느 집은 좋은 며느리가 들어와 집안이 융성하고, 어느 집은 며느리가 잘못 들어와 가족 간 불화로 가세가 기울었다는 이야기를 들었다.

이런저런 이야기를 듣다 보니, 집안에서 여자의 역할이 얼마나 중요한지, 특히 여성의 가정교육이 절실하다는 사실을 깨달았다.

'한 가정을 흥하게도 하고 망하게도 하는구나.

나중에 내 딸은 제대로 교육시켜 혼인시킬 수 있을까?'

오랫동안 생각을 했지만 자신이 없었다.

그래서 딸은 낳지 않기로 결심했다. 결혼할 때 신부에게도 내 뜻을 전했다. 그런데, 신기하게도 그대로 되었다.

하루는 고모가 우리 집에 오셨는데, 어머니는 "여자에게는 친정이 울타리"라고 하시며 "너는 고모에게 잘해라"고 말씀하셨다. 어머니는 시누이의 처지나 입장도 깊이 헤아리셨다.

〈삶의 지표를 심어 주신 최고의 스승이신 어머니, 사랑합니다!〉

어머니에 대한 존경과 사랑을 담은 묘비문이다.

어머니는 최고의 스승이다.

3
꿈꾸는 내일

승자의 주머니 속에는 꿈이 있고,
패자의 주머니 속에는 욕심이 있다.
- 탈무드 -

만주에서 살던 나는 1945년 해방과 더불어 서울로 왔다. 잠시 서울 후암동 적산가옥에서 머물다 대전 근교로 이사했다. 1948년 4월 동생 성필이가 태어났는데, 그해 7월 할머니가 위독하다는 전보를 받고 경주 외동 고향으로 내려가 다섯 식구가 정착하게 되었다. 우리나라에서 최초로 기독교 신앙을 받아들인 초대 신자 중 한 명이셨던 할머니는 8월에 하나님 나라로 떠나셨다.

집안일

나는 아침 일찍 등교하여 수업을 마치면 친구와 어울릴 틈도 없이 빠른 걸음으로 집으로 돌아왔다. 형이나 누나가 없는 까닭에 집안일을 도울 사람은 나밖에 없었다. 산과 들로 다니면서 소를 먹이고, 소 풀을 베고, 우물

물을 길었다.

가족을 위해 밤낮으로 고생하시는 어머니를 돕기 위해 힘 닫는 대로 일했다. 교회 청소, 남포등 켜기, 교회 종 치기, 풀 뽑기도 내 몫이었다.

먹거리인 쌀과 보리, 채소와 과일 그리고 논과 밭, 이 모든 것들은 하나님께서 인류에게 베푸신 것이고, 인간의 지혜와 노력에 따라 우리 삶은 여유로울 수도, 아닐 수도 있음을 나는 깨달았다. 인간이 갖고 싶은 것들은 심고 가꾸고 노력한 만큼의 결과물임을 알게 된 것이다.

벼, 보리, 배추, 무, 상추, 고구마, 감자, 수박, 고추, 마늘 등 한 알의 씨앗이 싹이 나고, 잎이 자라고, 꽃이 피고, 열매를 맺는 전 과정을 체험한 것은 농촌 생활에서 얻는 큰 축복이 아닐 수 없었다. 자연과 더불어 사는 삶은 마음의 여유와 풍요를 심어주었다.

요셉의 소통

초등학교 3학년 때였다. 우리 교회에 미국인 선교사 라이오 목사님이 오셨다. 그때 노예에서 이집트의 총리가 된 요셉의 생애를 다룬 환등기 영상을 보게 되었다.

요셉을 통해 감명받은 것은 하나님과의 소통이었다. 노예가 된 요셉은 하나님 외에는 이야기할 대상이 아무도 없었을 것이다. 나 역시 마찬가지였다. 동생 때문에 억울한 일이 생겨도 부모님께 말할 수 없었고, 친구들 때문에 억울한 일이 생겨도 선생님께 말씀드릴 수 없었다. 그럴 때마다 나는 기도했다. 하나님과 소통할 때는 내가 큰 소리로 울거나 웃어도 하나님은 내 이야기를 들어 주셨다.

요셉도 이국땅에서 외로움과 두려움이 밀려올 때마다 하나님께 기도로 소통했다. 환등기로 본 요셉의 생애는 내 인생의 의식을 바꾼 계기가 되었고, 진정한 꿈을 품게 해 주었다.

운명과 인생을 바꿀 수 있는 것, 그것이 바로 꿈이다.

꿈을 이루는 방법은 기도뿐이다. 기도는 약해질 때마다 각오를 다지는 절대자와의 대화다.

4
소년 시절

자식에게 물고기를 잡아 먹이지 말고,
물고기 잡는 방법을 가르쳐 주라.
- 탈무드 -

구두

초등학교 다닐 때 제대로 된 신발을 신는 학생이 많지 않았다. 대부분 짚신 아니면 고무신이었다. 박정희 대통령도 어렸을 때 "신발이 닳을까 봐 친구가 없으면 신발을 벗고, 친구가 있으면 신발을 신고 다녔다"고 한다. 그만큼 가난한 시절이었다.

다행히 미국에서 구호물자를 나눠주어 도움을 많이 받았는데 우유와 분유 배급도 그중 하나였다. 학교뿐 아니라 교회를 통해서도 구호물자가 나왔다. 그러나 우리 집에서는 아버지가 다른 사람들에게 모두 나누어 주어서 나는 구호물자의 혜택을 받은 적이 없었다.

다만 구호물자 덕을 본 것이 하나 있었다. 바로 구두였다. 미국에서는 어린 아이도 구두를 신었지만, 우리나라 시골 마을에서는 어린이용 구두는 주어도 가지고 가는 사람이 없었다. 그 덕에 구두는 내 차지가 되었고, 나는 본의 아니게 초등학교 때부터 구두를 신게 되었다.

동네에서 구두 신었다고 놀림을 당하기도 했지만 나는 개의치 않고 열심히 구두를 닦아서 신고 다녔다. 어릴 때부터 구두를 신어서 그런지 복장의 중요성을 일찍부터 깨달았다. 구두를 신으면 의복을 단정히 하게 되고, 걸음걸이도 달라지고, 몸가짐도 함부로 하지 않게 된다. 사람의 자세가 달라지면 정신도 달라지는 것이다. 구호물자였던 구두를 통해서 "형식이 내용을 지배한다"는 귀한 교훈을 얻은 셈이다.

송아지

소는 영특한 동물이다. 주인을 알아볼 뿐만 아니라 공감능력 또한 뛰어나다.

오후 시간이 되면 어떻게 아는지 내가 움직이는 대로 소 두 마리의 눈이 나를 향해 움직인다. 내게 눈길을 주는 것이다. '아, 저놈들이 얼마나 배가 고플까…' 하는 생각에, 그 바라보는 눈빛을 외면할 수가 없어 나는 소를 몰고 풀밭으로 나가 풀을 뜯게 했다. 나는 초등학교 1학년 때부터 소와 인연을 맺게 됐다.

어느 여름날 천수답에서 노리개로 새를 쫓고 소를 먹이다가 송아지를 잃어버린 적이 있다. 천수답 근처 풀밭에서 풀을 먹으려고 어미 소와 송아지를 함께 데리고 갔다. 참새가 어찌나 많은지 그냥 두면 참새들이 와서 천수답의 벼를 다 까먹었다. 그래서 볏짚으로 노리개를 만들어서 참새를 쫓느라 소를 천수답 옆에 풀어 놓았는데, 저녁 무렵, 어미 소는 보이지만 송아지가 보이지 않았다. 원래 송아지는 어미 곁에서 멀리 가지 않는데, 숨어 있을 만한 곳을 아무리 찾아도 보이지 않았다.

어느새 해는 저물고 사방이 어둑어둑해지니 무섭기도 하고 송아지를 잃어버렸다는 사실에 엉엉 울고 싶었다. 그나마 어미 소가 곁에 있어 든든했다. 어미 소 옆에 붙어서 어찌할 바를 모르고 있는데 아버지가 나를 찾으러 오셨다.

결국, 그날은 송아지를 찾지 못하고 이튿날 새벽에 아버지를 따라 찾아나섰다. 그런데 어미 소가 울기 시작하니 어딘가에 숨어 있던 송아지가 어미 우는 소리에 뛰어나오는 게 아닌가. 짐승의 새끼 사랑도 놀라웠고, 생명이 그냥 이어지는 것도 아니라는 사실을 깨닫게 되었다.

반면에 정말 하기 싫은 일도 있었다.

비 오는 날 소에게 풀을 뜯게 하고 소에게 줄 소꼴을 베는 일이다. 그런 날은 신발에는 물이 들어오고, 비에 젖은 옷자락은 오싹한 한기를 느끼게 한다.

논 일도 싫었다. 몸에 붙은 배부른 거머리를 떼어낼 때에는 미끄럽고 물컹한 거머리 입과 꽁지가 달라붙어 떼어내기가 무척 힘들었다. 얼굴에 닿는 벼잎은 따가왔다.

그래도 이런 불편함을 감수하면 가을에 쌀밥을 먹을 수 있었다. 좋은 결과를 얻기 위해서는 싫은 것도 감수할 줄 알아야 한다는 교훈을 배웠다.

군용 외투

석계초등학교와 석천교회 시절, 나는 1학년부터 5학년까지 첫닭이 울면 부모님을 따라 새벽기도를 다녔다.

우리 집에는 모직으로 만든 두꺼운 군용외투가 있었다. 겨울 새벽 날씨는 몹시 견디기 힘들었다. 교회 안에 난로가 있는 것도 아니고 얼마나 추웠겠는가. 그런데 아버지께서 내게 준 군용코트를 입으면 머리에서부터 발끝까지 다 감쌀 수 있었다. 꿇어앉든지 엎드려있든지 어떤 자세로 기도해도 군용외투만 있으면 추위를 견딜 수 있었다. 그러고 보면 군용코트가 하나님과의 소통에 큰 역할을 한 셈이었다. 농사일을 열심히 도왔던 것처럼, 새벽기도에 다니며 신앙생활을 열심히 한 것이 정신적으로 나를 강하게 만들어주었다고 믿는다.

3학년 성탄절에 성경 "마태복음 2장" 암송대회에서 1등을 했다. 부상으로 성경책을 받았는데, 매우 기뻤다. 나의 첫 성경책이었다.

친구 어머니

초등학교 4학년 때다. 아랫집에 사는 친구가 있었다. 나보다 키도 크고 덩치도 좋았다. 하루는 학교에서 청소를 마치고 집에 오는 길에 이 친구가 같이 놀자면서 갑자기 내 책보를 빼앗아갔다. 책보를 빼앗아 저만치 달아나는 친구를 보고 "그래, 너 알아서 해라"하고 그냥 집으로 돌아왔다. 그런데 이 친구가 저녁이 되어도 책보를 되돌려 주지 않았다. 숙제도 해야 하는데 감감무소식이었다.

그래서 나는 친구 어머니를 찾아가서 "자식 교육 잘 시키세요. 어떻게 교육시켰으면 아무런 해코지도 안 한 친구의 책보를 뺏어 갑니까? 그리고 뺏었으면 돌려줘야 하지 않습니까?"

　친구 어머니는 미안하다면서 이놈 오면 직접 받아 주겠다고 하셨다.

화장실

　나는 부모님을 본받아 부지런했다. 마당이 지저분하면 빗자루로 쓸고, 처마 밑에 풀이 보이면 바로 가서 뽑고, 소에게 먹일 풀이 없으면 소풀을 갖다주었다.

　남의 집에 가더라도 내가 도울 수 있는 것이 무엇인지 살펴보고, 아주머니가 다리미질하면 얼른 가서 "좀 잡아드릴까요?" 물어보고 도와드렸다. 예전에는 다리미질할 때 옷을 양손으로 잡아서 밀곤 했다. 그러면 아주머니는 "내 새끼는 안 해 주는데 네가 해주네"라며 대견하게 생각하셨다.

　학교에서도 마찬가지였다. 더럽고 하기 싫은 청소는 내가 맡았다. 쉽게 할 수 있는 교실 청소는 친구들에게 맡기고 복도 청소는 내가 도맡아 했다. 집에 빨리 가기 위해 열심히 쓸고 닦으면 청소는 어느새 끝이 났다.

　어려서부터 집안일, 교회일을 열심히 해본 것이라 일머리가 생긴 것이다. 아이들이 가장 싫어하는 화장실 청소도 수월하게 했다. 어려운 일 같지만, 대변이 바깥에 있어도 빗자루로 쓸어 넣고 물을 길어 바닥에 뿌리고 닦아 버리면 깨끗하게 끝났다.

이런 경험이 쌓여 훗날 회사 기숙사의 화장실 청소도 망설임 없이 할 수 있었다. '물고기 잡는 법'을 가르쳐준 부모님의 체험 교육 덕분이다. 남들보다 일찍 일을 통해 보람을 느끼고 또한 선택의 폭을 넓힐 수 있는 기회를 가질 수 있었다.

동요

나는 찬송가나 동요를 부르면 마음이 편안해지고 즐거웠다. 특히, 서정적이고 꿈과 용기를 주는 노랫말을 좋아했다. 어린이 찬송가인 〈꽃가지에 내리는 가는 빗소리〉와 동요 〈옹달샘〉, 〈누가 누가 잠자나〉, 〈구름이 구름이〉, 〈고향 땅〉 등이 그것이다. 고운 노랫말을 소리 내어 부르면 마음이 편안해지고, 기분이 좋아졌다.

경주 석천교회 다닐 때 경주지역 부활절 연합예배가 있었는데, 그때 〈꽃가지에 내리는 가는 빗소리〉 성가를 어린이 대표로 불렀다.

고향이 그리울 때마다 나는 고향생각, 바위고개, 사우를 불렀다. 타향에서 고향의 정체성을 가지고 살아가는 사람들, 즉 디아스포라의 감성으로 말이다.

70년 만의 상봉

1953년 겨울 방학 오후, 석천교회에서 청소를 마치고 나오다 정병찬 형님과 마주쳤다. 그는 나를 보더니 자기집으로 가자고 했다.

그날 밤 형님 방에서 저녁 먹고 있었는데, 형님 어머님이 떡과 홍시를 가지고 왔다.

나는 늦게까지 머문 것이 눈치없어 보여서 자리에서 일어나는데, 형님은 내 손을 잡으면서 "성호야, 네가 가면 이 떡을 내가 다 먹어야 해" 하시며 나를 방바닥에 앉히면서 떡 한 개를 내 손에 쥐어 주었다. 그리고 "오늘밤은 나와 같이 자고가는 거야"라고 했다. 늦은 밤까지 많은 이야기를 나누었고, 내게도 이런 형님이 있으면 참 좋겠다는 생각이 들었다.

지난 봄 김억만 친구와 오찬을 하면서 정병찬 형님 연락처를 수소문해 달라고 부탁했다.

친구는 목회를 퇴임하고 부산에 계실거라며 귀뜸해 주었다.

그 후, 연락처를 알려줘서 들뜬 마음으로 통화하고, 2023년 7월 25일 부산에서 70년 만에 상봉(相逢)하게 되었다.

반갑고 감격스러워 눈시울이 촉촉해졌다. 구순의 형님도 잊혀진 기억을 되살려 보려고 전날 밤 잠을 설쳤다고 하셨다. 이처럼 행복하고 감동적인 만남이 될 줄 몰랐다며 기뻐하셨다.

5
포기 하지 마!

신은 인간 하나하나를 시험한다.
부자에게는 부자에게 맞는 방법으로,
가난한 사람에게는 가난한 사람에게 맞는 방법으로 시험한다.
부자에게는 도움을 필요로 하는 사람이 손을 뻗쳐 시험하고,
가난한 사람에게는 불평불만 없이 순종하면서
고통을 이겨내는가 시험한다.

- 탈무드 -

      초등학교 6학년 4월에 우리 가족은 외동면 석계리에서 내남면 노곡리로 이사했다. 노곡교회 설립자인 최희도 의원이 아버지를 교회 사역자로 초빙하셨기 때문이다.

      우리 집은 너른 들판 한가운데 자리 잡은 기와집이었다. 앞에는 높지 않은 산이 있고, 옆으로는 형산강 하류로 내려가는 강이 흘렀다. 마당 앞쪽에는 50여 그루의 감나무밭이 있었고, 끝없이 이어진 강변을 따라 버드나무, 도토리나무, 느티나무, 아카시아나무 등이 큰 숲을 이루고 있었다. 숲에 들어가면 큰 소리로 부르지 않으면 사람을 찾을 수 없을 정도로 울창했다.

치술령 고개

석계초등학교에서 내남초등학교로 전학을 가게 되었다. 석계초등학교 담임 선생님은 내남초등학교로 전학서류를 보내 주겠다고 약속을 했다.

이사 일주일 후 내남초등학교에 등교했지만, 전학서류가 도착하지 않아 등록을 할 수 없었다. 이튿날 다시 갔는데도 전학서류는 오지 않았다.

뭔가 잘못되었다는 생각에 전학서류를 발송한 석계초등학교로 찾아가기로 했다.

이튿날 어머니가 말아준 김밥 두 줄과 삶은 계란 한 개를 둘러매고, 전학서류 행방을 찾으려 석계초등학교로 향했다. 4월 초의 새벽 바람을 맞으며 미역골과 명계를 거쳐 종종걸음을 재촉했다. 노곡에서 석계까지는 초등학생이 걸어가기에는 꽤 멀고 험한 길이었다. 거리상으로 왕복 20km를 넘는 길이었다. 게다가 가는 길 중간에는 묵장산 치술령(766m)이란 큰 산을 넘어야 한다. 산길은 좁고 가파랐고 중턱 이후로는 길도 잘 보이지 않아 험하고 무서운 길이였다.

이 산은 6 25전쟁 때 무장공비들이 아지트로 삼을 만큼 깊은 산이었다. 노루, 늑대, 멧돼지 등 온갖 짐승들이 많아서 숨소리마저 죽여 가면서 걸었다. 무서움을 피하려고 두 손에 쥐어 든 돌맹이를 소리나는 방향으로 던지기도 하고, 찬송가를 불렀다가 시편 23편을 큰 소리로 외우면서 걷고 또 걸었다. 마침내 석계2리 상동마을을 거쳐 점심때가 지나서야 석계초등학교에 도착했다.

선생님은 나를 보고 어른도 다니기 힘든 길을 혼자서 걸어왔냐며 깜짝 놀랐다. 그런데 확인해보니 선생님은 전학서류를 깜빡 잊고 서랍 속에 방치해 둔 것이었다.

속이 상한 나를 본 선생님은 미안해 하시며 "우편으로 꼭 보내 주겠다"고 말씀하셨다. 하지만 나는 단호하게 말씀드렸다.

"선생님 안됩니다. 우편으로 보내면 또 며칠이 걸릴지 모르는데 선생님이 전학서류를 보내주지 않아서 제가 내남초등학교에 가지 못하고 있습니다. 선생님께서 서류봉투를 밀봉해 주시면 제가 내남초등학교에 직접 가져가겠습니다."

선생님은 행정 절차상 교장 선생님의 허락이 필요하다고 했다. 나는 절박한 심정으로 그러시면 교장 선생님께 말씀드려 달라고 요구했다. 교장 선생님의 허락으로 전학서류를 직접 받게 되었다.

문제는 그 멀고 험한 길을 돌아가는 일이었다. 산 중턱까지 바쁜 걸음으로 올라가는데 다리도 후들거리고 등짝에 진땀은 쉼없이 흘러내렸다. 치술령 고개를 넘어서자 서산을 향한 해는 높은 산봉우리에 가려지고 우거진 숲과 나무는 좁은 길 위 하늘을 덮어버려 좁은 산길에는 땅거미가 내리 앉기 시작했다.

험한 산중이라 금방이라도 맹수가 뛰쳐나올 것 같았다. 두려움에 소스라치게 놀라기도 하고, 타들어 가는 갈증에 계곡물로 목을 축이며 내리막 산길에 걸음을 재촉했다.

불안감을 떨쳐버리려고 소리 높여 기도하고 "여호와는 나의 목자시니 내게 부족함이 없으리로다" 성경 말씀을 소리 높여 외치고 외쳤다. 찬송가

585장 "내 주는 강한 성이요, 방패와 병기 되시니, 큰 환난에서 나를 구하여 내시리로다"를 목이 터져라 부르며 무서움을 달랬다. 기도하고 찬송하며 내려오니, 외딴 집을 보게 되었다.

그 순간 "이제 살았구나!" 하는 생각에 가슴 조이던 긴 숨을 토해냈다. 다시 마음을 다지면서 명계 마을과 미역골을 지나서 우리 동네 앞산 자락을 돌아 교회 마당에 들어서니 우리집 불빛이 유난히 밝게 빛나면서 나를 반기고 있었다. 나는 순간 한걸음으로 달려가면서 큰 소리로 엄마! 하고 불렀다. 내 음성을 듣고 맨발로 뛰쳐나온 어머니를 부둥켜안고서 나는 그만 엉엉 울고 말았다. "내 아들! 내 아들!" 하시는 어머니의 눈물이 내 얼굴을 뜨겁게 적시고 있었다.

다음 날 내남초등학교에 가서 전학서류를 선생님께 드리며 "석계초등학교에서 제가 직접 받아 왔습니다, 학교에서 밀봉해 준 서류봉투를 그대로 갖고 왔으니 학교에 등록해주십시오"라고 했다. 선생님은 혼자 그 먼 길을 갔다 온 것에 놀라시며 내일부터 출석하라고 하셨다.

양자

초등학교 6학년 때 경주지역 여러 교회 어른들과 아버지를 따라 용문산 기도원에 갔었다. 그런데 서울에서 오신 감리교 지도급 목사님이라는 분이 나를 양자로 삼고 싶다고 하시면서 나를 찾아오셨다.

그분이 나를 어떻게 알았는지, 누가 추천을 했는지도 알 수 없었다. 오랜 세월이 흘렀지만 지금도 궁금하기는 마찬가지다.

낯선 목사님은 인물도 출중하고 뽀얀 얼굴에 인품도 좋아 보이는 멋진 중년의 신사였다. 목사님은 내게 부드럽고 정다운 말씀으로 "네가 내 양자가 되어 주면 서울에서 중학교, 고등학교를 나와 미국 대학에 보내주고 휼륭한 목사로 키우고 싶다"고 하셨다. 단 한 가지 "미국에 유학 가서 대학 졸업 때까지 부모님과의 관계는 끊어야 한다"고 조건을 제시했다. 그 말을 들은 후 용문산 기도원 부흥회서 내가 양자로 가야 할지 말아야 할지 문제를 놓고 며칠간 기도하면서 많은 고민을 했다.

공부를 많이 해서 훌륭한 사람도 되고 싶고 더 큰 세상과 상상의 나라인 미국도 가 보고 싶었다. 하지만 나는 그 제안을 고심 끝에 거절했다. 그때 내가 비록 어릴지라도 이런 생각이 강하게 들었다.

"어머니 곁을 떠나겠다는 생각은 나의 현실을 외면하고 도피하는 것이다. 지금까지 사랑과 정성으로 키워 주신 어머니에 대한 배신이다. 유학도 좋고 출세도 좋지만 내 삶의 스승이신 어머니의 은혜를 외면하는 것은 내 삶이 무의미하고, 어머니와 함께 하는 삶이 내게 더 큰 가르침과 축복의 삶이 될 것이다."

하나님을 믿고 의지하는 사람은 동쪽이든 서쪽이든 결과는 형통하게 된다는 성경의 말씀을 믿고 있었다.

야간 행보

용문산 기도원에서 부흥회를 마치고 버스를 타고 중간지점인 대구까지 왔는데, 늦은 저녁 시간이라 영천을 경유하여 경주로 가는 교통편이 모두 끊어진 상태였다. 영천과 경주로 향하는 일행은 여러 명 있었지만 모두 발이

묶여버렸다.

그때 한 분이 예수님 고난을 생각하면서, 우리 다 함께 걸어서 영천까지 가자고 제안했다. 대구에서 영천까지는 대략 37km였으니 거의 100리 길이었다. 그날 밤 일행을 따라 밤새 걸으면서 예수님이 겟세마네 동산에서 땀방울이 핏방울이 되도록 애타게 기도하신 모습을 묵상했다.

예수님이 십자가를 메고 골고다 언덕길을 넘어지고 쓰러지면서도 걸어가시는 고통의 순간들을 회상하며, 기도와 찬송을 부르다 보니 어느덧 그 먼 길을 한 명의 낙오자 없이 무사히 다음날 아침나절에 도착할 수 있었다. 일행은 모두 "와! 할렐루야!" 하며 환호했다.

여동생

노곡에서 있었던 가슴 아픈 사연이다.

아들뿐인 우리집에 여동생이 태어났다. 예쁘고 영민하여 부모님과 오빠들에게 많은 사랑을 받았다. 노곡으로 이사 온 그해 여름, 다섯 살 난 동생은 심한 열병으로 사경을 헤매고 있었다. 동생의 목숨을 살리려고 부모님과 나는 백방으로 노력했다. 그러나 백약이 소용이 없었다. 꺼져가는 생명을 끝내 소생시키지 못했다.

사랑하는 여동생이 몸만 남겨두고 하늘나라로 떠나는 모습을 지켜보는 나의 가슴은 찢어지게 아팠다. 어머니와 나는 죽은 여동생의 손을 잡고 슬픔을 주체할 수 없었다.

학교 갔다 돌아오는 길목에서 "오빠!"하고 뛰어나와 내 품에 안기던 동생을 생각하면 오랜 세월이 흐른 지금도 눈시울이 젖어 든다. 좋은 세상에 태어나 꽃 한번 피워보지 못하고 하늘나라에 간 여동생, 세월이 지났어도 많이 보고 싶다.

목사

초등학교 6학년 어느 날, 담임 선생님이 "우리 반 학생 중에 목사가 될 친구가 있을텐데, 누군지 손 한번 들어 보라"고 하셨다. 나를 염두에 두고 하신 질문 같았다.

나는 손을 들다가 슬그머니 내려놓았다. 나는 어릴 때부터 교회 일을 하면서 목회자들과 종교계 지도자들을 볼 수 있는 기회가 많았다.

성직자는 성도들로부터 존경도 받지만, 헌금으로 생활하는 성직자는 본인뿐만 아니라 가족의 생활마저 큰 제약을 받는다. 나는 내 가족에게 그러한 굴레를 짊어지게 하고 싶지 않았다.

교회 재정을 아버지가 관리하다 보니 목회자 월급도 교인들 헌금으로 사례한다. 교회 살림살이를 지켜본 나로서는 헌금하는 사람의 마음과 사역자의 마음이 같지 않다는 것을 느꼈다.

내가 목사 되기를 바랐던 어머니의 소망을 이루지 못한 점은 아직도 송구할 뿐이다.

하천도로

노곡교회 옆에 형산강으로 흐르는 큰 시내가 있다. 그 시내를 건너는 길은 경주에서 언양으로 가는 국도였는데, 교량이 없는 탓에 홍수가 범람하면 많은 차량이 침수되어 막대한 피해와 고통을 당하곤 했다. 갑자기 불어난 홍수로 하천을 건너던 차량은 운전기사의 판단에 따라 희비가 엇갈렸다.

많은 운전기사가 앞선 트럭이 지나가는 걸 보고 뒤를 따르다가 물에 잠겨 낭패를 당했다. 트럭은 차체와 엔진이 승용차에 비해 높게 탑재되어 있으므로 웬만한 물길에도 쉽게 건너갈 수 있지만, 승용차는 그렇지 않았다. 차체와 엔진이 바닥과 가까워서 얕은 물에도 쉽게 잠겼기 때문이다. 그런 사실을 알지 못한 차주나 기사는 피해를 겪게 마련이었다.

보통 하루에 2~3대는 객기를 부리다가 물속에 빠져 좁은 도로는 삽시간에 멈춰 선 차들로 북새통을 이루었다.

침수된 차량은 손 쓸 엄두도 내지 못한 채 대부분 이틀 이상 방치되어 있었다. 가끔 차량 유리가 산산조각 나는데 반해, 어느 한 승용차는 파손된 유리 조각이 고무판 같이 말려진 채로 떨어지지 않고 너덜거리며 붙어있었다. 너무나 신기해서 차주에게 물어봤다. 유리 속에 투명 고무가 있다는 사실을 알았고, 이후에는 차를 볼 때마다 유리에 고무가 들어있는지 아닌지 궁금증을 가지고 관찰하게 되었다.

오늘날의 차량 유리는 대부분 충격이 가해지면 산산조각으로 부서져 파손된 유리 조각이 흉기로 변하지 않도록 되어 있다.

땔감

가정에서 가장 중요한 세 가지 필수품목은 식량, 물, 땔감이다. 그중 땔감은 가정의 에너지원이다. 지금은 에너지에 대해 큰 걱정을 하지 않지만, 1950년대 시골 마을에서는 자연에서 얻는 땔감이 아니고는 연료가 거의 없었다. 석탄은 기차역에 가지 않으면 볼 수 없을 정도로 귀했고, 대부분의 시골에서는 나무나 풀, 낙엽, 보릿짚, 볏짚 등 불을 지필 수 있는 모든 것을 땔감으로 사용했다.

특히, 추운 겨울에는 땔감 없이 살 수 없다. 다만 볏짚은 소를 먹이거나 퇴비로 쓰기 때문에 소가 있는 집에서는 땔감으로 잘 쓰지 않았다. 볏짚을 주로 쓰는 집은 먹일 소가 없거나 반대로 볏짚에 연연하지 않아도 될 정도로 머슴이 있는 부자집이었다.

그러나 가난한 집에서도 노력만 하면 얼마든지 땔감을 구할 수 있었다. 빈부의 차이가 아니라 노력 여하에 달린 것이었다. 여름 가을 할 것 없이 부지런히 땔감을 많이 모아둔 사람은 한겨울에도 따뜻하게 지낼 수 있었다.

나는 어릴 때부터 시간만 나면 뭐든지 모았다. 길에 떨어져 있는 나무토막도 그냥 지나치지 않았고, 가을 낙엽도 긁어모아 집에 가져다 놓았다.

좋은 물건

나는 참깨, 들깨, 팥 등 우리 집 농작물을 5일장에 가서 팔았다. 어머니도 처음에는 어린 아이가 어쩌하나 보시다가 어른 못지않게 잘하는 것을 보시더니 허락하셨다. 5일장에서 곡물을 팔고 나면 내가 꼭 하는 일이 있었다.

고기나 신발, 고무줄, 비누 같은 생필품을 사는 일이었다.

이렇게 물건을 팔고 사면서 깨달은 것이 있다. 내가 가지고 있는 것을 바꾸어 새로운 물품을 구입하려면 내가 좋은 물건을 가지고 팔아야만 했다. 그래야 좋은 물건을 살 수 있었다. 상품의 가치를 비교함과 동시에 아무리 많은 것을 가진 사람도 혼자서는 모든 것을 해결할 수 없다는 이치를 깨닫게 되었다.

사냥

최희도 의원의 큰 아들 근식 형님은 고려대학교에 다니는 수재로서 대학 장대뛰기 선수이기도 했다. 나는 형님과 함께 여름방학이면 노루와 꿩사냥을 했다. 겨울에는 북쪽에서 날아온 청둥오리, 노루, 멧돼지, 너구리를 함께 사냥하며 많은 시간을 보냈다.

사냥 갈 때는 동네 사람들과 동행하기도 하고 형님과 단둘이 갈 때도 많았다. 사냥은 마을에서 좀 떨어진 높고 깊은 산으로 갔다. 그렇지만 꿩이나 오리를 사냥할 때는 얕은 산이나 저수지에 갔다. 짐승이 있을 만한 산비탈 양지쪽 중턱에서 소리를 지르며 몰이를 시작하면 형님은 짐승이 달아나는 길목에 자리를 잡고 노루나 멧돼지, 너구리가 사정권에 들어오면 방아쇠를 당겼다.

노루는 급소에 맞으면 그 자리에서 쓰러지지만, 설령 다른 곳에 맞아도 지혈이 되지 않아 멀리 도망가지 못하고 근처에서 헐떡거리며 쓰러져 있다.

청둥오리는 명줄이 길어 급소를 제외한 부위에 총알이 박히면 놀라서 하늘로 날아간다. 총 맞은 청둥오리는 꿩과 달리 쉽게 죽지 않고 날아가다가 다친 상처 때문에 기력이 떨어지면 땅으로 떨어진다.

형님과 내가 노루나 멧돼지를 잡는 경우는 가끔 있지만, 횡재하는 날에는 마을 사람을 불러 집으로 운반했다. 때론 꿩 한 마리도 잡지 못하는 날이면 겨울에는 양지바른 언덕 아래, 여름에는 시원한 계곡이나 나무 그늘 아래서 서울에서의 생활과 신앙생활 등 형님이 경험한 이야기를 들으며 시간을 보냈다.

어느 날, 사냥 가서 빈손으로 돌아오다 형님이 "성호야, 총 한번 쏴 보라"며 엽총을 내 손에 쥐어 주며 총 쏘는 방법을 자세히 가르쳐 주었다. 그때 난생처음 총을 쏴 보았는데, 실탄이 발사될 때 우측 어깨에 강한 충격이 왔다. 엽총은 내가 다룰만한 물건이 아니란 생각이 들었다.

부모님께 그 일을 말씀드렸더니, 총기는 함부로 다룰 수 없는 물건이라며 다시는 배우지도 말고 관심도 갖지 말라고 당부하셨다. 우리 가족은 노루와 꿩, 청둥오리 고기를 그때처럼 많이 먹어본 적이 없었다.

또, 형님댁에는 풍금이 있어서 내게 풍금을 가르쳐 주었다. 모르는 찬송가는 풍금으로 연습하며 많은 찬송가를 알게 되어 신앙생활에 큰 도움이 되었다. 또한, 클래식 레코드판이 300장 넘게 있었다. 이 중 몇 개를 강변 숲속에 가져가 휴대용 유성기로 음악을 들었다.

어느 날 벤치에 앉아 막간을 쉬고 있는데 길에서 자전거 종소리가 요란하게 계속 울렸다. "성호야, 왜 저 소리 멈추지 않지?"라고 묻자 "글쎄요"라고 대답했다. 형님은 "아마 고장이 났을거야"하면서 사람이 눈으로 보지 않고, 귀로도 알 수 있는 것이 소리라고 깨우쳐 주었다.

근식이 형님은 틈틈이 자전거에 나를 태우고 경주로, 이웃 마을로 놀러 다니며 어떤 날은 내 심부름도 같이 해주었다.

최근식 형님

어느 추운 겨울날, 국화빵이 먹고 싶어 형님에게 월산에 있는 국화빵 집까지 자전거로 태워 달라고 부탁을 했다. 형님께서 "너 국화빵 먹고 싶었구나" 하면서 "혼자 가서" 빵을 사올테니, 너 할 일 하라며 자전거를 타고 나갔다. 한참 지나서 돌아온 형님은 국화빵 한 소쿠리를 풀어 놓았다. 깜짝 놀라는 내 모습을 눈치챈 형님은 본인이 먹고 싶어 나갔다가 성호랑 실컷 먹어보려고 많이 샀다며 내게 윙크를 했다. 우리 가족 모두가 맛있게 먹었다.

찬 바람 부는 겨울 거리에 붕어빵 수레를 보면 우리 가족과 형님이 함께 먹던 국화빵과 지난날 추억들이 새록새록 가슴에 스며든다. 겨울 국화빵에 담긴 따뜻한 마음이 문득문득 되살아난다.

형님은 내 아버지를 자기 아버지처럼 생각하며 자신의 결혼문제와 신상을 허심탄회하게 털어놓고 조언을 구하기도 했다.

그 후 아버지는 노곡교회를 사직하고 우리 가족은 경주로 이사했다. 그러고 나서 5년도 채 되지 않은 어느 날, 형님이 유명을 달리했다는 소식을 최희도 의원 내외분이 우리집에 와서 알려주었다.

비통한 나의 가슴을 주체할 수가 없었다. 언젠가 다시 만날 날을 고대하고 기다렸는데, 그 비보에 내 바램은 산산조각이 났다. 그 후 나는 부산에 있는 근식 형님 아버지인 최 의원댁을 찾아갔다. 최 의원께 어떻게 된 일인지 여쭤 보았는데 최 의원은 "앞으로 그런 이야기 하려면 오지 말라"고 하셨다.

멋지고 잘생긴 형님은 나에게 많은 추억을 남겨주었고, 서울의 여러 풍경들의 이야기를 듣다보면 내 마음은 이야기 속으로 빨려들어갔다.

오랜 시간이 흘렀어도 형님과 함께 보냈던 아름다운 추억들은 아련한 수채화처럼 내 마음 깊은 곳에 그려져 있다.

어미소

석계에서 기르던 송아지가 노곡에 이사 올 때는 큰 어미소가 되어 새끼도 낳았다. 생긴 모습도 마을 다른 소들보다 덩치가 크고, 힘도 세고, 자동차 오는 소리가 들리면 갓길로 알아서 갈 정도로 영리하기까지 했다. 누런색의 우리 소는 멀리서도 바로 알아볼 수 있었다. 마을 사람들이 "그놈, 참 잘 생겼다!"는 소리를 듣던 어미소는 나와 미운 정 고운 정이 쌓여 소년 시절 함께하는 친구가 되었다.

어느 날 어미소에게 짓궂은 생각이 든 나는 소등에 올라 타보고 싶은 마음이 생겼다. 작은 키로는 큰 소등에 바로 탈 수 없어서 언덕 밑에 소를 세워두고 소등에 올라타 보았다. 나를 태운 소는 풀을 먹으며 숲속을 산책해도 싫은 기색이 없었다. 신바람이 난 나는 노래를 부르며 집으로 갔는데, 날아갈듯이 기분이 좋았다.

다음 날 다시 소를 타려고 언덕 아래에 세워놓고 등짝에 오르는 순간 어미소는 잽싸게 엉덩이를 돌려버렸다. 나는 그만 땅바닥으로 굴러떨어지는 수모를 당했다. 소는 나를 보고 있었다. "너, 속았지!" 하면서 장난기 어린 눈짓을 보내는 것 같았다. 그 순간 소에게 미안한 생각이 들어 다시는 소등에 타지 않기로 마음먹었다.

우리 가족이 노곡에서 경주로 이사하게 되면서 어미소와 이별해야 하는 순간이 다가왔다. 아버지가 소를 팔려고 마구간에서 소를 몰고 나오는데 "음매!" 하며 우는 소리에 눈물이 핑 돌았다. 나는 소에게 달려가 얼굴을 쓰다듬고 나서 고개를 돌렸다. 소가 팔린 후 그 소가 보고 싶어 텅 빈 마구간을 수시로 배회하기도 했다.

나는 어디에 가든지 소가 있으면 한 번 더 눈길이 간다. 친구 같았던 송아지와 어미소에 대한 그리운 감정이 가슴 속에 진하게 남아 있어서 그런가 보다.

수확

내남초등학교 6학년으로 전학하고 이듬해 졸업을 했다. 우리 가족은 경주 시내로 이사했다. 경주 시내로 이사한 후에도 지난해 노곡리 밭에 심은 보리를 수확해야 했다. 어머니와 나는 12km나 되는 길을 걸어갔다. 보리

이삭은 수염이 거칠어서 땀에 젖은 피부에 닿으면 찰싹 달라붙어 도무지 떨어지지 않았다. 몸을 움직일 때마다 따가워서 견디기가 무척 힘들었다. 하지만 도정을 마친 보리쌀 가마니를 보면 뿌듯한 기분이 들었다.

노방전도

　전도는 기독교 신앙을 전파하고 다른 사람들에게 복음을 전하는 행위를 뜻한다. 이는 종교적 신념이나 가치를 공유하고 다른 사람들에게 전하는 것을 목적으로 한다.

　기독교 전도는 다양한 방법으로 이루어지고 있다. 아는 사람을 찾아가거나 길거리에서 모르는 사람들에게 직접 접근하여 대화하고 신앙을 전하는 방식이다. 이러한 전도 방식은 보통 전도자가 성경 구절이나 예수 그리스도의 가르침을 공유하며, 복음의 중요성을 강조하고 사람들이 구원받을 수 있는 길을 말로 설명해 준다.

　또한, 교회에서 주관하는 선교활동은 기독교 교리 전파와 전도의 목적을 공유하고, 사람들이 예수님의 가르침을 알게 하고, 구원을 받을 수 있도록 돕는 일이다. 노방전도는 기독교 신앙을 전파하고 다른 사람들에게 복음을 전하기 위해 길거리에서 포교하는 행위를 총칭하는 말이다. 이때 유념할 것은 상대방의 의사를 존중하고 예의를 갖추는 것이 중요하다.

　어느 날 전도사님께서 나에게 노방(노상)전도를 함께 가자고 했다. 그래서 이틀간 북을 메고 경주 시내에서 노방전도를 했다. 조금 부끄럽고 힘들었지만, 어떤 일이든지 최선을 다해야 한다는 생각으로 북을 열심히 두드리고 다녔다.

유과

이삼산 할머니라는 분이 경주에 계셨다. 이분은 이승만 대통령 생일날이면 유과를 손수 만들어 경무대(현 청와대)에 직접 가지고 가셨다.

이삼산 할머니는 나를 무척 예뻐하셨는데 하루는 나를 부르셨다. 유과를 대통령에게 갖고 갈 것이니, 나와 같이 만들자 하셨다. 나는 기꺼이 그러겠다고 했다.

할머니가 찹쌀가루를 반죽하여 적당한 모양으로 빚어 바싹 말린 후 기름에 튀기면 크게 부풀어 올랐다. 그 조각에 조청을 바르고 튀밥이나 깨를 뿌려 꽃상자에 한가득 담으면 완성되었다.

이때 할머니 곁에서 유과 만드는 과정을 지켜본 덕분에 나는 유과를 만들 줄 안다. 연세가 많으신데도 이승만 대통령께 드리려고 할머니가 정성을 다해 만드시는 모습이 참 존경스러웠다.

최 부자집

하루는 이삼산 할머니가 경주 교동에 있는 최 부자집에 함께 가자고 하셨다. 내게 그 집을 구경시켜 줄 요량이었다. 문을 하나 열면 또 문이 나오는 그런 집이었다.

화려하지는 않았지만, 중후한 멋을 느낄 수 있었다.

여러 채를 둘러보고 대청마루에 앉아 있는데, 최 부자집 며느리가 준비한 다과를 가져와 할머니와 정답게 이야기를 나누었다. 나는 다과를 먹으며 최부자는 어떻게 해서 조선의 부자가 되었는지 참으로 궁금하였지만 물어볼 수는 없었다.

나도 요셉처럼 하나님 믿고 열심히 노력하면 부자가 되고 존경받는 사람이 되겠지라고 생각했다. 이후 남천내 다리를 지날 때면 교동 최 부자집 쪽으로 고개가 돌아간다.

경주역

경주역에 가면 무언가 새로운 세계가 열릴 것 같아 마음이 설레었다.

나는 경주역사 기와지붕과 색상을 좋아했다. 기차가 도착해서 다시 출발해 꼬리가 보이지 않을 때까지 하염없이 바라보았다.

'아, 저 기차는 어디까지 갈까?'

'저 기차를 타고 달려가면 어떤 세상이 펼쳐질까?

세상 끝까지 가봤으면 좋겠다' 하며 끝 모를 상상을 많이 했다.

기차를 타고 내리는 사람들을 볼 때도 그랬다. 오는 사람도 있고 가는 사람도 있고, 이별도 있고 만남도 있다. 나에게 더 넓은 세상을 그려보게 했던 추억의 경주역이었다. 기와지붕의 찬란한 빛깔이 지금도 아름답게 여겨지고 있다.

2021년 12월, KTX 신경주 역사가 신설되어 경주역은 103년의 긴 역사를 뒤로한 채 아름다운 퇴장을 하였다.

넓은 세상을 향한 꿈을 심어준 경주역의 옛 모습

6
주경야독

야간학교

내가 초등학교를 졸업하고 나서 우리 가족은 경기도 부천으로 이사했다. 낮에는 건설사무소에서 일하고, 밤에는 야간학교에서 공부했다. 내가 하는 일은 건설사무소 현장을 오가면서 건설현장 감독관에게 시급한 업무 지시를 전달하는 일이었다. 여러 직급의 사람들을 만나면서 조직의 체계를 배울 수 있었다.

그 시절 건설사무소에서 만난 분이 바로 주순균 선생님이었다. "너는 지금같이 하면 된다. 뭐든지 할 수 있어"라고 항상 나를 격려하고 용기를 북돋아 주었다.

이에 힘입어 나는 야간학교에 들어가 중·고등학교를 다녔다. 그곳에서 정인영 선생님을 만났다. 선생님은 "내일 세계 종말이 온다 해도 오늘 한그루의 사과나무를 심는다"는 철학자 스피노자의 말을 소개하시며 훗날을 넓게 보고 "인생을 긍정적으로 사는 사람이 되라"고 말씀하셨다. 언젠가 정인영 선생님을 찾아뵙고 싶어 경기도 교육청에 문의했으나 소식을 알 수 없어 안타까운 마음을 금할 수 없었다.

급훈

중학교 1학년 때 급훈을 정하는 학급회의를 했다.

친구들은 '성실', '정직' 등을 제안했지만 나는 '실천'을 제안했다.

아무리 좋은 것도 실천하지 않는다면 소용없다고 생각한 까닭이었다. 하지만 급훈은 '성실'로 결정되었다. 비록 급훈은 다른 것으로 결정되었지만, 나는 친구들보다 내 생각의 차원이 다르다고 느꼈다. 행동하지 않고 실천하지 않으면 아무 의미가 없지 않은가. 나는 예전이나 지금이나 행동하고 실천하는 것이 매우 중요하다고 생각한다. 그래서 입으로만 번드레하게 말하며 교언영색(巧言令色) 하는 사람을 좋아하지 않는다.

월별로 계획을 세우고 그에 맞춰 꾸준히 실천해 나가면 목표 의식이 분명해진다. 매달 반복하다 보면 그것이 쌓이고 쌓여 결과도 분명하게 나타나기 때문이다.

관찰력

이웃에 육군 대위가 살고 있었는데, 하루는 그의 동생을 따라 그 집을 방문하게 되었다. 집으로 들어오는 나를 보고 "우리 집에 와보니 어떠냐?"고 대위가 물었다. "참 좋습니다"라고 대답하자, "그렇게 대충 보면 안 된다"고 말하는 것이 아닌가.

어느 집에 가든 처음 방문할 때는 신발은 어떻게 놓여 있는지, 거실과 방과 화장실은 어디에 있는지 잘 파악하라고 일러주셨다.

"사물을 볼 때는 관찰력을 갖고 더 많은 탐구를 하여라. 눈과 생각, 모든 것을 회전시켜라. 외눈박이가 되지 말고 맛보기 인생이 되지 말라"고 일러 주었다. 그는 예편 후 중고등학교 교장으로 부임했다.

7
진출

승자는 문제 속에 뛰어든다.
패자는 문제의 변두리에서만 맴돈다.
- 탈무드 -

건설사무소에서 일하면서 나는 많은 사람을 만나고 많은 것을 배웠다. 그러나 이 일은 단순한 업무라 계속할 만한 일이 아니어서 새로운 도전을 하기로 결심했다.

당시 취직을 고려한 곳은 소비조합과 양복점, 그리고 증권회사였다. 소비조합은 물건을 가져다 파는 단순한 역할을 하는 곳이었고, 증권사에 근무하기 위해서는 신사복을 마련하고 서울까지 출퇴근을 해야만 했는데, 내게는 어렵게 느껴졌다. 양복점은 기술도 배우고 내 옷도 마음대로 만들어 입을 수 있을 것 같았다. 그래서 양복점을 선택했다.

양복점은 전부터 알고 지내던 김진형 사장이 운영하고 있었다. 나는 양복점에 취직하여 청소를 시작으로 불 피우기, 수금, 양복 원단 구매까지 다양한 일을 하게 되었다.

나는 내 돈은 잘 받아내지 못해도 양복점 외상값은 잘 받아왔다. 외상값을 받으러 가면 어른들에게 예의범절을 갖춰서 행동했다. 오늘은 안 되고 다음에 오면 주겠다고 하면 "예, 알겠습니다. 어르신이 저한테 거짓말을 하시겠어요? 다음에 오면 꼭 주시겠죠"라고 말했다.

아들 같은 젊은이에게 거짓말하면 체면이 깎이는 것도 있어서 외상값을 약속한 날에 잘 주었다. 그래서 수금은 내 담당이 되었다. 외상값을 받으러 다니면서 서울 동대문시장과 광장시장으로 양복 원단과 부자재들도 구매했다. 일이 끝나면 양복점으로 돌아와 기술자들에게 실도 꿰어 주고 다리미 불도 지펴 주었다.

사장님에게 "직원들이 모두 퇴근하면 제가 뒷정리하고 문 닫고 가겠습니다"라고 했더니 내가 미더웠던 모양이다. 그 이후부터 점포 열쇠도 내게 맡기며 모든 것을 일임했다.

맡은 일이 많았지만, 기술자들의 작업을 유심히 관찰하면서 양복기술을 배웠다. 직원들이 모두 퇴근한 후에는 재봉틀과 바느질을 연습했고, 재단도 해야겠다는 생각에 3개월 단기 양복 재단 학원에 등록하여 재단 기술까지 터득했다. 비로소 나는 양복기능 자격을 인정받게 되었다.

입학선물

학원에서 배운 재단 실력을 발휘하여 막내동생 초등학교 입학선물을 직접 해주고 싶었다. 그 시절 군사혁명 정부에서는 불편한 양복보다 간편하게 입을 수 있는 국민복 열풍이 불었다. 국민복이란 중국이나 북한의 인민복과 유사한데 상의는 넥타이를 매지 않는 겉옷이라 입기 쉽고 활동에 편리한 옷이다. 국민복 인기에 힘입어 주문이 밀려와 양복점은 눈코 뜰 새 없이 바빴다. 주문한 물량을 만들기 위해 필요한 원단을 구입하러 광장시장을 자주 갔다. 시장에서 막내동생 옷감으로 빨간 고르덴 원단도 구입했다.

야간작업을 마치고 늦은 밤에도 동생 옷 만들기에 몰두했다. 형으로서 동생에게 선물한다는 것이 참으로 즐겁고 뿌듯했다. 동생 입학식에 내 손으로 만든 멋진 양복을 동생에게 입혀 보냈다. 동생이 그 옷을 입고 학교에 갔더니 기분이 너무 좋았다며 자랑스럽게 이야기했다. 꼬마 신사가 되어 사람들의 주목을 받았던 모양이다.

막내동생과는 14살 차이가 난다. 그런 막내동생을 무척 사랑했다. 내가 회사를 창업했을 때 함께 일했다. 막내는 결혼 후 새로운 사업으로 독립했다. 내가 서울로 오면서 어머니를 막내동생이 모시게 되었는데 1년여 지나서 어머니가 돌아가셨다. 얼마 후 막내동생도 교통사고로 유명을 달리했다.

막내동생을 생각하면 여전히 마음이 아프고, 조금 더 내 곁에 두지 못한 것이 두고두고 후회스럽다. 그러나 내 손으로 만든 멋진 옷을 입고 좋아하던 어린 동생의 모습은 아직도 잊혀지지 않고 내 눈에 아른거린다.

파업

양복점에서 같이 일하는 직원 중에 지방에서 온 동료가 있었다. 그런데 얼마되지 않아 그는 직원들을 선동하여 파업을 일으켰다. 그때 처음으로 파업이라는 것을 목격했다. 나는 그에게 "네가 취직시켜 달라 해서 입사하고

1년도 되지 않아 이러면 안 된다고, 나는 파업에 동조 못 해"라고 말했다. 이튿날 출근했더니 10시가 되어도 아무도 오지 않았다.

나는 이곳에 취직할 때 월급을 얼마 달라고 요구하지 않았다. 얼마 주면 좋겠냐는 물음에도 사장님이 주고 싶은 대로 주라고 했다. 내 가치는 상대가 평가해 보고 그에 상응하는 대가를 주는 것이라고 생각했기 때문이다.

다른 데 취직할 때도 "월급은 저 일하는 것 보고 주세요"라고만 말했다. 솔직히 말해 나는 다른 사람보다 부지런히 많은 일을 한다. 그런 것을 생각하면 항상 월급은 마음에 흡족하지 않았다. 다만, 어떤 일이든 실력을 먼저 쌓는 일이 중요하다고 생각했다.

한국일보 사장

어느 해 여름, 양복점 사장은 한강 유원지 입구에 제빵 도매점을 개업했다. 사장의 제의로 나는 한강 유원지에서 근무하게 되었다. 빵이 맛있다고 소문이 나자 유원지에 있는 매점과 인근 상인들이 소문을 듣고 몰려와서 문전성시를 이루었다.

장사를 마치면, 피서객처럼 백사장에서 근처의 점원들과 물놀이를 하기도 하고 저녁에는 백사장에 누워 하루의 피로를 풀기도 했다.

그날 물량이 조기 매진되면 사장과 함께 동양제과 사이다 공장, 아이스케이크 공장을 두루 다녔다.

1960년 7월 하순, 엄청난 굉음 소리가 한강 백사장을 깜짝 놀라게 했다. 매점 밖으로 나갔더니 소년한국일보 창간 기념행사장에 나온 장기영 사장이 한국일보 헬기를 향해 손을 흔들며 "어디갔어 어디있어"하며 사자후를 지르고 있었다.

체구도 장대한 분이 성격도 매우 급하신 인물로 보였지만, 대단한 카리스마를 지닌 사람이라고 나는 생각했다.

중학교 수업시간에 정인영 선생님으로부터 장기영 사장에 대한 소개를 들었는데, 바로 저분이라는 생각이 들어서 백사장에 나타난 장기영 사장 뒤를 잠시 따라 다니며 유심히 보았다. 그는 잊을 수 없는 강한 인상을 내게 남기고 한강을 떠났다.

그 후 장기영 사장은 초대 경제기획원 장관으로 임명되었다.

청와대 새벽송

옛날에는 크리스마스 새벽에 교회 신도집을 찾아가 예수님의 탄생을 축하하고 알리는 행사를 거행했다. 이 행사를 "크리스마스 새벽송"이라 부른다. 크리스마스 새벽송은 보통 자정부터 시작되며, 성가대원들이 교인들 집을 찾아가 "고요한 밤 거룩한 밤"과 같은 성탄 캐럴을 부르고, 예수님의 탄생을 축하한다.

크리스마스 새벽송은 기독교에서 매우 중요한 행사 중 하나이며, 크리스마스 새벽송을 통해 신도들은 예수님의 탄생을 기념하고, 지역 주민들에게 기독교 문화를 알리는 좋은 기회가 되었다.

크리스마스 새벽송은 한국에서만 있는 행사는 아니고, 유럽과 미국에서도 크리스마스 새벽송을 부르며 크리스마스 새벽송은 기독교 문화를 전 세계에 알리는 중요한 행사 중 하나였다.

　나는 음악을 좋아했다. 교회밴드부에서 트럼펫 연주를 했다. 교회 연합 행사로 1964년, 1965년 성탄절 새벽송 행사를 위해 청와대를 두 차례 방문했다.

　그때는 성탄 전야에 자정(子正)이 되면 '기쁘다 구주 오셨네' 같은 캐럴이나 찬송가를 부르거나 연주하는 성탄 새벽송 행사가 열렸다.

교회 밴드부에서 트럼펫 연주

해구표 밀가루

　1961년 5월 16일, 군사혁명이 일어났다. 정부에서는 19공탄을 배급하고 보리쌀, 밀가루 등 혼분식 장려운동을 펼쳤다. 밥 먹기 힘든 시절이었다.

　나는 이 어려운 시기에 '사람이 극복할 수 있는 한계는 어디까지일까?'에 대해 생각해보았다. 스스로 극한 상황과 마주하며 어느 정도 감내할 수 있는지 실험해 보기로 했다.

식당에서 밥을 먹지 않고 자취하려고 20kg 밀가루 한 포대를 샀다. '해구표' 밀가루, 이름도 잊지 않았다. 사무실 안 난로를 이용해 직접 수제비를 끓여 먹을 요량이었다. 왜간장도 한 병 샀다. 내 손으로 직접 수제비를 끓여서 일주일을 먹었다. 매주 토요일은 집에 가서 어머니가 차려 준 밥을 먹으니 하루는 제외하고 일주일에 6일이었다.

이렇게 한 달 정도를 해보았다. 새로운 도전이자 일종의 극기 훈련이었다. 이때의 경험으로 손자들한테도 "하루에 돈 만 원으로 차비 하고 밥을 해결해 봐라. 할 수 있을지 없을지 연구해 보고 실행으로 옮겨 보라"고 숙제를 주기도 했다. 절약의 지혜를 손주들이 스스로 체험하고 깨달았으면 하는 마음에서였다.

돈은 어떻게 쓰느냐에 따라서 그 가치가 달라진다. 밥 한 끼에 10만 원짜리를 먹어도 포만감을 느끼지 못할 수도 있고, 단돈 3천 원짜리 식사에 포만감을 느낄 수도 있다. 비싸다고 가치가 높은 것은 아니다.

나는 부산 해운대에 가면 전통시장 입구 맞은편 구포 국수집에 간다. 국수 한 그릇이 5천 원이다. 곱빼기를 시켜도 천 원만 더 주면 된다. 몇 년 전 잔치국수 한 그릇을 맛있게 먹고 왔다. 근처 설렁탕은 한 그릇에 만 원이다. 그런데 내게는 별로였다. 나는 구포 국수집 사장에게 맛있는 국수를 싼값에 배부르게 먹고 간다며 고맙다고 인사를 했다.

수제비를 끓여 먹으면서 음식을 어떻게 먹느냐가 중요하다는 것을 알게되었다. 돈을 적게 버는 사람도 자기 입맛에 따라 배부르게 먹으면 만복감(滿腹感)에 감사하는 것이고, 많이 버는 사람도 자기 취향에 맞는 식사로 행복감을 느끼는 것이다. 그래서 수많은 인류가 저마다의 행복감에 공존하는 세상을 만들어 가는 것이 아닐까 한다.

북송 반대

　1958년 일본 거주 재일조선인 귀국 협력단체와 일본 정부와 재일동포 북송에 관한 협정이 조인되어 본격적으로 북송이 시작되었다.

　1959년을 시작으로 1963년까지 대한민국 정부와 국민은 재일동포 북한송환 반대 궐기 대회와 반대 시위가 전국 대도시마다 개최되었다. 아버지를 통해 일제 강점기 수난과 조국의 해방이 될 때까지의 상황을 익히 들어서 알고 있었기 때문에 재일동포 북송은 우리 민족에게 또 다른 비극이 될 것이라 여기고, 1963년 9월 23일 북송 반대 궐기대회와 시가행진에 참석했다.

　시가행진에는 많은 사람이 함께 했는데 저녁 늦은 시간에도 행진은 계속되었고 밤에는 몹시 쌀쌀한 날이었다. 그때 속아서 북송된 재일동포는 약 88,000명에 이른다고 한다. 북송반대에 참여하려고 생업을 뒤로 한 채 내 경비 지출하면서 지치고 피곤한 몸은 생각지 않고, 내 동포가 북한과 일본의 농간에 빠져들지 않기를 바라는 외침은 단 한 가지 이유였다.

　같은 동포를 기망하고 삶의 희망을 잘라버리게 만든 북한 정부는 민족적 관점에서 볼 때 일본인이 조선 민족을 속이는 행위보다 더 사악한 것이라 생각했다. 백성(동포)의 생명과 재산을 보호해 주는 것이 국가의 첫번째 의무이기 때문이다.

　박정희 대통령 시절로 기억하는데 재일동포 북송 반대시위 행사가 야간에도 시행되었다. 재일동포 북송사업은 1959년부터 1984년까지 일본에 거주하는 재일동포 중 북한을 지지하는 사람들을 북한으로 보내는 사업을 말한다.

　한국은 전쟁으로 쑥대밭이 된 와중에도 외교 역량을 총 가동하여 재일동포 북송 저지를 위해 노력했다. 배까지 수배했던 일본의 북송을 1차적으로 저지한 것도 한국이었고, 일본의 재일동포 북송을 '준(準) 선전포고'로 간주한다는 통보까지 보내는 등 이를 막기 위해 우리 정부도 외교적 노력을 다했다.

나 역시 힘을 보태기 위해 서울로 올라와 일본 정부에 항의하는 재일동포 북송 반대시위에 열정적으로 참가했다. 이렇게 하는 것이 나의 의무라고 생각했다.

건국 대통령 유해

나는 초등학교 때부터 건국 대통령 이승만 박사를 무척 존경했다. 앞에 소개했듯이 이삼산 할머니가 이 대통령께 드리기 위해 정성껏 유과를 만드는 것을 옆에서 도운 적도 있었다. 지금도 나는 아시아서 태어난 인물 중에 이승만 박사의 혜안과 지식과 정치력을 능가하는 지도자는 상상하기 어렵다고 생각한다.

1965년 7월 19일, 향년 90세를 일기로 하와이에서 서거한 건국 대통령 이승만 박사의 유해가 서울공항에 도착했다는 소식을 들었다.

나는 이승만 건국 대통령의 마지막 모습이라도 뵙고 삼가 조의를 표하고 싶어서 1965년 7월 23일 서울시청 앞에 갔다.

인산인해를 이룬 사람들 틈을 비집고 들어가 운구 행렬을 지켜보았다. 장례식 때는 해방 이후 최대의 인파가 거리로 나와 초대 대통령의 마지막 길에 깊은 애도를 표시했다. 건국 대통령이 있었기에 대한민국을 자랑스런 국가로 발전하는 기틀을 마련할 수 있었던 것이다.

8
결혼

승자는 눈을 밟아 길을 만들지만
패자는 눈이 녹기를 기다린다.
- 탈무드 -

1960년대 초반까지도 우리나라의 정치 경제 사회 전반에 상황은 크게 달라져 보이지 않았다. 1960년 4·19학생운동과 이듬해 5·16군사혁명으로 국민들은 기대감과 삶에 대한 희망이 부풀어 올랐다.

양복점에서 월급을 받으면 집에 쌀 한 가마니를 들여놓고, 광에 연탄을 가득 채워놓으면 부자가 된 듯 마음이 푸근해졌다. 매일 아침 7시에 출근해서 11시에 퇴근하고, 한밤중에 호롱불 켜놓고 공부하다 잠드는 일상의 고단함도 눈 녹듯이 사라졌다.

일해서 얻어지는 노력의 대가는 나에게 얼마나 값진 것인지를 깨닫게 되었고, 직장은 돈을 받고 기술도 배우고 사회를 배우는 삶의 터전이라는 사실과 나를 통해 조직에 이익이 창출되지 않으면 나는 사장의 돈을 도적질하는 것과 다를 바 없다는 생각이 들었다.

아버지의 허락

아버지는 일생 동안 애국심과 하나님을 향한 교회 헌신과 이웃을 위해 봉사로 살아오신 분이다. 그런 아버지를 나는 존경했다. 하지만 아버지는 가족보다 교회공동체를 우선시하였다. 이러한 아버지의 신앙관은 가족에게 경제적 시련과 많은 어려움도 안겨주었다.

1966년도 후반에 나는 중대한 결심을 하게 되었다. 이때까지 나는 아버지의 말씀은 무엇이든 "예, 알겠습니다"라고 순종했다. 그러나 나는 더 이상 성인으로서 아버지의 신앙관을 이어갈 수 없었다. 나는 교회공동체보다 내 가족을 위한 삶이 최우선시하는 삶을 살기로 결심했다.

나의 신앙관은 생명을 가진 존재로서 자신을 사랑하고, 하나님께서 맺어주신 가족을 돌보고, 생존의 원리에 따라 희망을 가지고 살아가는 것이었다.

그해 10월 하순쯤 아버지께 드릴 말씀이 있다고 어머니를 통해 면담을 간청했다. 3일 후 아버지는 "논의할 일이 무엇이냐?"며 진지하게 물으셨다. 나는 떨리는 마음을 진정하면서 내 결심을 차근차근 말씀드렸다. "아버지, 저는 아버지의 신앙관을 계승하지 못할 것 같습니다. 지금의 공동체 조직에서 벗어나서 제 자신의 삶을 개척하고 가족을 우선시하는 삶을 살고 싶습니다. 아버지 허락해 주십시오."

나는 오랜 세월 고민과 번뇌를 거듭하고서 내린 결심이라 더는 미룰 수 없는 결단으로 오랜 기다림 끝에 용기를 낸 고백을 했다.

이미 성인이 된 까닭에 부모의 허락없이 결정할 수 있었지만 자식된 도리를 외면하지 않고 싶었다. 아버지의 허락을 바라는 것은 자식의 마음을 헤아리고 아버지로부터 승낙과 함께 축복받고 싶다는 소망도 진솔하게 말씀드렸다.

아버지는 내 말을 들으시고 매우 심각한 표정으로 만감이 교차하는 깊은 생각에 잠기셨다. 그동안 내게 무슨 고민이 있다는 걸 알고 계셨던 것 같았다. 아버지는 장성한 아들이 제의한 뜻밖의 말에 많은 생각으로 긴 시간 침묵만 이어갔다. 나는 마음이 불안해서 그 자리가 좌불안석이 되어가고 초조함과 긴장은 고조되어 갔다. 이러다가 '아버지와의 관계가 회복될 수 없는 지경에 이르게 된다면' 하는 생각이 머리를 스치자 온몸에 현기증이 일었다.

나는 그 자리에서 더 이상 버틸 수 없어 정신을 가다듬고 일어나 부엌에 가서 숭늉 한 사발을 들이키고 난 뒤 아버지에게도 숭늉 한 사발을 권하면서 무릎 꿇고 다시 한번 간청했다. 자식들이 커서 장가도 가야 하고 자식들의 배우자를 선택할 때 어떠한 제약을 받게 된다면 아버지 심정이 어떠하시겠습니까, 부디 앞날을 생각해서 허락해 달라고 재차 읍소했다.

긴 침묵을 깨고 말씀하셨다. "네가 결심한 일이니 네 뜻대로 해라. 네 꿈을 세웠으니 네 앞길을 막을 수 없다"며 아버지는 나의 선택을 허락해 주셨다. 그날 아버지의 결정은 미천한 자식의 굳은 의지에 용기와 자존감을 부어주신 일생일대에 귀한 선물이 되었다. 앞날을 예견하시는 아버지의 고매한 안목과 혜안의 산물이라 여기며 항상 감사하는 마음으로 살고 있다.

전구

사업을 시작할 때 결정적인 역할을 한 사람이 두 명 있었다. 한 분은 서울대 경영학과 오상락 교수였고, 다른 한 사람은 친구인 이광정이었다. 오상락 교수는 내 이성을 자극하는 분이었고, 이광정은 음악을 통해 감성을 나누던 벗이었다. 이광정은 영어를 무척 잘했고 색소폰 연주도 수준급이었는데 당시 전구공장 총무로 근무했다.

나는 건축자재인 슬레이트 사업을 해보기로 마음먹었다. 새마을운동이 일어나서 초가지붕을 뜯어내고 슬레이트 지붕으로 한창 바꾸는 때였다. 그래서 시장조사차 강원도 원주와 서울 창동에 신축 중인 '샘표 간장' 공장 현장을 다녀오기도 했다. 본격적으로 시작에 앞서 친구를 만나 슬레이트 사업을 할 생각이라고 말했다. 그러자 친구가 전구 한 박스를 보여주며 "슬레이트 장사하지 말고 전구 장사"를 권유했다. 개당 단가는 낮아도 생활용품 수요가 많아 전망이 좋다는 것이었다.

친구의 제의를 받아 중앙선 열차를 타고 고향인 경주로 내려갔다. 1967년 2월 8일, 사업으로서의 첫 출발이었다. 그런데 하필이면 그날이 구정 전날이었다. 경주에 도착하니 황망하기 그지없었다. 섣달그믐인지도 모르고 내려간 것이다. 거의 모든 숙박업소가 문을 닫았고 겨우 찾아낸 여관도 손님이 없어 불을 때지 않았다. 냉골이라도 좋으니 묵게 해달라 부탁해 하룻밤을 묵을 수 있었다. 시련은 첫날부터 겨울날의 추위만큼 내 몸을 얼어붙게 했다

이튿날 제품을 들고 포항으로 갔다. 죽도시장의 '동해전업사'라는 가게만

유일하게 문이 열려 있었다. 반가운 마음에 문을 열고 들어가 물건을 보여주고, 주인으로부터 내일 한 박스 구매하겠다는 구두 주문을 받았다. 종일 포항 시내를 돌아다녔다. 그러나 문을 연 전업사는 더 이상 찾을 수 없었다.

저녁으로 따끈한 해장국을 먹었지만 겨울 해는 짧았고 바람은 매웠다. 다시 하룻밤 묵을 숙소를 찾았다. 겨우 찾아낸 숙소도 냉골이었다. 마침내 참았던 눈물이 흘러나왔다. '내가 모르는 게 너무 많구나. 우물 안 개구리구나'하는 생각으로 앞으로 전개될 일들을 생각하니, 마음이 편치 않아 뜬눈으로 밤을 지새웠다.

다음 날 아침, '동해전업사'를 재차 방문했다. 첫 고객은 약속을 지켜주었다. 비록 적은 수량이었지만 사업에 대한 자신감을 가지게 되었다. 용기를 얻은 나는 대한민국 두 번째 도시 부산으로 향했다. 이틀 동안 부산 국제시장, 서면시장 등을 돌아다니며 가지고 간 물건을 모두 팔았다. 그리고 몇 몇 전업사로부터 추가 주문도 받았다. 기운이 솟았고, 고마운 마음에 콧노래도 흘러나왔다.

밀수 수사대

부산 국제시장 세전사로부터 주문받은 물품을 배달하려고 용달차를 알아보니 예상외로 운임이 비쌌다. 용달비를 줄이는 방법을 생각하다가 내가 직접 배달하면 되겠다는 생각에 옆집 고물상에 가서 손수레를 빌려달라고 했다. 낮에는 자기들이 사용해서 빌려줄 수 없지만, 그 외 시간은 가능하다고 했다.

나는 저녁에 손수레를 빌려 숙소 앞 창고에 갖다 놓고 새벽 4시에 주문받은 물품을 싣고 5시경에 집을 나섰다. 주례 입구에서 국제시장까지는 족히 2시간은 소요될 거리였다. 땀을 흘리면서 수레를 끌고 범일동 삼거리에 접어들 무렵 경찰관 두 명이 갑자기 나타나 수레를 통째로 붙잡고는 경찰서로 가자고 했다. 그들은 밀수 단속반이라고 신분을 밝혔다. 나는 명함을 건네며 지금 용달차를 쓸 형편이 되지 않아 직접 국제시장 거래처에 가는 중이라고 설명했다. 의심스러우면 상자를 뜯어보라고 했다. 단속반은 수레에 짐을 내려보라고 했다.

내린 제품이 한국산 전기제품인 것을 확인한 후 경찰은 나를 보내 주었다. 경찰관이 밀수품을 운반하는 밀수꾼으로 오인하여 빚어진 해프닝이었다.

결혼

1968년 9월 10일, 27세에 결혼했다.

아내는 우리 가족이 경주에 잠시 머물 무렵 교회에서 만났다. 어떤 학생이 언니와 함께 교회에 왔는데 단아하고 총명해 보였다. 이후 우리 가족은 부천으로 이사 가는 바람에 잊고 있었다.

수년이 지난 어느 날 경주에서 보았던 학생이 언니와 함께 서울로 왔다가 우리 집에 인사차 들렀다. 그때 나는 어색한 기분이 들어 일부러 자리를 피했다. 나는 여자 형제가 없어서 아주머니들과 대화는 스스럼없이 하지만 내 또래 되는 여자들과는 눈도 마주치지 않았다. 중·고등학교 다닐 때도 여학생과 대화를 해본 적이 거의 없었다.

인연이 되려고 그랬는지 두 자매가 부천으로 이사와 우리 동네에 살게 되었다. 그 후 이따금 왕래가 있었다. 결혼할 적령기에 접어들어 연모의 감정이 싹틀 무렵 어머니께서 "희자, 괜찮아 보이는데 사귀어 보라"며 말씀해 주셨다. 어머니는 "저 처녀 받을 복이 있는 사람이다. 네게 힘이 될 것이다"라고 하셔서 결혼을 결심하게 되었다.

결혼식 기념

나는 결혼하기 1년 전에 부산 고모 집에 기거하고 있었고, 아내는 부천에서 살았다. 아가씨에게 "나와 결혼할 수 있느냐?"고 단도직입적으로 물었다. 대답이 의외였다. 결혼해도 자기 어머니 다음으로 사랑할 수 있다고 하는 게 아닌가. 나는 주저 없이 그렇게 하라고 대답하고 부산에서 결혼식을 올렸다.

적은 비용으로 결혼식을 치르는 것이 바람직하다고 생각한 나는 부산 범일동 앨범예식장에서 혼인식을 올렸다. 주례자 조동재 선생은 축사에서 부부란 "잘 살아야 된다"라고 일러주셨다. 예식장 사장은 우리에게 분명히 잘 살게 될 부부라며 격려해 주었다.

자기들은 결혼할 총각, 처녀만 봐도 결혼 후 잘 살지 못 살지가 눈에 보인다고 하셨다. 평소에 어머니께서 "여자에게 잘하라"고 말씀하셨기 때문에 나는 '신부에게 잘하는 것이 무엇일까?' 곰곰이 생각했다. 그것은 바로 아내가 친정에 갈 때 부끄럽지 않도록 잘 사는 일이라고 생각하게 되었다.

　어머니 말씀과 함께 탈무드에 나오는 교훈도 생각이 났다.

　"선량한 인품을 지닌 부부가 어찌하다 이혼을 했다. 남편은 곧 재혼했지만 안타깝게도 악한 여인을 만나게 되어 똑같이 여자와 같이 악한 사내가 되었다. 착한 아내도 악한 사내와 곧 재혼했는데 새 남편은 아내와 똑같이 선량한 사람이 되었다."

1968년 경복궁에서 개최된 우리나라 최초 산업박람회에서 아내와 함께

첫아들

결혼 1년 후 1969년 8월 첫아들 창재가 부산 서면 로터리에 있는 삼성병원에서 태어났다. 나하고 아들은 생일이 딱 한 달 차이다. 첫 아이가 내 바람대로 아들이어서 참 좋았다. 그러나 한편으로는 이 아이를 어떻게 키워야 할지, 그 책임감과 압박감이 무척 심했다.

당장 좋은 분유부터 아이에게 먹이고 싶었다. 당시 제일 좋다는 '모리나가 분유'를 사려고 서면시장을 얼마나 헤매고 다녔는지 모른다. 몇 바퀴를 돌다가 겨우 한 가게서 모리나가 분유 한 통을 샀다. 분유를 사러 돌아다니면서 여러 가지 생각으로 마음이 복잡했다.

분유 한 통 구하는 것도 이렇게 어려운데 저 자식을 앞으로 어떻게 키워야 할지 걱정이 태산 같고, 복잡한 심정을 가늠할 수 없었다. 자식을 얻은 것은 하나님의 축복인 줄 알면서도 기쁨보다 걱정이 앞서는 현실적 무게가 가볍지 않다는 사실을 많이 들어서 알고 있었다.

사실 나보다는 더 좋은 삶을 아이에게 열어주어야 할 책임감이 너무도 무겁게 다가왔다. 자식은 가장이 책임질 수 있는 능력 안에서 낳아야 한다고 생각했다. 한 생명이 지구에서 살아간다는 것은 준엄한 현실속에서 생존을 위한 치열한 과정 때문이다.

아들 3형제

어머니는 세상을 품는다. 남성은 임신과 출산의 경험이 불가하다. 그러나 아내를 통해 모성의 위대함을 경험한다.

첫 아이 임신 소식을 들었을 때, 걱정이 파도같이 밀려왔다. 한 생명을 길러내야 한다는 책임감 때문이었다. 맏아들이 태어나던 날 오전 11시, 출산 소식을 듣고 병원으로 달려갔다. 나를 아버지로 만들어 준 아내가 대단하고, 우리 부부를 통해 우리에게 찾아온 새 생명이 경이로웠다. 그야말로 '놀라운 은총'이었다. 나는 바쁜 일정을 뒤로 하고 일찍 귀가하려고 노력했다. 이 아이를 우리 사회에 도움이 되는 아이로 길러야겠다고 결심했다.

둘째는 쌍둥이 아들로 내 품에 안겨졌다. 대구 파티마 병원에서 퇴원하여 핏덩이 두 형제가 안방 아랫목에 나란히 누웠는데 꿈인지 생시인지 놀라 기뻐하면서도 두렵고 떨리는 마음을 금할 수 없었다. 아내가 혼자 손으로 아들 셋을 어떻게 키울 것인가? 앞으로 이 큰 과제를 어떻게 감당할 수 있을까 하는 염려와 걱정이 앞서기도 했다.

날이 거듭될수록 피로는 쌓여가고 밤에는 한 아이가 울면 옆에 있던 아이가 깨어나 덩달아 울어댔다. 아이들은 아내가 날 밤을 새워가며 쪽잠마저 잘 수 없게 온갖 심통을 부리면서 "우리 형제들을 잘 키워줄 수 있을지" 점검이라도 하듯이 경쟁적으로 부모를 힘들게 했다. 세 아이에게 하루에도 수십 개씩 기저귀를 갈아주었다. 산더미처럼 쌓인 빨래감은 맨손으로 빨아 말리고 접느라 아내는 정신이 외출이라도 한 듯 단아한 여인의 모습은 간데없고, 초라하고 볼품없는 모습으로 지치고 피곤한 아낙네가 되어 가엽게 느껴졌다.

그 시절에는 전기세탁기조차 없던 때라 손빨래 외에는 달리 세탁 방법이 없었다. 겨울에는 솥에 더운 물을 끓여야 하는데 세 아이의 기저귀와 옷과 포대기를 세탁하려면 연탄 아궁이 솥에서는 감당할 수 없었다. 그래서 찬물에 맨손으로 그 많은 빨래를 할 수밖에 없었다.

그리고 영아에게 예방 접종을 하는 날에는 온 가족이 총출동해서 병원에 가면 우는 놈, 싸는 놈, 주사 맞혀야 하는 세 아이 돌보느라 혼이 빠져 나가는 것 같았다.

어느 날 우리 내외는 지치고 지쳐 나가떨어질 지경에 이르게 되었다. 세 아이 중에 한 아이를 유모에게 맡겨 키우도록 방침을 세우고, 유모를 구하려고 수소문한 결과 60대 할머니를 구하게 되었다. 그 할머니는 혼혈인 외손자와 단둘이 살고 있고 외손자는 13살 소년이었다.

우리 집에서 함께 지낼 수 없었기에 아이를 데리고 나가서 키우겠다는 조건으로 양육비를 지불하고 예방 접종이나 아이가 아플 때는 지체없이 우리에게 연락하도록 정했다.

처음에 막내 동훈이를 보냈는데 한 달 동안 수시로 배탈 나고 감기 걸리고 열나고 기침하는 횟수가 늘어나자 부득불 막내를 데려오고 둘째 정재를 보내게 되었다.

둘째는 그 집에서 잘 먹고 잘 자고 적응하는 사이 막내의 질병이 호전되어 다시 동훈이를 보냈더니 낯설다며 목이 쉬도록 울고 먹지도 않고 있다는 연락을 받았다. 그런데 둘째도 집에 와서 자기 엄마 아빠인데도 낯가림을 하며 엄마를 쳐다보고 울음을 터뜨렸다. 그래서 동훈이를 데려오고 정재를 할머니 댁으로 다시 보내서 키우다가 첫돌이 지난 후 다시 데려와서 3형제가 합류하게 되었다.

여러 해 동안 둘째에게 미안한 마음이 많이 들어 만회하려고 오랜 시간 각별하게 마음을 품었다. 어린 자식을 양육한다는 것은 부모로서 많은 시련과 인내와 사랑이 요구되며 부모의 능력과 자질과 사명을 감당하지 않으면 어려운 과제라고 생각했다.

특히 자식과 스킨쉽이 많은 어머니의 책임감은 이루 말할 수 없이 크다. 그 책임감은 일정 기간이 지나면 소멸되는 것이 아니라 어머니 자신이 존재하고 자식이 존속하는 한 무한의 관계이기에 참으로 두렵고 엄숙한 마음이 들었다.

잃었다 찾은 장남

우리는 대구 동구 신암동 단독 주택에 살고 있을 때 둘째와 셋째가 같은 날 쌍둥이로 태어났다. 첫아들 창재가 3살 되던 늦은 가을이었다. 아이 한 명을 키워도 벅찬데 갑자기 아들이 셋이나 되다 보니 아내는 제정신이 아니었다.

큰아이가 제 발로 바깥출입을 조금씩 하게 되어 이웃집 형들하고 어울려 놀다가 집에 와서 간식을 먹고 나갔는데, 저녁이 되어 날이 어둑어둑해져도 돌아오지 않았다. 아내는 갓난쟁이 쌍둥이 돌보느라 밖에서 놀고 있을 아이를 잊고 있는 사이 행방이 묘연해진 것이다.

이웃들과 함께 아이를 찾으려고 이웃 동네 골목골목을 헤매면서 밤 10시가 지나도 찾지 못했다. 나는 파출소마다 수소문했으나 길잃은 아이를 보호한 파출소는 한 곳도 없었다. 아내와 나는 그 날 밤을 뜬 눈으로 보내며 하나님께 애타게 울부짖으며 찾아달라고 애원했다. 새벽녘부터 아들 찾으려 다시 인근 파출소와 이웃 동네를 헤매고 다녔으나 집나간 아들을 찾을 길이 막막했다.

아들을 잃어버린 이튿날 오후에 우리 옆집으로 가끔 놀러 오는 아주머니가 우리 아들 잃어버렸다는 말을 듣고, 깜짝 놀란 얼굴로 "조금 전 옆 동네 아줌마가 아이 손목을 잡고 어떤 집에 들어가는 것을 보았다"며, 아들 찾으러 빨리 가자고 했다. 나는 들뜬 가슴으로 한걸음에 달려갔다.

기쁘고 괘씸한 마음이 교차하면서 흥분된 마음을 가라앉히며 아주머니를 따라 그 집을 찾아가자 아들은 천연덕스레 과자를 먹고 있었다

"창재야!" 하며 소리치자 아들은 나를 보고 "아빠!" 하며 달려와 내 품에 안겼고 내 얼굴에는 눈물방울이 흘러내리고 있었다.

치솟던 분노는 눈 녹듯이 사라지고 자초지종을 따지지 않고 우선 고맙다는 인사부터 나누고, 그 집 아주머니께 아이를 보호해 준 것은 고맙지만 왜 파출소에 신고하지 않았는지 물어보았다.

아주머니는 생뚱맞게도 어이없는 말투로 부모가 버린 아이인 줄 알고 자신들이 키우고 싶어 신고하지 않았다고 솔직히 말했다. 아이 부모가 찾아오지 않기를 바랐다는 그들의 말을 들을 때는 분노가 치밀었지만 잃었던 자식을 다시 찾은 기쁨에 모든 잡념을 잊어버렸다.

첫아들이 태어나던 날, 잘 먹여 키우겠다는 일념으로 모리나가 분유 한 통 사려고 서면시장 이 점포 저 가게를 헤매면서 서툰 애비 노력을 기울이면서 키운 아들이었다. 잘생기고 하얀 피부에 웃는 모습은 마치 천사 같았다. 동네 어디를 가든 많은 사람들이 우리 아이 손을 잡아보고 머리를 쓰다듬으며 "너 참 잘 생겼다"고 용돈과 과자를 쥐어 주는 일은 다반사였다.

잃어버린 자식을 찾은 기쁨은 큰아들을 두 번 얻는 행운이라 생각했다.

하나님께 감사하며 영원히 지켜주겠다고 다짐하며 아이를 업고 흥거운 발걸음으로 집을 향했다.

세발자전거

　대구 중심가 동성로에 살았을 때, 큰아이에게 세발자전거를 선물해 주었다. 아이는 장난감처럼 좋아하며 며칠 만에 익숙하게 타고 다니며 동생도 뒤에 태워서 동성로 일대를 휘젓고 다녔다. 쌍둥이 동생도 자기네 자전거 사 달라며 나를 보고 땅바닥에 주저앉아 울면서 두 다리를 패대기치며 조르기를 거듭했다. 5살 큰애와는 두 살 터울인데 벌써 떼를 쓰니 난감한 상황이었다. 지켜보던 아내가 나중에 주는 것도 좋으나 지금 아이가 원하는데, 미룰 이유가 없다며 밖에 나가지 않고 집안 마당에서 타고 놀게 하면 운동도 되고, 균형 감각이 생겨 신체 발육에도 도움이 되겠다며 거들었다.

　얼마 지나지 않아 삼형제는 날마다 자전거를 타고 약전골목과 고려예식장 계산성당 주위를 맴돌다가 날이 갈수록 영역을 넓혀 갔다. 그때는 차량 통행량이 많지 않아 사고의 위험은 적었지만, 아이들이 자전거를 타고 앞만 보고 달려가 길을 잃을 때가 종종 있었다. 아내와 나는 아이를 찾으려고 파출소에 신고하거나 이웃의 도움을 받기도 했다.
　둘째 아이가 어느 날 없어져 백방으로 찾아 보았으나 끝내 찾지 못했다. 각 파출소에 미아 실종 신고를 하고 노심초사하며 밤을 보낸 이튿날 대구역전 파출소에서 아이가 잘 자고 있다는 연락을 받았다. 이후로는 아이들이 집 주위를 벗어나는 일은 없었다.

여름방학

여름방학 때가 되면 포니 승용차로 가족과 함께 여러 곳을 여행했다.

아무리 바빠도 짬을 내어 해수욕장과 유원지를 찾아 며칠씩 함께 보냈다. 방학동안 우리가 사는 동네를 벗어나 또 다른 환경을 접하면서 아이들은 색다른 일을 체험하고, 부모와 형제의 역할과 의무가 무엇인지 깨닫게 하는 또 하나의 교육의 장이었다.

삶을 영위하는데 지식과 경험은 보석처럼 빛나고 음식같이 인생을 배부르게 한다. 포항 칠포리, 부산 광안리, 송도, 송정, 해운대 등지에서 보냈다.

아이들이 어릴 때 해운대 파라다이스 호텔에 룸 2개를 예약해서 며칠만이라도 아버지를 모시고 손자들과 함께 지내는 시간을 마련했다.

해운대 해수욕장에서 세 아들과 아내

낮에는 3대가 호텔과 백사장에서 식사를 하며 즐거운 시간을 보내고, 저녁 무렵에 아버지는 주무시지 않고 교회가 있는 기장으로 귀가하셨다. 나는 매우 섭섭했지만 아버지의 뜻을 따를 수밖에 없었다.

아버지는 큰아들인 나와의 대화를 좋아하셨고 나 또한 아버지 말씀을 놓치지 않고 경청하는 아들이었다. 하지만 나는 아버지의 용기와 정의와 애국심과 신앙심은 감히 쫓아갈 수 없는 하늘 같으신 존재라는 것을 잘 알고 있다. 돌아가신 그날까지 나를 위해 기도해 주신 아버지의 깊은 사랑에 넘치도록 감사를 드리고 있다.

나는 자식들에게 도덕, 정조, 가족의 3가지를 실천하기 바라며 강조했다.

첫째, 도덕(이성)은 사람을 평가하는 최후의 잣대이다. 둘째, 정조(순결)는 남녀 모두 자신의 몸을 지켜야 한다. 셋째, 가족(가정)은 부부가 함께 사랑하며 가정에 충실해야 한다. 특히 부부는 가족의 생존을 책임지고 가족 간의 화합을 최우선으로 삼아야 한다.

1981년 설날 가족과 함께 대구 집에서

9
언론

껍질만 보지 말라.
안에 들어 있는 것을 보라.
- 탈무드 -

나는 해방 이후 극심한 냉전체제 속에서 성장했다. 남북 분단과 6.25로 피폐해진 나라를 위해 내가 할 일이 무엇인지 생각하게 되었다. 우리 사회는 어떤 구조를 가졌는지, 우리 사회가 지향하는 바는 무엇이며, 어떤 계층으로 이뤄졌는지를 알아야 방향을 잡을 수 있으리라 생각했기 때문이다.

월간 마케팅

〈월간 마케팅〉은 서울대 경영학과 오상락 교수와 동아제약 사장 강신호 박사가 발행한 경제 잡지다. 이 잡지를 구독하면서 제조, 유통, 소비로 이어지는 경제의 흐름을 이해하게 되었다. 대부분의 제품은 대량생산이 가능하다. 대량생산을 통해 제품의 생산단가가 내려가면 대량소비로 이어지는 경제순환이 발생한다. 이러한 경제시스템에 참여하지 못하는 사업은 도태될 수밖에 없다고 판단했다.

나는 마케팅 잡지를 통해 한국경제의 흐름과 산업시스템에 대한 현실을 깨닫게 되었고, 우리나라 정치 경제 사회 문화에 대해 궁금한 사실들을 알아 가는데 길잡이 역할을 해 주었다.

법률보사

평소 친분이 있던 서병조 기자를 찾아가 여러 이야기를 나누다 향후 진로에 관한 조언을 듣게 되었다. 그는 동향 언론인으로, 6.25 전쟁 때 부산일보 특종을 터트린 기자였고, 조선일보와 〈사상계〉에도 몸을 담았다. 4.19 이후 민주당 정권 때는 타블로이드판 〈국회 뉴스〉를 국회 부의장 서민호 박사와 함께 발행했다. 나는 서울 청진동 사무실에서 한동안 기사 교정을 보기도 하고 조판 작업도 하면서 정치와 종교, 언론에 관한 다양한 주제로 많은 의견을 나누곤 했다. 또, 사상계와 조선일보, 한국일보, 경제신문사 등 여러 언론사를 방문하기도 했다. 1960년대 초였다. 이때의 경험을 통하여 나는 신문이 어떤 역할을 하는지 알게 되었다.

서 기자를 만나 언론계에 몸담고 싶다고 말했다. 그러자 서 기자는 "일간지는 전적으로 매달려야 되지만, 처음에는 조금 여유가 있는 주간지나 월간지를 통해 언론계에 종사하는 것이 좋겠다"고 조언했다. 여러 사람들의 추천과 의견을 수렴하여 '법률전문지'를 발행하는 '법률보사'에 입사했다.

당시 영남지역에는 고등법원과 고등검찰청이 대구에만 있었다. 그런데 법률보사 경북지사가 없었다. 법률보사 사장은 내게 경북 대구지사를 설치해 지사장을 맡아 줄 것을 요청했다. 1970년, 나는 대구에 법률보사 경북 대구지사의 문을 열고 취재 활동을 하게 되었다. 기자모집은 위임받은 사안대로 선발하여 본사가 최종 발령을 냈다. 서울대 법학과 출신을 기자로 채용했다. 법률

보사 경북 대구 지사를 개설하고 가장 먼저 한 일은 검찰, 법원, 경찰청, 시청, 체신청 등 대구 주요 기관장(長)으로부터 출입 허가를 받고 난 후, 기자들이 각 기관을 출입하며 취재 활동을 하게 됐다.

법률보사 경북 대구지사 기자들과 함께한 야유회

이때 만난 분이 영남대 상무달 교수이다. 상 교수의 제안으로 대한민국 경영학자 단체인 한국경영학회 준회원이 되었다. 우리나라 최고 학자들의 연구와 이론을 공유하는 정기 세미나에 참여하는 기회가 주어졌다. 이후 상 교수의 권유를 받아 영남대 경영대학원에 입학했고, 여러 교수들과 많은 교류를 가져 학문의 영역을 넓혀 나갔다. 그 시절 많은 강의를 열심히 경청했다.

언론에 종사하면서 나는 언론 본연의 자세에 충실하려고 노력했다. 깨끗하고, 전문성을 갖춘 언론인이 되고자 했다. 이 원칙만은 어떤 일이 있어도 지켰다고 자부한다. 이 자부심을 토대로 사람들과 교류하며 인맥과 지평을 넓히고 사회를 배워나갔다. 특히, 사람들과의 인연을 이어갈 때는 외형만 보지 않고 인품과 전문성을 보기 위해 겸손한 자세로 노력했다.

통관

헤어드라이어, 소형모터 등을 제조하는 '선(SUN)전자'라는 업체가 있었다. 직원 수 80여 명, 일본지분 100%인 회사로서, 일본이 설비, 원부자재, 생산기술을 모두 제공하며, 조립된 제품은 전량 수출하였다.

해외에서 원자재를 수입하면 세관 통관을 해야 한다. 그런데 통관이 쉽지 않았다. 게다가 같은 재료라도 규격이 달라지면 다시 새로운 물품으로 간주하고 모든 통관 과정을 처음부터 다시 시작해야 했다. 그러면 최소한 2~3주가 더 소요되어 생산에 차질을 초래하는 경우가 많았다.

그런데 거기에서 끝나는 것이 아니다. 제품생산이 지연되면 수입업자(buyer)로부터 발급받은 수출신용장에 선적 날자 연장을 받아야만 수출할 수 있었다. 바이어에게 생산차질 사유를 설명하면 이해할 수 없다는 반응이 나올 수밖에 없었다. 종전의 원자재와 사양이 동일하고 단지 규격이 다를 뿐이라며 불쾌하게 여겼다. 원자재 통관 재료가 동일 사양의 구리선, 니켈선, 마이카 광물질, 폴리카보넷 수지로 반복되는 자재였다. 위 원자재로 생산되는 제품이 헤어드라이어, 피부 마사지, DC소형모터로 모든 제품은 일본으로 전량 수출하는 OEM 수출 제품이었다.

이 상황은 상식선에서 해결될 사안이라 판단하고, 업체의 사정을 전달하러 대구 세관을 방문했다. '선전자'의 원자재 통관 지연으로 야기되는 과정을 전하면서 원자재 사양이 동일하면 성분 분석을 생략하는 방안을 제시했다. 우려되는 자재는 성분 의뢰를 하고 수출 일정이 시급한 자재는 일부만 통관시키고, 나머지 원자재는 분석 완료 후 전량 통관시키는 보완책도 함께 건의를 했다. 그 후 개선되었다는 소식을 들었다.

선(SUN)전자

내가 SUN전자를 알게 되면서 내 인생에 전환점이 싹트게 되었다. 무역이란 단어도 익숙하지 않았던 나에게 수출과 수입은 주역의 음양과도 같음을 배우게 되었고, 수출과 수입이 국가 경제에 미치는 중대한 지표로 나타난다는 사실을 깨달았다.

수출은 외국 사람이나 국가가 필요해서 우리가 팔고 있는 상품이고, 수입은 우리에게 필요한 상품을 구해 오는 것이다. 우리나라가 자원이 풍부한 국가라고 생각하는 국민은 거의 없을 것이다. 그래서 우리 국가와 국민은 헐벗고 굶주림에 허덕이며 오랜 세월 초근목피(草根木皮)하면서 살아온 민족이었다. 박정희 대통령과 국민들은 경제개발의 기치를 높이 들고 자원이 부족한 우리나라가 살길은 수출뿐이라 생각하고, 남의 나라에 무엇이든 팔 수 있는 물건을 만들어야 한다는 국가적인 의욕을 불태우고 있었다.

그때 선전자의 자본가인 일본인은 경제적 여건이 열악한 한국의 내륙지방 대구에 전자제품 생산공장을 세우게 되었다. 일본보다 인건비가 싸고 생산비가 저렴하여 일본의 본사로서는 재수출하는데 매력 있는 곳이라 판단했던 것이다.

나는 선전자 사장과 자주 만나서 일본과 한국의 산업 전반에 관해 많은 정보를 접하게 되었다. 그는 기업의 사소한 업무 내막도 나에게 털어놓을 만큼 가까운 관계가 되었다. 그러던 어느 날 회사 업무부장이 사장에게 "마이카 스크랩이 많이 쌓여 더 이상 버릴 곳이 없다"며 애로사항을 보고하는 자리에 나는 함께 있었다. 사장은 버릴 때도 마땅치 않다며 머리를 긁적이며 힘없이 알았다고 대답했다. 그는 "쓰레기 치우는 사람도 가지고 가지 않아 버릴 곳도 없어 걱정"이라며 한숨을 쉬었다.

나는 그의 모습이 안타까워서 마이카 스크랩이 쌓여 있는 장소에 가보았다. 공장 뒤편에 산더미처럼 쌓여 있어서 보기만 해도 가슴이 막히는 느낌이 들었다. 나는 그길로 미국 문화원에 가서 자료를 찾아보았다. 한참을 뒤적이다가 마이카가 다양한 용도로 쓰이고 있다는 사실을 알았다. 특히, 벽지에 쓰인다는 내용을 보고 한국의 벽지 업체를 방문해 알아보니 마이카 분말을 벽지생산에 첨가재로 쓰고 있었다. 나는 소개받은 분말 업체를 찾아가 마이카 스크랩을 보여주었다. 즉각 마이카 스크랩을 구입하겠다는 대답을 받았다.

나는 SUN전자에게 스크랩을 무상으로 처리해 주겠다고 제의하자 사장은 골치 아픈 쓰레기를 꼭 처리해 달라고 거듭 당부했다.

나는 스크랩을 무료로 치워주고 이를 가공업체에 전량 넘겨주었다.

물건을 필요한 곳에 연결해 주는 거래가 얼마나 중요한지 깨달았다. 자본주의는 가격 기능을 통해 서로가 필요한 곳을 찾아가기 때문에 경제가 원활히 돌아가는 것이다.

나는 마이카의 용도에 대한 연구를 계속하면서 시장 조사를 해보니 마이카와 니크롬선과의 연관성도 알게 되었다. 대구 교동시장 상인들에게 전기다리미와 전기곤로에 대한 정보를 듣게 되어 니크롬선 제조업체를 수소문해 보았다. 마침 천안에 있는 업체를 소개받아 찾아가서 국내 원자재 수급 현황을 파악할 수 있었다. 더욱이 선전자 정금택 무역부장을 통해 니크롬선에 대한 자세한 내용을 섭렵하게 되어 전자 분야에 더욱 흥미를 가지게 되었다.

무역의 중요성을 깨닫고 나서 나는 당시 일본의 기업순위 74위 미쯔이 계열사인 일본금속공업회사를 방문하여, 최고 품질의 전열선에 대해 한국 독점 판매권을 제안하여 계약을 체결하기까지 이르렀다. 당시에 국내의 수입 업체들은 값비싼 일본금속공업회사의 전열선은 수입하지 않고 있었다. 내가 질 좋은 제품을 수입하여 공급하자 국내 전열기의 잦은 단선 불량은 해소되었다. 나아가 전기다리미, 전기곤로, 전기밥솥의 품질 개선에도 크게 기여하게 되었다.

대구 미국문화원

1970년대 초, 대구 미국문화원은 수많은 도서 및 세계 기업 정보가 쌓여 있는 보고(寶庫)였다. 대부분 영어로 된 원서였고 국내에 번역된 자료는 몇 권에 불과했다. 특히, 다른 곳에서 구해 볼 수 없는 세계 유수의 기업 자료들이 많아서 필요할 때마다 수시로 찾아가 정보를 구할 수 있었다.

미국의 대외 정책은 물론 한국과 아시아 정책 등 내가 사업을 시작할 때 이곳에서 많은 정보를 얻을 수 있었다.

미국문화원은 직원들과 이용객들이 대부분 그 지역 엘리트들이었다. 당시 미문화원 멤버는 특별한 사람들만 가능했다. 그중 나와 친했던 사람이 시사통신사 기자 출신의 전경태 교수와 이남식 교수였다. 나는 미문화원에 재직하고 있던 전 교수의 추천으로 미문화원 멤버가 되었다. 그 덕분에 경북지역 최고의 인재들과 가깝게 지낼 수 있었고 더 넓은 세상을 보는 계기가 되었다.

책이나 자료뿐 아니라 미국 문화도 접할 수 있었다. 미국에서 유명한 영화가 있으면 우리나라에 상영되기 전에 미문화원에서 먼저 개봉되었다. 그때 본 영화 중 〈뿌리〉가 기억에 남는다. 이 영화는 미국 작가 알렉스 헤일리(Alex Haley)가 흑인의 족보를 찾아 나서는 소설 『뿌리』를 영화화하여 전 세계에 반향을 일으킨 작품이다.

그리고 이곳에서 내 삶에 지대한 영향을 미치게 된 글과 만나게 된다.

"남을 이롭게 하는 것이 곧 자기를 이롭게 한다."

미국 건국 초기에 쓰인 책 『미국의 역사』 중 청교도 목사 존 코튼이 교회에 출석한 이민자들에게 설교한 내용이다. 예를 들어 소나 양을 잘 키워서 남에게 좋은 것을 주면 나도 상대방에게 좋은 것을 받을 수 있다. 반대로 내가 속여서 나쁜 것을 주면 상대방은 다음부터는 거래를 하지 않을 것이다. 결국, 자기가 손해를 보게 된다, 그러므로 남을 이롭게 하는 것이 곧 자기를 이롭게 하는 것이다.

이 말씀은 그대로 내 가슴에 화살처럼 꽂혔다. 초기 이민자들의 삶이 무법천지인 것을 감안할 때,

대구 미국문화원 등록카드
(1973년 등록, 1978년 갱신)

나보다 상대방을 배려하는 것이 사회 질서의 확립일뿐 아니라, 그것이 곧 미국의 건국 정신이라고 생각했다.

또한, 인간관계에도 그대로 적용된다. 남을 이롭게 하려면 사리에 벗어나는 언행은 하지 말아야 한다. 남에게 잘해야 나도 남에게 대접받고, 보호받게 된다. 사업도 마찬가지다. 좋은 물건을 만들어야 소비자에게 만족감을 줄 수 있고, 제값을 받을 수 있다. 단순한 이야기지만 그 뜻은 바로 진리이다.

꿈꾸는 사람들

나는 꿈꾸는 사람을 좋아하고 존경한다. 미국 건국의 아버지라 존경받는 밴자민 프랭클린도 미국의 독립과 건국에 꿈을 꾸었던 인물이며, 조선의 아들 이승만도 배제학당 시절부터 일본의 속국에서 독립하여 자유민주주의 나라를 건국하는 꿈을 꾸었던 인물이다.

그는 30세에 미국으로 건너가 아이비리그 3개 대학을 5년만에 졸업하고 동양인 최초로 국제 정치학박사 학위를 받았다. 제2차 대전의 종식과 더불어 1948년 이승만이 꿈꾸던 자유민주주의 대한민국을 건국하게 되었다.

한글 창시자 세종대왕도 내 나라 문자를 백성들에게 선물해 주고 싶은 꿈이 있었기에 오늘 날 세계 젊은이들이 열광하는 한류의 노래가 더욱 빛나는 것이다.

요셉과 밴자민 프랭클린, 세종, 이승만은 꿈을 이루어 국가와 한 시대의 번영을 이끌었던 위대한 인물이다.

나도 비록 미력하지만 나의 조국 대한민국 발전에 기여하는 기업인이 되고 싶은 꿈을 꾸었다.

제2부 사랑

◀━━━━━▶

사랑은 예수
사랑은 생명
사랑은 가족
사랑은 국가
사랑은 필수
사랑은 행복

1

점보실업(주)

인간이 선택해야 할 길은 어떤 길인가?
그것은 자기 자신이 보기에도 명예롭고
타인의 눈에도 존경받을 수 있는 길이다.

- 탈무드 -

'꿈'은 사람을 사랑하고 '사랑'은 가족과 이웃을 포용하고 '풍요'는 삶의 질을 높인다. 점보실업(주)을 창업하여 사업에 집중하면서 사람의 '꿈과 사랑'을 그리고 '풍요'를 중심으로 한 스토리를 살펴본다.

미국의 시인 에머슨이 〈성공이란〉 시에서 "세상을 자기가 태어나기 전보다 조금이라도 더 살기 좋은 곳으로 만드는 것, 자신이 한때 이곳에 살았음으로 해서 단 한 사람의 인생이라도 행복해지는 것, 이것이 진정한 성공이다"라고 노래했다. 평소에도 나는 이런 마음가짐으로 살고자 노력했다.

언론에 종사한 지 3년이 지나자 사회를 이해하고 친숙한 인간관계도 맺게 되어 대구에서 편안한 마음을 갖고 적응해 나갈 수 있었다. 언론 외에도 기업활동에 대한 관심이 커져갔다.

점보실업의 창업은 1970년대 초로 거슬러 올라간다. 당시 대구 시내에서 운행되던 동신여객 운수회사는 개인이 소유한 지입 차량들이 회사에 지입료를 지불하고 운영하던 시대였다. 이로 인해 많은 문제가 야기되고, 운행상 발생하는 사건 사고도 수시로 발생했다.

회사와 지입 차주와의 관계 설정이 체계적으로 제도화되지 않은 상태에서 모든 일에 많은 의혹과 갈등이 심화되고 있었다. 지인을 통해 나의 조언을 받고 싶다며 사장이 나의 방문을 요청해 왔다. 마주한 사장은 심각한 사정을 토로하며 해결 방안을 간청했다.

나는 사장에게 먼저 개인 차주와 회사 간에 문제되는 사항을 설명하고, 상대의 의견을 수렴하는 것이 우선이며, 개인 차주와 회사 간에 애로점과 개선안을 허심탄회하게 올려놓고 개선점의 공통분모를 찾아 분쟁의 씨앗을 제거하라고 일러주었다.

인사관리 측면에서도 차주라고 하더라도 정식 회의가 아닌 경우 회사에 출근하지 못하게 하고, 경영 간섭도 하지 않도록 해야 하고, 다음으로 회사 직원을 괴롭히지 않도록 제도 개선이 시급하다고 조언해 주었다. 그리고 회사는 경영 개선으로 이익을 창출할 수 있어야 하고 회사의 운영방침과 이익 창출을 위한 비전을 제시토록 했다.

이후부터 회사 임원들이 내 사무실을 자주 출입하게 되었고, 친분이 쌓이면서 사회적 이슈를 비롯해 많은 대화를 나누게 되었다. 게다가 '선전자'와의 거래가 지속되자 사업에 대한 관심은 날이 갈수록 깊어졌다. 전자, 전기 사업에 관심이 많다는 내 말에 조석목 전무가 "사업을 하게 되면 자기도 동참해서 투자하겠다"는 제안을 했다. 뜻밖의 제의에 "사업을 하게 되면 그렇게 하겠다"고 대답했다. 그리고 같은 운수회사에 있는 이창열 상무도 함께 동참하고 싶다며 수차례 채근과 당부를 해왔다.

나는 개인적으로 종합무역상사를 통해 수입원자재 사업을 추진하려 했으나, 그분들이 투자하겠다면 법인회사를 설립하는 것이 바른 방향이라 생각하고, 주식회사 설립 초안을 만들기로 했다.

나는 법인 명칭이 중요하다는 생각에 내 지식과 상식을 총동원하여 고심을 거듭했다. 그러던 중 앞으로의 글로벌 시대에는 세계인이 부르기 쉽고 쓰기 쉬운 이름이어야 한다는 생각에 상호를 '점보실업(JUMBO)'으로 정했다.

그 배경은 다음과 같다.

첫째, 시작은 작아도 크게 발전한다.

둘째, 회사명을 간결하고 쉽게 발음한다.

셋째, '점보'는 세계인이 같이 읽고 뜻을 같이한다.

예로 일본에서는 삼성을 '산세이', 금성은 '긴세이'로 부른다. 누가 산세이를 삼성으로, 긴세이를 금성으로 알겠는가. 삼성 그룹의 광고회사 간부를 일본에서 만난 자리에서 삼성 회사명에 영문으로 표기하고, 광고란에 삼성 가전제품에 반도체가 들어있다는 사실을 알리라고 건의했다.

1974년 봄, 사업 목적을 두 분에게 설명하고 주식회사 설립에 필요한 모든 절차를 내 손으로 하는 것이 회사 운영에 도움이 되고 설립비용도 절감할 수 있다고 판단했다. 그래서 사법서사(법무사)를 거치지 않고 내 손으로 법원등기 업무를 마침으로써 점보실업 주식회사가 출범하게 되었다.

원자재

우리나라 전자산업 태동기는 1960년대이다. 1959년에 처음으로 라디오를 조립 생산한 것을 시작으로, 1960년대 들어서 전기다리미와 전기곤로 등을 생산하였으나 품질은 후진국 수준이었다. 1962년부터 경제개발 5개년 계획을 수립하고 경공업 중심의 산업이 조금씩 기지개를 켰지만, 황폐화된 국토와 산업은 국민을 먹여 살리기에 역부족이었다.

이를 타개하기 위해 박정희 대통령은 1970년대 중화학공업 육성정책을 펼쳐나갔다. 이렇게 시작된 전자산업은 1970년 5,500만 달러 수출이라는 기적을 만들어내며 무역 규모를 증가시켰다. 그러나 산업기반이 전무한 터라 원자재나 부품, 기술에 이르기까지 일본에 의존할 수밖에 없었다.

나의 아버지는 이 점을 늘 안타까워하시며 항상 일본으로부터 '경제독립'을 해야 비로소 '완전한 독립'을 이루는 것이라고 말씀하셨다. 그런 아버지의 영향을 받아 나 역시 '경제독립'에 강한 사명감을 가졌고 부품 국산화에 앞장서겠다고 다짐했다.

미쯔이 그룹

1970년대 초만 해도 우리나라 전자산업은 주목받는 산업이 아니었다. 핵심기술은 일본에게 의존해야 했고, 원자재와 부품도 거의 일본에서 수입하고 있었다.

나는 이 사실에 주목했다. 한국의 전자산업이 발전하기 위해서는 최고 품질의 원자재와 부품을 수입해야겠다고 생각했다. 나는 수입원자재의 유통구조를 알아보려고 수입업체와 국내제조업체의 판매경로를 조사했다.

철저한 시장 조사를 마친 다음, 1973년부터 직접 니크롬 수출업체인 미쯔이그룹의 일본금속에서 최고 품질의 전열선을 수입하여 국내업체에 공급하기 시작했다. 그런데 문제가 생겼다. 이 회사가 거의 매달 니크롬선 가격을 인상하는 것이었다. 니크롬선은 전기다리미, 전기곤로, 전기밥솥 등 가전제품에 주로 사용하는 전열선 원자재다. 중간무역을 하는 나로서는 매우 곤란했다. 구매원가가 매달 오른다고 판매가격을 매달 올릴 수는 없기 때문이었다. 수입 의존도가 높아서 일어난 일이다. 그렇다고 이대로 앉아서 당할 수는 없었다. 이러한 부당한 상거래는 시정되어야만 했다.

나는 도쿄(東京) 신주쿠에 있는 미쯔이 본사로 찾아갔다. 일본 에이전시 사장, 일본금속 공장장, 생산담당, 수출부장 등 10여 명을 한 테이블에서 마주했다. 그 자리에서 나는 우리나라의 손수레 포장마차를 예로 들며 이렇게 따져 물었다.

"찬 바람이 불기 시작하는 가을이 되면 한국은 길거리에 손수레 장사꾼이 등장해서 이듬해 봄까지 장사한다. 그들은 가을부터 이듬해 봄까지 같은 값을 받는다. 손수레 장사도 그러한데 하물며 일본을 대표하는 미쯔이그룹의 일본금속이 매달 원자재 가격을 올린다는 것은 한국의 손수레 상인보다 수준이 낮은 것이다. 이렇게 원자재 가격을 다른 외국업체보다 높은 가격으로 한국에 수출하는 것은 한국기업의 경쟁력을 떨어뜨리게 하는 처사이다. 그러니 가격조정은 1년에 1회로 하자, 그렇지 않으면 일본 주재 한국대사관에 이를 통보해서 조사하도록 하겠다."

그러자 일본금속에서 "왜 비즈니스를 정치적으로 끌고 가려고 하느냐?"고 반박했다. 나는 물러서지 않았다.

"거래에는 상도가 있고 질서가 있다. 우리보다 경제적으로 앞선 일본이 국제 비즈니스를 이런 방식으로 하는 건 용납할 수 없다. 미국에 수출할 때는 이렇지 않을 것 아니냐?"라고 반문하면서 강력하게 밀어붙였다.

이날 미팅 이후, 결국 내가 제안한 대로 원자재 인상 가격을 연간 단위로 책정하게 되었다. 이 일이 계기가 되어, 일본이 한국에 수출하는 다른 모든 원자재 가격도 연간 단위로 가격을 조정하게 되었다.

사훈

우리나라 전자산업 역사에서 1970년대는 매우 중요한 시기다. 삼성전자가 세워진 이듬해인 1970년, 일본NEC와 합작하여 전자부품 제조회사인 삼성NEC가 설립되었다. 삼성NEC는 진공관, 흑백 브라운관 기술을 일본NEC로부터 전수받았다. 삼성NEC는 이후 삼성전관, 오늘날에는 삼성SDI로 명칭이 변경되었다.

1970년대 일본 전자산업은 미국을 뛰어넘을 정도로 고도성장기를 맞았다. 반면 국내 전자산업은 이제 막 시작하여 소형가전 위주의 생산에 머물고 있었다.

1974년 11월, 나는 '점보실업(주)'을 창업하면서 사업 원칙을 세웠다.

첫째, 국가 산업에 도움되는 사업을 한다.

둘째, 일본의 굴레에서 벗어나는 사업을 한다.

셋째, 남들이 하지 않는 사업을 한다.

넷째, 수입과 수출은 세계 최고 업체를 선택한다.

다섯째, 인체에 해로운 사업은 하지 않는다.

삼성과 거래할 때도 이 원칙을 적용했다. 삼성에서 OO업체에서 하던 일을 점보에서 맡아 주기를 바랐다. ○○업체가 자신들의 요구대로 제품을 만들지 못한다는 이유에서였다. 나는 단호하게 거절했다. 우리 회사가 삼성의 제안대로 다른 업체 일을 맡으면 어떻게 되겠는가. 결과적으로 그들의 일을 빼앗는 것이나 마찬가지다. 그렇게 해서 번 돈으로 먹고 사는 것은 나로서는 허락되지 않는 일이었다. 나는 힘들어도 부딪히면서 올라가는 것이 더 가치 있고, 그렇게 하는 것이 하나님과 부모님이 나에게 준 능력을 저버리지 않는 길이라고 믿었다.

점보실업 사훈은

"조국을 위하여,

민족을 위하여,

사회를 위하여"로 정했다.

나는 어려서부터 자신이 속한 사회에 도움이 되는 사람을 성경과 역사에서 만났고 그들을 동경해 왔다. 내가 속한 사회의 발전이 곧 나의 발전으로 이어지고 혜택은 우리 모두가 공유한다는 사실을 깨닫고 있었다.

그리고 기회 있을 때마다 국내 선도 기업인 삼성과 금성을 방문할 때면 원·부자재 탈일본화, 부품의 국산화, 독자적 제품개발로 일본 가전보다 경쟁력 있는 가전제품으로 세계시장에서 한국의 깃발을 흔들어 달라고 호소했다. 국내 경쟁을 지양하고 뿌리가 없는 '꽃꽂이 기업문화'에서 벗어나 기술개발과 부품 국산화로 독자적 전자제품을 세계시장에 출시하는 그 날이 일본을 넘어서는 출발선이라고 채근했다. 점보실업도 부품 국산화에 진력을 다할 것을 결심하고 최선의 노력을 경주할 것을 다짐하고 또 다짐했다.

국제 무역

기업을 경영하다 보면 예상치 못한 난관에 부딪힐 때가 있다. 그럴 때 가장 좋은 해결 방법은 생각의 프레임을 바꿔보는 것이다. 그 당시 우리보다 상대적 우위를 점한 일본회사와 문제가 생겼을 때 나는 이 방법을 적용했다. 틀에 박힌 상대의 프레임을 흔들어 새로운 프레임을 제시한 것이다.

1970년대 우리나라 전자부품 시장으로는 세운상가를 중심으로 청계천과 종로에 촘촘히 이어진 장사동 전자골목이 유명했다. 공장에 납품하거나 소매업자들을 대상으로 판매하는 도매상들이 모여 있었다. 그런데 누군가가 그곳에서 우리 회사가 독점수입 계약한 제품을 거래한다는 소식을 전해 주었다. 그 제품의 한국 총 판매권은 점보실업이 가지고 있었다. 그런데 어떻게 그런 일이 가능한가? 알아보니 어떤 업체가 본사가 아닌 오사카에서 물건을 들여와서 물건을 팔고 있었다.

나는 일본 본사로 찾아가 단호하게 문제를 제기하면서 항의했다.

"귀사에서 우리 회사를 한국총대리점으로 쌍방합의로 계약했고 우리에게 판권을 주었을 때는 그에 합당한 원칙을 지켜야 하지 않는가. 이처럼 다른 경로로 물건이 거래된다면 신뢰가 무너져 어떻게 귀사와 비즈니스를 할 수 있겠는가. 이런 일이 계속된다면 일본 상무성에 고발하겠다." 그랬더니 일본 측에서 이번 일은 개인과 기업 간의 문제인데 왜 정부까지 관여하게 하느냐고 오히려 목소리를 높였다. 나는 물러서지 않고 그 점을 집중적으로 공략했다.

"이것이 왜 개인과 기업 간의 문제인가, 엄연히 국제 무역이다, 대한민국 정부와 일본 정부가 무역협정을 체결해 우리가 서로 믿고 거래하는 것 아닌가, 이런 식이라면 더 거래하지 않겠다."

대한민국이라는 국가가 엄연히 존재하고 있음에도 불구하고, 일본사람들은 우리나라를 여전히 식민지로 인식하고 있었다. 개인과 기업 간의 문제라는 표현이 그런 의식을 보여주었다.

나는 그런 의식을 깨고 싶었다. 일본 상무성에 고발하겠다는 나의 발언은 내가 대한민국의 기업인으로서 일본 기업의 부당한 국제상거래 행태를 정식으로 문제 제기하겠다는 의지의 표명이었다.

일본 24시

나는 해외 출장을 가면 그 나라의 풍속과 사람들이 사는 본 모습을 알고 싶어 새벽 일찍 일어나 호텔을 나선다. 비즈니스 회동만으로 그 나라 사람들의 실생활을 알 수 없기 때문이다. 어릴 때부터 나는 새벽 4시에 일어나 새벽기도를 다닌 습관이 있어서 지금도 새벽에 일찍 일어난다.

새벽에 숙소를 나가면 딱히 목적지를 정하지 않고 간다. 그냥 동네를 걸어가면서 사람들이 하나둘씩 집에서 나오면 그들 옷차림도 보고 행동도 관찰한다.

업무가 끝나면 저녁에도 그들이 퇴근하여 집에 들어가는 모습을 관찰한다. 또, 거래처 사람들 가정도 종종 방문한다. 가서 보면 그들의 삶이 어떤 것인지, 그들의 자녀는 어떻게 생활하고 있는지, 현지인의 일상적인 모습들을 알게 되기 때문이다.

일본에 가서도 거의 24시간 그들의 사는 모습을 관찰했다. 그러다 보면 자연스럽게 그 나라의 문제점과 좋은 점, 국민성 등을 알 수 있다. 이는 어디에서도 누구에게도 배울 수 없는 나만의 산 지식이다. 자세히 관찰하여 그들의 삶의 모습을 알게 되고 그에 맞춰 대응할 수 있고 업무에도 크게 도움이 되었다.

2
탈(脫)일본

　　　일본에서 돌아온 나는 일본을 우리의 경쟁국가로 여기고, 일본에서 벗어날 계획을 세우기 시작했다. 먼저 일본에 수입을 의존하지 않는 방법을 찾는 것이 급선무였다.

　니크롬선 수입선을 일본에서 변경하기로 마음먹었다. 자료를 찾아보니 니크롬선은 독일, 프랑스, 영국에서도 생산했다. 또한, 니크롬선의 절연제인 마이카는 그동안 인도에서 생산된 제품이 일본을 거쳐 한국으로 수입되었다는 것을 알았다.

　그런데 대기업 실무 담당자들이 반발했다. 유럽의 원·부자재가 일본보다 보통 30~40% 비싸고, 운송 기간도 일본은 7일 안에 조달이 가능하지만, 유럽은 30일 이상 걸리기 때문이라고 한다. 이들의 반발을 극복하는 것이 생각보다 어려웠다. 나는 정면 돌파하기로 결심했다. 유럽 제조업체들에게 협조 요청을 한 것이다.

비즈니스 편지

나는 유럽 여러 나라와 인도의 상공부, 외무부 등에 니크롬선, 마이카 수출업체를 추천해 달라는 편지를 보냈다. 각 나라의 원자재 자료를 찾거나 의뢰 편지를 보낼 때 대구 미문화원이 큰 도움이 되었다. 그곳에 가서 직접 자료들을 보고 발췌해서 편지를 보내고, 그렇게 해서 회답을 받으면 그곳 회사를 방문했다.

사실 내가 쓴 비즈니스 편지는 조금 남 달랐다. 내 편지를 받은 사람들은 나를 만날 때마다 "이런 비즈니스 편지는 처음 받아 봤다"고 했다. 일반적으로 건조한 비즈니스 편지와는 달리 나는 보내는 나라의 역사와 문화적 내용을 꼭 넣었다.

니크롬선을 수입하기 위해 유럽 여러 나라에 편지를 보낼 때는 가격협상을 하며 성경의 '십일조'를 예로 들었다. 그리고 이 거래는 선진국과 아시아 개발도상국의 거래이고 향후 한국 시장 규모가 확대되면 보상받게 되므로 선투자 개념으로 일반적 가격 기준을 떠나 '제로 베이스' 가격정책을 요구했다.

"서구사회는 기독교 문화를 바탕으로 이루어져 있다. 하나님은 십일조의 계명을 주셨다. 당신들은 그동안 후진국을 통해 부를 축적했다. 그러므로 신이 주신 부의 10%는 약소국과 나눠야 하지 않겠는가?

한국은 일본 제국주의의 침탈을 받아 36년간 약탈당하고 2차 세계대전 후 독립한 국가이다. 나라가 남북으로 나뉘고 3년 동안 전쟁을 겪은 개발도상국이다. 우리가 일어설 수 있도록 가격을 배려해 달라. 지금은 비록 소량을 거래하지만 앞으로 우리나라가 성장하면 할수록 당신들에게도 큰 도움이 될 것이다."

　이런 내용의 편지를 받은 회사들의 반응은 처음에는 대부분 비슷했다. 자기들보다 가격이 싼 일본에서 수입하면 되지 않느냐고 했다. 나는 그때마다 일본과는 거래하지 않는다고 했다. 앞으로 한국과 일본은 경쟁 구도가될 것이고, 한국 시장이 커지면 당신들은 시장 개척비를 줄일 수 있다고 강조했다. 그러고 나서 우리는 아직 기술이 없어서 원자재를 싸게 공급받아도 불량으로 인한 원자재 손실이 많은 까닭에 일본 가격의 30~50%로 달라고 설득했다.

　그랬더니 기적이 일어났다. 아마도 주문량이 소량이었고 십일조 이야기에 마음이 움직인 듯했다. 결국, 내 제안에 동의하였고 그렇게 거래를 시작한 기업이 프랑스의 니켈 회사 '임피(Imphy)'와 서독의 화학제조업체 '다이나밋 노벨(Dynamit Nobel)'이었다.

　인도의 경우는 당시 관련 회사 자료가 너무 적어서 인도의 상공부, 외무부, 상공회의소에 마이카 수출업체를 찾아달라는 편지를 보낸 후 답장을 받았다.

인도의 라탄 마이카 오너 바가리아와 함께

이후 '라탄 마이카 엑스포트(Ratan Mica Export)'를 선택하여 수입 독점계약을 체결하게 되었다. 그 결과 품질 좋은 마이카를 수입하여 공급함으로써 국내 전열 기구의 품질이 획기적으로 향상되는 성과를 거두었다.

인도광물공사

마이카는 '운모' 또는 '돌비늘'이라고도 한다. 주로 다리미, 곤로, 밥솥 등에 쓰이는 절연체다. 천연물질로 화강암 가운데 많이 들어있는 규산염 광물의 하나다.

나는 전자산업에 뛰어들 때부터 우리나라 전기다리미와 전기곤로 등 공산품의 품질이 후진국의 범주에서 벗어나지 못하는 원인이 무엇인지, 수많은 자료를 수집하여 조사해 왔다. 그 결과 가장 큰 원인은 전열 기구의 생명이라 할 수 있는 전열선과 마이카의 품질에 문제가 있다는 사실을 알게 되었다. 결국, 전 세계 마이카 생산의 60%를 차지하는 인도로부터 양질의 절연용 천연 마이카를 국내에 공급하게 되었다.

그 무렵이다. 마이카의 가격과 품질을 보장받기 위해 인도 마이카 업체 및 인도

인도 라탄 마이카 광산 지하갱도 들어가기 전 입구에서

광물공사를 방문하게 되었다. 인도의 경우 모든 국가의 광산물은 정부가 관리 통제하고 있었다. 그런데 당시만 해도 인도의 상인 신뢰도가 낮았기 때문에 업체 사장에게 인도광물공사 방문을 요청한 것이다.

그들을 만나 한국 점보실업으로 수출하는 제품의 품질과 규격 및 가격을 인도광물공사가 직접 검수해서 수출하기로 합의하고 확인서를 받았다. 그 후 인도에서 최고 품질의 마이카를 공급받음으로서 국내업체들이 품질 좋은 원자재를 사용하게 되었다. 이는 결과적으로 국산 공산품 품질 향상으로 이어졌고, 그 일로 나는 큰 보람을 느꼈다.

그후 삼성NEC에서 수입해 진공관 부품으로 사용하는 마이카를 한국의 점보실업 회사가 인도 원산지에서 직접 수입 가공하여 질 좋은 부품을 공급함으로서 원가 절감과 품질 좋은 원자재를 사용함에 따라 생산성 향상과 비용 절감에 기여했다.

음식

1970년대 당시만 해도 인도와 유럽에 출장 가는 사람은 삼성이나 현대 등 대기업 직원들 외에는 별로 없었다. 그도 그럴 것이 항공 요금이 지방의 집 한 채 값이었다. 지금은 해외에 가는 것이 자유롭지만 그때는 아니었다. 일본은 피부색이나 생김새가 우리와 비슷해서 해외 출장이라 해도 별 긴장이 되지 않았지만, 인도는 전혀 달랐다. 사람도 언어도 자연도 낯설기만 했다.

인도에 갔을 때 거래처 사장이 그의 집으로 나를 초대했다. 인도는 우리보다 빈부격차가 심했다. 상류층의 생활은 상상 이상으로 호화로웠다. 사장

집에 도착하니 일하는 사람들이 좌우로 서 있고, 사장의 가족들도 나와 있었다. 나는 그 집에 머물며 귀빈 대접을 받았다.

그런데 음식이 전혀 입에 맞지 않았다. 일주일간 제대로 먹지 못하니 결국 병이 나고 말았다. 간신히 주사를 맞고 의식은 회복됐는데, 이대로 있으면 큰일이 날 것 같은 생각이 들었다. 회사가 오래된 것도 아니고, 집에는 자식들도 어리고 해야 할 일도 많은데, 살아야 한다는 생각이 밀려들었다. 살려면 뭐든 먹어야 했다.

거래처 사람에게 "내가 먹지 못해 죽을 것 같으니 콜라와 오이를 달라"고 부탁했다. 이것은 인도 음식처럼 먹기 힘들지 않아 입안에 넣어도 거부반응이 없었다. 콜라을 마시고 오이는 누운 채로 꼭꼭 씹어서 천천히 먹었다. 그리고 한숨 자고 나니 기분이 훨씬 좋아졌다.

이때 느낌이 왔다. 일단 입이 먹기 싫어해도 "입의 말을 듣지 않고, 내 몸의 말을 들어야 한다"는 것이다. 목이 음식을 넘겨주기만 하면, 다음은 위장과 대장이 알아서 해 줄 것이다. 그래서 이후부터 토마토와 사과를 부탁하였고 몸도 점차 회복되어 인도 빵인 '난'과 탄도리 치킨과 밥도 먹게 되었다.

이런 상황을 경험하고 나서 세계 어디를 가도 나는 한국 음식을 가지

라잔 바가리아를 한국에 초청하여 우리집에서 가족과 함께

고 다니지 않는다. 입에 맞지 않아도 의무적으로 먹어서 씹어 삼키면 몸이 알아서 내 몸을 건강하게 해 주고 내게 힘을 준다는 이치를 터득했기 때문이다.

인도의 대표적인 이슬람 건축 타지마할 앞에서

삼성전관

목표로 하던 원자재 탈일본화가 본격적으로 시작되었다. 일본 원자재를 수입하면 일본에게 우리 회사 제품정보를 제공하는 것과 마찬가지다. 우리 회사에서 무엇을 만드는지 알게 되기 때문이다. 이래서는 절대 일본을 이길 수 없다.

나는 독일, 프랑스, 인도, 영국, 미국 등으로 원자재 수입선 다변화를 통해 국내 제품개발정보 차단 효과까지 두 마리 토끼를 잡을 수 있었다. 그때까지 아무도 하지 못했던 일이었고, 그 일을 점보실업이 해냈다는 것에 긍지를 가졌다.

인도의 품질 좋은 마이카를 수입 공급하면서, 앞으로 대기업도 마이카를 많이 사용하게 될 것이라 예측했다. 금성사(현 LG전자)와 삼성전자 본사를 방문하여 시장조사를 했다. 국내 가전업체 시장을 개척하기 위한 출발이었다.

삼성에서는 70년대 중반부터 진공관 부품으로 마이카를 사용하였다. 나는 삼성전관과 1975년 마이카 공급계약을 맺고 첫 주문을 받았다. 인도에서 직수입한 마이카를 삼성전관에 납품하는 일이었다.

그때 어처구니없는 일이 벌어졌다. 마이카는 인도 캘커타 항구에서 출발하는 화물선으로 운송된다. 하지만 일본행 화물선박의 만선으로 우리 물품을 선적하지 못하게 되었다는 전문을 받았다. 다음 운행 일정은 1개월 후였다. 이 상태라면 날짜가 촉박하여 도저히 납품일을 맞출 수 없었다. 비상사태가 일어난 것이다.

우리 회사와 거래하기 전 삼성은 마이카를 일본에서 비싼 값에 수입하고 있었다. 납품일에 맞추지 못하면 신용을 잃는 것은 물론이고, 삼성 측에서는 다시 일본에서 수입할 것이 불 보듯 했다. 지금까지 소재 탈일본화에 공들였던 노력도 모두 허사가 되고 마는 순간에 봉착했다. 이는 우리 회사와 삼성은 물론 국가적 차원에서도 손실이 크다.

나는 납품일을 맞출 수 있는 모든 방법을 강구했다. 항공으로 화물을 운송하는 방법이 있었다. 제품 가격과 맞먹는 항공요금이 문제였다. 결단을 내려야만 했다. 삼성전관과의 약속을 지키기 위해 우리 회사가 모든 추가 비용을 전액 부담하기로 하고, 항공운송을 요청했다. 그 후 항공편과 B/L(Bill of Lading, 선하 증권) 번호까지 받아서는 마이카 광물이 도착하기만 기다렸다.

그런데 또 문제가 발생했다. 서울공항 도착일이 지났는데도 화물이 오지 않았다. 항공사에 조회하니 미도착이 확실했다. 납품일은 하루하루 다가오는데 속이 타들어 갔다. 항공사에 좀 더 자세히 알아보니 어이없는 일이 벌어져 있었다.

보통 1톤이 넘는 화물은 비싼 운임 때문에 항공편으로 보내는 일이 없었다. 마이카의 중량이 1,350kg이었다. 배보다 배꼽이 더 큰 항공 운임을 수입업자가 감당할 수 없다는 판단하에 하네다 공항에 도착한 제품을 서울로 보내지 않았던 것이다. 당시 마이카 운임이 대구의 집 한 채 값이었다. 결국, 내가 직접 일본항공에 가서 인수확인서를 쓰고 나서야 마이카가 서울에 도착했다.

그런데 또 문제가 생겼다.

삼성 업무부장이 "누가 항공편으로 들어오게 했냐?"며 역정을 냈다.

항공 운임은 우리 회사가 지불했음을 설명하자 안도하는 모습을 보였다. 그로서는 상상할 수 없었던 일이 전개된 것이다.

지금 생각하면 참으로 우여곡절이 많았던 삼성전관과의 첫 거래였다. 그동안 삼성전관이 일본에서 구입하던 원자재를 우리 회사를 통해 저렴하게 구입함으로써 삼성NEC에 크게 기여하게 됐다. 그 후 정기계약을 체결하고 점보실업은 삼성전관의 거래 파트너로 발전했다. 이로써 진공관 베이스와 진공관 부품 원자재는 탈일본화의 길을 열게 되었다.

3
국산화

상품을 확인한 후
장사를 시작하라.
- 탈무드 -

1970년대 우리나라 전자산업은 TV 한 대 수출하면 1달러가 남았다. 그것도 부품을 일본에서 수입하여 조립한 후 수출하던 시절이었다. 인건비를 제외하고 겨우 1달러가 남았으니, 그만큼 달러가 귀한 시기였다.

1달러만 남아도 TV 수출을 위해 모두 열심히 일해 왔고, 그런 정신과 노력이 있었기에 오늘날 세계를 선도하는 대한민국의 전자산업이 된 것이다.

꼿꼿이 기업

나는 그동안 탈일본화를 목표로 열심히 뛰었다. 그 결과 수입선을 다변화하여 품질 좋은 원·부자재를 직수입하여 국내에 공급하였으나 이것만으로는 부족했다. 당시 우리나라 기업은 소위 '꼿꼿이 기업'이나 다를바 없었다.

삼성과 금성 같은 대기업도 예외가 아니었다. 일본 가전업체와의 합작이나 기술도입에 의존하여 부품을 조달받아 조립 생산하는 수준이었다.

꽂꽂이 기업이란 뿌리가 없는 기업을 의미한다. 남이 꺾어다 준 것을 꽂아 놓으면 보기는 좋을지 모르나 그 생명력은 길어봐야 일주일이다. 즉, 원천기술 없이 일본 원자재와 부품을 수입해서 조립만 하는 꽂꽂이 기업은 일등 제품을 생산할 수 없고 삼류 기업으로 전락할 뿐이다. 꽂꽂이 기업에서 벗어나려면 부품 국산화가 시급한 과제였다.

나는 부품의 국산화 없이는 기업의 자생력, 경쟁력이 없음을 절실히 깨달았고 이를 위해 다시 뛰었다. 독일, 프랑스, 영국, 미국, 심지어 러시아까지 어떤 원자재와 어떤 부품이 있는지 각국의 자료를 모두 수집하여 조사하였다.

이후 독일과 프랑스의 비철금속 원자재 생산업체를 발굴하여 공급하게 되었다. 독일에서는 진공관 부품 소재, 흑백 브라운관 전자총 소재를 수입하였고, 프랑스에서는 컬러 브라운관, 기타 가전 부품 소재를 수입했다. 동시에 부품 국산화에 매진하였다.

그러나 이러한 노력에도 불구하고 일본 의존도가 높은 국내업체들은 새로운 소재 개발이나 부품 국산화에 별 관심을 갖지 않았다.

나는 미국과 유럽 전자업체의 부품 소재를 파악하여, 점보실업이 독자적으로 부품 샘플을 만들어 현장 테스트를 추진해 나가는 것이 최선의 방법이라 판단하고 이를 추진하였다.

삼성NEC에서 신규부품 테스트를 거치면서 좋은 결과를 얻게되어 마침내 생산현장에 투입해도 좋다는 합격통지서를 받게 되었다. 그때부터 국산화의 길이 열리기 시작하였다.

오산리기도원

1984년 3월 우리가족은 서울로 이사 와서 주거는 강남 도곡동에 교회는 압구정동 소망교회를 선택했다. 아이들 결혼 주례를 맡아주신 이승태 목사께서 추천하셨다.

우리가 서울 생활을 적응하는데 많은 난관을 극복해야 할 과제가 산더미처럼 쌓였다. 소문을 통해 들은 여의도순복음 교회서 운영하는 오산리기도원을 찾았다.

우리 내외는 성전에서 예배드리고, 기도원 토굴에서 절박한 사정을 몇 시간씩 목이 터져라 간구했다. 그곳은 나같은 사람이 하나님과 소통하기 딱 좋은 곳이다. 가슴이 답답하거나 눈 앞이 흐려질 때는 요셉같이 하나님 앞에 모든 문제들을 털어놓고 부르짖으며 부디 해결할 수 있는 지혜를 달라고 떼쓰기를 반복했다.

회사의 크고 작은 일에도, 가정사와 아이들 문제에 이르기까지 하나님 앞에 기도로 호소하면 마음도 편안해진다. 누가복음 11장 9절 말씀에 예수님께서 "구하라. 그러면 주실 것이요. 찾으라. 그러면 찾을 것이요. 문을 두드리라. 그러면 너희에게 열릴 것이니"라고 하셨다. 바로 내게 하신 말씀으로 모든 일을 협력하여 선한 길로 인도하시는 하나님의 약속을 믿고 기도원에서 내려올 때는 축 늘어졌던 어깨에 힘이 솟아났다.

오산리기도원은 금식하며 기도하는 사람들에게 항상 열려 있는 동산으로 1973년 순복음교회 조용기 목사에 의해 설립되었고, 경기도 파주시 조리읍 오산리에 있다.

삼성TV

삼성전관과 첫 거래 이후 점보실업은 삼성과 공동으로 부품 국산화에 매진하며 함께 성장했다. 납품 기일을 지키기 위해 거액의 항공 운임도 마다하지 않았던 책임감도 한몫 했다.

나는 국내 업체들이 기술 및 부품 등 일본 의존에서 벗어나 독자적 제품 개발을 해야만 경제 자립, 즉 일본과 경쟁할 수 있다고 생각했다.

우리나라 최초 TV는 1966년 금성사에서 생산된 흑백 CRT TV였다. CRT는 음극선관을 말한다. 우리에게는 '브라운관'으로 더 알려져 있다.

원리는 간단하다. 전자총에서 음극 전자를 발사해 형광물질이 칠해진 유리면을 비추면 빛이 나는 것을 이용한 것이다. 브라운관이 평판 LCD로 진화하고 현재는 OLED, QLED 등으로 발전한 것이다.

1970년대 TV 시장에는 금성사가 선두 주자였다. 삼성은 후발 주자로서 전자산업에 뛰어들었고, 금성사와의 격차도 컸다. 삼성이 반전의 계기를 맞게 된 것은 '이코노TV'의 개발이었다. 이코노TV는 전력 소모가 적어 당시 출시 되자마자 선풍적 인기를 끌었다.

프랑스 임피에 출장을 가서 전자총 신제품이 나왔다는 소식을 들었다. 이 제품은 전력 소모가 적어 대용량 브라운관에 적합하여 이미 필립스에서 쓰고 있다는 설명이었다.

당시 임피는 세계 유수의 전자회사를 상대로 부품 소재를 공급하는 업체였다. 그들은 전 세계 전자회사의 동향을 잘 파악하고 있었고, 덕분에 임피로 출장을 갈 때마다 전자업계 정보를 많이 얻을 수 있었다.

전력 소모가 적어 대형 브라운관에 적합하다는 말에 '야, 바로 이거다!' 싶었다. 부품 개발과 부품 국산화가 꿈 같은 일이 아니었다. 나는 즉시 샘플과 그 소재까지 주문해 삼성에 전해 주었다. 삼성이 전력 소모가 적은 대형 TV를 생산한다면 삼성전자의 TV 상품성과 기술력을 세계시장에 과시하는 기회가 될 것이라 생각했다.

점보실업은 대형 컬러 브라운관 개발에 기여했고, 삼성 또한 이코노TV 생산으로 국내 전자시장에서 반전의 계기를 맞았다. 이후 삼성TV는 지속적인 기술개발을 통해 오늘날 세계 전자산업 시장에서 선도적 역할을 하게 되었다. 이 자리를 빌어 지난 험난한 시절 개발에 함께한 삼성NEC-삼성전관-삼성SDI 임직원들에게 갈채를 보내고 믿고 함께 한 개발팀원들에게 고마운 마음을 전한다.

리드 어셈블리 1

컬러TV 브라운관은 여러 종류의 부품으로 이루어진다. 그중 가장 핵심적인 부품이 바로 리드 어셈블리(Lead Assembly)이다. 리드 어셈블리는 쉽게 말해 컬러 브라운관 전자총의 핵심부품이다. 이것이 없으면 브라운관을 만들 수 없다.

당시 리드 어셈블리는 일본의 도시바, 미국의 실바니아, 네덜란드의 필립스 이 3개 회사에서만 생산되었다. 삼성전관은 그중 도시바에서 리드 어셈블리를 공급받아 컬러 브라운관을 생산했다. 그런데 TV 100만대를 생산하기 위해 부품을 주문하면, 도시바에서는 주문받은 물량을 전량 공급하지 않았고, 품질도 불안정했다. 이러한 사정으로 삼성전관에서 브라운관 생산 계획을 세워도 도시바의 부품 공급이 제대로 되지 않아 계획대로 생산할 수가 없었다.

그 무렵 삼성의 이병철 회장은 전 세계 TV 시장의 발전 가능성을 예측하고, 삼성전관 연초 순시 때 공장장에게 "컬러 브라운관 300만대 생산시설을 갖추라"고 지시했다. 공장장은 그때 당시 수요가 1년에 100만대도 미치지 못하는데 섣불리 생산시설을 갖추었다가 계획대로 되지 않으면 문책 받을 것을 우려해서 그 지시를 따르지 않았다.

다음 해 연초 순시 때 이 회장이 다시 방문하여 "작년에 지시한 것은 어떻게 되었느냐?"고 물어도 묵묵부답이었다. 상황을 눈치 챈 이 회장이 누구에게도 문책하지 않을 것이니 지시대로 하라고 해서, 마침내 대량 생산시설이 추진되었다. 역시 이병철 회장은 미래산업을 향한 놀라운 통찰력을 지닌 분으로서, 타의 추종을 불허하는 남다른 안목과 혜안을 지니신 분이다.

그때 삼성전관에서는 점보실업이 유럽을 통해 공급한 원자재를 이용해 필요한 부품 대부분을 개발했다. 하지만 리드 어셈블리 개발만은 제자리 걸음이었다. 자체적으로 티에프(TF) 팀을 꾸려 1년 동안 노력했으나 실패하고 말았다. 삼성에서 기술제휴를 시도해도 응하는 업체를 찾지 못했다. 그것은 당연한 일이었다. 그 기술이 핵심인데 누가 기술 제휴를 하겠는가.

그러던 어느 날 삼성전관 서울 본사 업무부장으로 부터 연락이 왔다. 내가 임피에서 샘플로 가져다준 "리드 어셈블리 신제품을 점보실업에서 직접 만들어보는 것이 어떻겠느냐?"는 제안이었다. 생각지도 못한 일이었다.

나는 해보겠다고 했고, 내가 판단해도 승산이 있었고 자신감도 있었다. 점보실업과 삼성전관은 양사간 리드 어셈블리 개발 목적으로 양사의 대표이사 명의로 계약을 체결한 첫 번째 케이스일 것이다.

나는 곧 바로 프랑스 임피로 향했다. 친하게 지내던 미스터(Mr.) 하링 (Hearing)에게 리드 어셈블리 제품을 만들려고 하는데, 생산 기계는 어디서 제작하느냐며 물어보았다. 그는 미국 피츠버그에 있는 GTI라는 곳을 소개해 주었다. 하링은 스웨덴 왕립대학 금속학과 출신이며 프랑스 최대 비철금속 회사인 임피의 수출부장으로 미국과 한국에 많은 관심을 가지고 있었고, 많은 정보를 내게 주었다.

하링에게서 받은 자료를 갖고 1985년 5월, 미국행 비행기에 올랐다. GTI는 미국 실바니아에서 근무하던 사람들이 독립하여 만든 회사였다. 피츠버그 시골 마을에 있는 GTI를 찾아가 리드 어셈블리 생산 기계를 공급해 줄 수 있는지 의사를 타진했다. 이때 만난 사람이 스테이크(Stake)와 체이슨 (Chason)이다. 이 두 사람의 협조로 리드 어셈블리 기계 도입과 부품 개발을 빠른 기간에 성공 할 수 있었다.

리드 어셈블리 기계 도입을 위해 방문한 미국 GTI 공장 앞에서

미국에서 돌아온 나는 삼성전관에 GTI 생산설비를 도입하겠다고 말했다. 그러나 삼성의 생각은 달랐다. 미국은 너무 멀어 A/S도 어렵고, 기계나 전자제품은 일본이 최고이니, 개발은 점보실업이 하되 기계는 일본에서 들여오라고 요구했다.

리드 어셈블리 2

1970년대 우리나라 전자산업 초기에는 일본 회사들과 기술제휴 및 합작을 많이 했다. 말이 좋아 기술제휴지, 사실 일본에서 생산설비를 구입하고 기술을 전수받는 입장으로 한마디로 말해 일본이 '갑'이고 우리 업체는 '을'이었다. 삼성은 NEC(일본전기), 금성사는 히다치, 대우전자는 도시바와 기술 및 자본을 제휴하고 있었다.

당시 한국의 모든 설비와 기술 사양은 일본에서 내려온 것이어서 생산 라인을 책임진 엔지니어도 일본을 세계 최고의 기술로 인정하고 있었다.

삼성NEC도 도시바 출신 "고바야시가 삼성 NEC 기술고문"으로 한국에서 근무하면서 생산 제품의 품질을 관리하며 부품 국산화에 부정적 반응을 나타냈다.

세계 3대 리드 어셈블리 제조업체는 도시바, 실바니아, 필립스였다. 그런데 고바야시 고문은 리드 어셈블리 개발 프로젝트를 중단할 것을 권유했다. 그가 점보실업은 절대 개발하지 못하니 더 손해 보기 전에 개발 사업을 접으라고 삼성에 요청했다는 것이다.

나는 '두고 봐라, 점보실업이 개발하는지 못 하는지, 반드시 해내고 말 것이다.' 이전에 각 부품의 과학적 자료를 얻기 위해 경북대 산업기술 연구소장 김종택 교수의 원자재 분석한 자료를 취합하여, 서울대 이종덕 교수, 이동녕 교수 등에게 원부자재 자문을 받았다.

나는 일본산 리드 어셈블리 성분 분석자료를 들고 유럽에 있는 업체들을 탐방하여 시제품 생산을 위한 원부자재를 주문했다. 시제품 소요량이 100Kg 일지라도 주문은 최소단위 500Kg 이상을 주문해야 했다. 원자재 시제품 수입 후에는 금형 설계 및 견본 제품을 생산했다. 삼성전관에서는 점보가 생산한 견본을 브라운관 제조공정에 투입하여 정밀한 테스트 과정을 거쳐, 대량생산 적용 가능성을 판단한다. 오랜 기간의 테스트를 마치면 마침내 품질 승인을 받게 된다.

나는 삼성의 요청대로 일본 도시바 협력업체에서 기계 1대를 도입했다. 보통 기계를 주문하면 본사에서 한국에 직접 와서 기계도 설치해 주고 사용법도 알려주는 것이 원칙이다. 그런데 도시바의 협력업체는 기계 설치와 시운전을 거부했다. 있을 수 없는 일이 발생했다. 우리 계획을 의도적으로 방해하려는 행위가 분명했다. 일본은 이 프로젝트가 실패해야 삼성에 자사 제품을 계속 판매할 수 있었다. 그러나 나는 여기서 포기할 수 없었다. 처음 계획대로 미국 GTI에서 기계를 도입하기로 결정했다. 삼성에서도 도시바 협력업체의 행태를 보고는 더 이상 우리의 결정에 관여하지 않았다.

나는 다시 미국 GTI를 찾아갔다. 처음 방문한 지 두 달 만이었다. 마침 거의 제작이 완료된 기계가 있었다. 나는 현장에 가면 직관력이 발동된다. 미국에 가서 상황을 보니 당시 미국 전자회사는 브라운관 생산량이 많지 않았다. 이 때문에 리드 어셈블리 생산 기계 제조업체인 GTI는 판로에 어려움을 겪고 있었다.

나는 경영진에게 "제작이 완료되거나 재고로 있는 기계를 모두 구입하겠다. 앞으로도 계속 구입할 것이다. 다만 설치와 시운전에 필요한 모든 조치를 제공하라"고 제안했다. GTI는 제안을 받아들였다. 그렇게 해서 다량의 기계를 구입하고, 원활한 가동도 보장받을 수 있었다. 완성된 설비는 1주일 만에 한국에 도착했다. 인도에서 마이카를 운반할 때처럼 비행기를 이용했다. 시간 절약을 위해 수십 배 더 비싼 운임을 과감하게 지불했다.

리드 어셈블리 3

1986년은 나에게도 국가적으로도 뜻깊은 해였다.

88서울올림픽을 2년 앞두고 서울에서 아시안게임이 열렸다. 서울아시안게임은 급속한 경제성장으로 격상된 한국의 지위를 국내외에 알리고, 한반도의 긴장을 완화하여 동북아와 세계평화에 이바지하겠다는 우리의 강력한 의지를 표명한 것이다. 아시안게임의 성공은 서울올림픽대회의 성공적 개최를 굳게 다지는 디딤돌이 되었다.

개인적으로도 더할 나위 없이 감동적인 해였다. 우리 점보실업이 세계에서 4번째로 리드 어셈블리를 개발하여 국산화에 성공했기 때문이다. 리드 어셈블리는 컬러 브라운관 전자총의 핵심부품이다. 오랜 기간 준비하고 도전해 온 그 노고가 한순간에 보상받는 기분이었다.

미국 GTI에서는 우리 회사가 리드 어셈블리 기계를 도입한 후 엔지니어 체이슨을 파견하여 우리에게 2년 동안 기술을 전수하고 지도해 주었다.

나는 체이슨이 한국에서 1~2개월씩 머물 때 불편함을 느끼지 않도록 최선을 다해 배려했다. 그리고 생산 기계 설치조차 제대로 해주지 않았던 도시바와는 달리, 아낌없이 나눠주는 GTI의 태도가 무척 고마웠다. 비록 서로의 이익이 맞물리는 거래 관계이지만 그들의 태도에서 함께 살아가는 인류애를 느꼈다.

리드 어셈블리 개발 과정에서 수많은 난제를 만나도 내가 포기하지 않았던 것은, 반드시 우리 힘으로 부품 국산화를 이

기술 전수를 위해 당사에 초빙된
미국 GTI 체이슨(Chason)과 함께

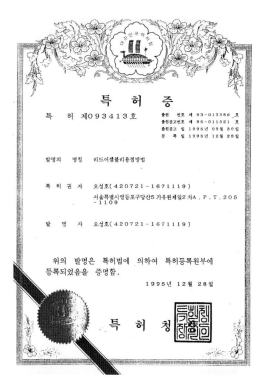

특허증, 리드 어셈블리 용접 방법

루어내기 위함이었다.

결국, 노력은 배신하지 않았다. 마침내 세계에서 4번째, 아시아에서는 일본에 이어 2번째로 리드 어셈블리를 개발하여 특허까지 받게 된 것이다.

이를 계기로, 유통으로 시작한 점보실업은 설립 목표로 삼았던 제조업으로 전환하게 되었다. 나는 삼성과의 상생 관계는 물론이고 삼성에서도 포기했던 리드 어셈블리 개발에 성공하여 삼성의 디스플레이 사업 발전과 수출에 공헌하게 되었다. 세계 가전시장에 한국산 TV·모니터가 가전왕국 일본을 앞지르는 쾌거를 이루는데 일조하게 되어서 큰 보람과 긍지를 가지게 되었다.

그 공적을 인정받아 1992년 대통령이 수여하는 대한민국 산업훈장을 받았다.

4

상생

사람에게 하나의 입과 두 개의 귀가 있는 것은
말하기보다 듣기를 두 배로 하라는 뜻이다.
- 탈무드 -

1970~80년대 한국은 매우 불안한 나라였다. 1980년대 후반에는 노동운동이 급속히 확산되어 1989년을 절정으로 곳곳에서 노조가 만들어지고 파업이 일어났다.

위험한 국가 한국

프랑스 금속회사 임피는 전자부품 소재에서부터 항공기 엔진, 미사일, 전략물자 등에 쓰이는 특수금속 소재 생산으로 유명한 회사다. 회사 규모도 매우 크다.

나는 임피와 거래 초기 때부터 현지 직원들과 친근하게 지냈다. 그래서 우리 회사 담당자인 미스터 하링을 한국으로 초대했다. 서로 왕래하면서 상대방을 이해해야 신뢰감도 생기고 더 오래 거래할 수 있기 때문이다.

하링은 내가 리드 어셈블리 개발할 때 미국 GTI를 소개시켜 준 사람이다. 능력도 있고 인품도 좋아서 무척 호감이 갔다.

그는 주위 사람들로부터 위험 국가인 한국 방문을 만류하는 바람에 내 초대를 거절했다. "내가 당신 안전을 책임지겠다"고 약속하자 한국 방문을 받아들였다.

나는 하링을 위해 조선호텔을 예약했다. 그리고 대구 경북대학교도 방문하여 우리나라 대학 캠퍼스도 구경시켜 주었다. 하링은 평소 교육에 관심이 많았고, 우리나라 대학 수준이 어느 정도인지 알게 해 주면 고국에 돌아가 좋은 말 한마디라도 할 것 같아서였다. 불국사도 같이 가서 우리나라 문화도 체험하도록 했다. 이때 하링도 나에게 무척 호감을 느끼고 이후에는 우리 회사 일이라면 성심성의껏 도와주었다.

그런데 그에게 웃지 못할 이야기를 들었다. 한국에 오기 전 한국 출장을 앞두고 위험수당을 받고 보험까지 가입했다는 것이다. 당시 세계에서 한국을 바라보는 시선이 딱 이 수준이었다. 외국인들은 한국인이 느끼는 것보다 훨씬 더 한국을 위험 국가라고 인식하고 있었다. 다행히 그는 프랑스로 돌아가면서 한국이 생각보다 안전한 나라라고 좋아했고, 그 후 자주 출장을 와 친분을 이어갔다.

시장 개척비

점보와 임피는 10년 가까이 돈독한 관계를 유지했다. 이 기간에 특별한 조율 없이 계약을 연장할 만큼 두 회사 간 신뢰도 무척 두터웠다.

그런데 1985년 계약만료 1달 전, 임피로부터 "점보와의 계약을 파기하겠다"는 전문이 날아왔다. 마른 하늘에 날벼락이었다. 상상도 못한 일이었다.

나는 그동안 임피의 원자재와 부품 소재들을 독점 수입하여 국내에 공급해 왔다. 대기업은 좋지 않은 관행이 한 가지 있었다. 대기업은 우리가 싸게 공급해 주어도 매년 원가 절감을 빌미로 수입원자재 가격인하를 요구했다. 한편 임피는 그동안 한국에 저렴한 가격으로 원자재를 공급해서 값을 올리는 게 당연하다고 생각했다. 삼성과 임피의 입장이 서로 달랐다. 그래서 임피는 더 이상 거래 관계를 지속하기 어렵다고 판단한 것이다. 결국, 임피는 직접 서울에 한국지사를 설립하겠다며 점보와의 계약을 파기하겠다는 통보를 하기에 이르렀다.

그 무렵 나는 사업을 확장해 대구에서 서울로 회사를 이전한 상태였다. 아이들도 서울로 전학해서 적응 중이었다. 그런데 갑자기 프랑스에서 날아온 전문 한 통으로 그간의 노력이 수포로 돌아갈 위기에 처하고 말았다.

무척 당혹스럽고 한편으로는 억울해서 화가 났다. 계약을 파기한 측은 프랑스 임피였다. 계약을 파기할 때는 3개월 전에 알린다는 조항을 무시하고 1개월 전에 전문을 보냈기 때문이다. 결정적 이유는 삼성은 원자재 가격을 인하 요청하고, 임피는 제품 가격을 인상 요구하는 상황에서 임피의 요구를 거부할 수밖에 없었다.

그렇다 해도 계약 파기는 전적으로 임피의 귀책 사유에 해당되는 사항이었다.

나는 주무 부처인 상공부와 수출입 허가에 관여하는 한국무역협회, 무역대리점협회, 그리고 거래처인 삼성물산을 비롯한 국내 대기업에 이런 경우 어떻게 대처할지 문의했다. 돌아오는 답은 한결같이 부정적이었다.

자체 생산능력이 없어서 수입에 의존하기 때문에 억울해도 어쩔 수 없다는 반응이었다.

그렇다고 가만히 손 놓고 당할 수는 없었다. 임피에서 보낸 전문을 다시 꼼꼼하게 살피고, 핵심 문항인 "임피 쪽에서 계약을 파기한다"에 형광펜으로 표시를 했다. 그리고 이에 "나는 계약을 파기할 의사가 없다. 이 일의 책임은 임피에 있다"라는 전문을 임피에 보냈다.

며칠 후 프랑스에서 평소 안면 있는 전무와 이사가 한국으로 왔다. 나는 늘 해 오던 공항 영접을 하지 않고, 회사에서 그들을 맞았다. 오전에 여의도 사무실에 도착한 그들은 나와 치열한 논쟁을 벌였다.

나는 그들에게 계약을 파기하는 조건으로 시장 개척비를 요구했다.

"나는 그동안 귀사를 신뢰하여 10년, 20년 장기계획을 세워 시장을 크게 넓혀 왔다. 그 결과 한국에서 프랑스 임피 제품이 일본제품을 대체하고 있지 않은가? 이러한 노력과 성과는 누구도 부인할 수 없는 사실이다. 그러므로, 계약을 파기하고 싶다면 최소한 그동안 내가 투자한 시장 개척비 1억 8천만 원은 임피가 배상해야 한다."

나의 완강한 요구에 두 사람은 좌불안석이었다. 임피 전무가 도저히 자기가 결정할 권한이 없다면서 임피 본사와 협의해 보겠다며 자리에서 일어났다. 오전에 시작한 미팅이 오후 3시 30분경에 끝났다. 회사의 명운을 건 긴 하루였다.

그들이 떠나자 그제야 너무 소홀했다는 생각에 그들이 투숙 중인 롯데호텔에 전화해서 저녁 식사에 초대했다. 식사 때 내가 먼저 "더 이상 일 이야기는 하지 말자"고 하면서 이런 상황이 되어 마음이 아프다고 말을 꺼냈다.

함께 식사하며 그동안 고마웠던 일, 즐거웠던 추억을 나누다 보니 서로의 마음이 누그러들었다. 헤어질 때 한마디를 덧붙였다.

"계약을 파기하려면 어느 정도 기간을 줘야지 하루아침에 이러면 어떻게 하겠는가? 당신들 직장에서 해고할 때도 마찬가지 아닌가."

다음 날, 임피에서 시장개척비를 1억 원으로 합의하자는 제안을 했다. 그때 돈으로 1억 원은 큰 액수였다. 나는 그 제안을 수락하였고 합의서에 공증까지 하였다.

나는 "약소국의 국민이라도 부당한 것은 부당하다고 주장할 수 있어야 한다"는 소신을 가지고 있다. 선진 외국 업체와 거래도 부당한 일을 당하면 항상 정면 대응해 왔다. 결과는 대부분 긍정적으로 나타났다.

이후 내가 임피에서 시장 개척비를 받았다는 소식이 업계에서 화제가 되었다. 외국 기업으로부터 1억 원을 보상받은 한국 초유의 사건이었다. 부당한 처분을 받은 국내 많은 업체로부터 방문과 문의가 쇄도했다.

가천공장 파업

1989년 7월이었다. 삼성전관에서 갑자기 생산라인이 멈췄으니 리드 어셈블리를 보내지 말라는 연락이 왔다. 양산 통도사 근처에 있는 삼성전관 부산공장에서 파업이 일어난 것이다.

삼성전관에 물건을 납품하는 중소기업은 우리 점보를 포함해서 수십 곳이었다. 이 기업들은 삼성전관 생산라인에 필요한 물건들을 정확한 날짜에 부품을 납품하기 위해 물건을 생산한다.

그런데 삼성의 생산라인이 멈춘다면 어떻게 되겠는가? 거기에 딸린 수십 개 회사의 생산라인도 멈추게 된다. 이런 상황이 되면 우리같은 중소기업들은 버틸 수가 없다. 기업뿐만 아니라 직원과 가족들의 생존이 달린 문제이기도 했다.

삼성전관 총 파업은 노동운동의 입장에서는 자본과 노동의 대립이었다. 그러나 삼성TV 국산화가 갖는 국가적 의미를 생각한다면 일본의 횡포로부터 우리의 자존을 지켜내는 경제독립 프로젝트를 방해하는 일이었다. 나는 외부의 적으로부터 우리 공동체를 지켜내는 일이 더 중요하다고 생각했다.

파업 소식을 듣고 나는 바로 항공편을 이용하여 김해 공항에 도착했다. 택시를 타고 삼성전관 정문에 도착한 시간이 오후 7시였다. 노조에 불참한 간부로부터 현황을 듣고, 파업현장으로 들어가려는데 임직원들이 나를 극구 만류했다.

이튿날 아침 6시 혼자 정문에 도착하여 파업 주동자에게 면담을 요청했으나 거절당했다. 그가 거절하는 소리를 듣고 전화기를 뺏어 큰 소리로 말했다.

"나 혼자인데 겁이 납니까? 그렇게 자신이 없으면 그만두면 될 거 아니요. 지금 바로 나는 당신을 만나러 들어갑니다."

담판을 지을 각오였다. 다른 사람들은 관망하고 있었지만 나는 그럴 수가 없었다. 잘못된 것은 바로잡아야 했다. 노조원 3명에게 에워싸인 채로 노조 사무실에 갔다.

"지금 우리나라가 파업할 때입니까? 대한민국에서 당신들 회사보다 더 좋은 처우를 받는 직장이 있으면 어디 말해 보시오. 여기서 그만두세요!"

나는 삼성전관이 일본 전자업체들처럼 세계적 기업이 될 것을 기대하며 많은 부채를 감수하고 전 재산을 투자했다. 삼성전관이 리드 어셈블리 개발 TF팀을 구성해서 1년간 노력했으나 개발에 실패한 것을 점보실업이 개발해서 삼성에 공급했다. 그렇게 고생해서 만들어 납품한 제품 상태를 확인하지 않을 수 없었다. 나는 파업 책임자의 옷자락을 잡아끌어 함께 자재창고로 가자고 소리쳤다.

"만약 당신들 파업 때문에 점보실업 제품이 훼손됐다면 결코 용서할 수 없소"라고 했다. 그는 "나는 그럴 권한이 없습니다"라고 하기에 "그럼 지금 하는 파업은 뭡니까?"라며 따져 물었다.

내가 그를 사무실 밖으로 끌고 나왔더니 그는 나에게 "제발 돌아가 주세요"라며 애원하다시피 했다. 나는 아랑곳하지 않고 "당신은 당신 일만 하고 나는 내 일 보고 가겠소"라고 말했다. 회사 현 상황을 살펴보기 위해 이곳저곳으로 온 힘을 다해 담당자를 귀찮게 하며 돌아다녔다. 파업 상황을 둘러보니 브라운관 제품들이 공장 출입구 곳곳에 쌓여 있었고, 분위기는 매우 어수선한 상태였다.

파업현장을 나와 통도사 관광호텔에 묵고 있는 삼성전관 사장과 마주했다. 그리고 현장 상황을 설명했다. 이어서 삼성전관 협력업체협의회 회장과 면담하면서 전 협력사 사장은 내일 오전 10시까지 삼성전관 정문으로 소집해 달라고 요청했다.

그러나 이튿날 그곳에는 아무도 오지 않았다. 화가 치밀었다. 삼성전관 정문 옆 공터에 전경 버스 한 대가 주차돼 있고 버스 안에는 전경들이 타고 있었다. 그 와중에 파업 근로자들은 경비용 방망이를 허리에 차고 삼성전관 업무용 오토바이를 파업동참 노조원들이 타고 삼성전관 정문을 요란스레 드나들고 있었다.

기업인으로서는 안타까운 마음을 금할 수 없었다. 회사 간부는 물론, 파업에 불참한 종업원들은 무심히 구경만 하고 있었다.

이 참담한 현실을 보고만 있을 수 없다고 생각한 나는 정문 옆 공터에 주차된 전경 버스로 가서 전경 대장을 찾았다. 자신이 책임자라고 다가온 사람에게 물었다.

"여기 온 목적이 무엇입니까?"

"출동하라는 명령받고 왔습니다."

"그럼 책임 완수를 해야지요. 전경들 내려오라 하세요. 그리고 날 따라오세요."

그러자 몇몇 전경들이 나를 따라 나왔다.

"일하러 왔으면 일을 해야지요. 무단 절취 및 무면허 운전과 불법 파업이 지속되면 안됩니다."

경비용 오토바이를 타고 굉음을 내고 질주하는 노조원을 정문 입구에서 멈추게 한 후 전경대장에게 면허증 유무를 확인하고 합당한 조치를 해 달라고 요청했다.

전경들이 질서유지에 적극적인 역할을 해 주었고, 공장 경내 질서가 점차 회복되기 시작하였다.

나의 역할은 여기까지라 생각하고 이후 산적한 회사 일로 급히 상경했다. 그로부터 노사 간 협상이 진행되고 파업은 며칠 후 종결됐다.

그 후 삼성전관 생산 담당 이사가 우리 회사에 찾아와 파업 주동자인 "노조 책임자를 점보실업에서 받아 달라"는 요청을 해왔다.

나는 "좋습니다"라며 승낙했으나 시간이 가도 그는 끝내 오지 않았다.

상생 회의

중소기업진흥공단의 추천을 받아 대기업과 중소기업 상생 모임에 참석한 적이 있다. 안산에 위치한 중소기업진흥공단 연수원에서 개최되었는데, 대기업 대표로는 당시 기아자동차 김OO 회장이 참석했다. 중소기업 대표들을 비롯하여 언론사 기자들과 상공부를 비롯한 관련 기관 임직원들이 대거 참석했다.

그 자리에서 김 회장이 "전 세계에 일류 차량부품 업체가 50개 있으나, 한국에는 1개도 없다"며 아쉬움을 토로했다. 그 말을 듣고 내가 손을 들어 한 말씀 드리겠다고 했다.

"회장님 말씀에 이의를 제기합니다. 대기업이 부품 납품업체에 무리한 가격경쟁을 시키기 때문에 원가에도 못 미치는 가격으로 중소기업은 납품을 합니다. 이런 이유로 중소기업은 생존의 기로에서 힘들고 현상 유지도 어려운데 무슨 세계 최고의 품질을 바라십니까. 그 토양을 대기업이 마련해 주어야 합니다."

예를 들어 대기업이 필요한 부품이 100개 있으면 중소기업 업체들 5~10 곳에 우리 회사 100개의 부품이 필요하니 그에 따른 견적을 내라고 한다. 대기업에서는 그 견적 중에 가장 저렴한 가격을 제시한 부품업체를 선택해 공급받는다. 중소기업에서 제품을 개발하고 품질을 높이려면 인력과 자금이 필요하다. 대기업에서 그 토양을 만든 후에 중소기업에 대한 평가를 해야 한다는 취지였다.

내가 공적인 자리에서 의연하게 반론을 제기하자 회의장 분위기가 급변했다. 사회자가 서둘러 질문을 마무리하고 회의가 끝났다. 기자들이 내게 몰려왔다.

기자들이 "삼성도 그러냐?"는 질문에 "그런 이야기가 아니고 나는 내 일에 만족하고 경쟁력을 키울 자신이 있다. 기자들도 다 알고 있지 않은가. 좋은 품질보다 싼 가격만 찾지 않느냐?"라고 대답했다. 결론적으로 말하면 대기업이 부품업체에게 과당경쟁을 시켜 개발 잠재력을 잠식하는 처사에 일침을 가한 것이다.

병역 특례

중소기업은 대기업에 비해 여러 가지 취약한 부분이 산재되어 있다. 특히 대기업에 비해 인력과 자금을 공급받는 데 큰 어려움을 겪는다. 이러한 어려움을 극복하려면 국가가 도움을 주어야 하는데 현실은 그렇지 않은 것이 중소기업의 실상이다. 당시 제도적 지원은 대기업 위주였다. 회사를 운영하기에도 몸이 두 개라도 모자라는 형편이지만, 중소기업 발전에 도움이 된다면 정부를 설득해 제도 개선을 만들어 가는 것도 간과할 수 없는 일이었다.

대기업에는 병역 특례제도가 있었다. 군 입대를 면제받고 정부에서 지정한 연구 기관이나 산업체에서 일정 기간 근무하면 병역 면제 혜택을 받는 제도이다. 그런데 당시 중소기업체는 병역 특례제도 혜택을 받지 못했다.

나는 상공부와 경제기획원 노동부 등을 방문하여 담당 과장과 국장을 만나 "대기업은 모집 광고가 신문에 실리면 인재들이 구름처럼 몰려온다. 반면 중소기업은 아무리 노력해도 사람 구하기가 너무 힘이 든다. 그런데 대기업에는 병역 특례제도 혜택을 주고 중소기업에는 그런 제도가 없다. 형평성에 맞지 않는다. 우리 중소기업도 병역 특례제도 혜택을 받게 해달라"고 건의했다. 이후 우리 회사는 병역 특례업체로 지정되었고, 그해 80여 개 중소기업체가 그 혜택을 받았다.

질문

국어사전에 질문은 "알고자 하는 바를 얻기 위한 물음"이며 언어학적 표현이라고 했다. 나는 누구를 막론하고 궁금하거나 모르는 것을 바로 묻는 것을 스스럼없이 하는 편이다. 아들과 손주들에게도 질문은 부끄러운 것이 아니라 남모르는 사람과의 징검다리의 역할을 하기에 주저 말고 많이 물어보라고 가르친다.

질문은 배움을 촉진하고, 관계를 구축하고, 문제를 해결할 수 있으며 세상을 이해하고, 새로운 것을 배우고, 다른 사람들과 교류하는 데 중요한 도구가 된다.

질문을 통해 우리는 정보를 얻고, 상대의 생각이나 의견을 이해하고, 또 다른 사람의 경험을 배우고, 대상의 관점을 이해하고, 상대와의 관계를 구축하고, 문제를 해결하는데, 많은 도움과 창의적인 생각을 할 수 있는 용도로 쓰인다.

인간은 삶의 여정에 수많은 의문과 질문을 받고 있다. 자신의 문제를 스스로 정답을 얻지 못할 때는 현인에게 질문하여 회답을 얻기 바라고, 아무리 귀하고 비싼 정보도 질문을 통해 받으면 공짜라는 사실을 잊지 않기 바란다. 이보다 더 큰 횡재는 없을 것이다.

유대인의 질문

한국인은 유대인보다 IQ가 높다고 한다. 하지만 유대인은 전체 노벨상의 22%를 차지한 반면에 우리는 노벨 평화상 1개밖에 타지 못했다. 원인이 무엇일까.

질문의 차이다. 우리나라 교육은 사지선다형 '주입식'이 주류를 이루지만 유대인은 질문과 대화와 토론을 중시하는 '하브루타 교육'을 하고 있어서 차이가 난다. 한국인과 유대인의 부모들이 자녀들에게 하는 질문에서 근본적인 차이가 있다.

"오늘 무엇을 배웠느냐?"

"오늘 무엇을 질문했느냐?"

이제 우리가 선진국으로 진입하려면 '질문의 질'이 달라져야 한다. 좋은 질문을 하는 '질문하는 사회'가 되지 않으면 안 된다.

외국어 학원

많은 분들이 나에게 "일본어와 영어를 어떻게 공부하셨기에 일본과 유럽과 미국을 자유자재로 다니면서 무역을 하셨나요?"라고 묻는다.

지금도 일본어와 영어를 잘하지 못하지만 말하는 것을 두려워하지는 않는 편이다. 두려워하지 않게 된 것은 새벽반 학원에 다닌 덕분이다.

일본 미쯔이 계열사인 일본금속공업회사와 독점 계약을 하면서 일본에 대한 관심이 높아졌다. 앞으로 일본과 거래를 하려면 일본을 알아야겠다는 생각이 들어서 새벽에 일본어 학원에 다녔다. 일본어는 양복점에서 일할 때 사용하는 용어가 대부분 일본말이어서 일본어 글자는 잘 몰라도 일본어 단어는 상당히 알고 있었다. 3개월 정도 다녔더니 어느 정도 기본을 이해할 수 있었다. 일본에 편지를 보낼 때는 사전을 찾아가면서 하면 소통이 가능해졌다.

그리고 일본어 학원에 다니면서 당시 시사통신사에서 근무하던 전경태 교수를 만난 것은 행운이자 축복이었다. 마침 전경태 교수가 대구 미국문화원으로 자리를 옮기면서 미국문화원에도 출입하게 되었다. 나는 앞으로 부품의 탈일본화를 위해서는 영어가 필요하다는 생각이 들었다.

새벽에 다시 영어학원에 다니기 시작했다. 국제 무역을 하기 위해서는 영어가 절대적으로 중요하다고 인식했기 때문이다. 나는 초등학교 3학년 때 미국 선교사 라이오 목사님이 오셔서 환등기를 보여주었을 때 비록 어린 나이지만, 영어가 중요할 거라는 생각이 들었다. 당시 교회 선배들한테 이야기해서 내 이름을 영어로 써달라고 부탁하여 가지고 다니기도 했다.

많은 사람들이 어떻게 미국문화원에 자주 찾아다니고 유럽과 미국을 자유롭게 드나드는지 궁금증을 가지고 묻곤 한다. 내가 프랑스나 독일에 가서 계약을 맺을 때 나는 나름대로 상당히 준비를 철저히 하는 편이다.

관심 있는 나라가 있을 때 우선 코트라(KOTRA, 대한무역진흥공사)를 통해 정보를 수집하고 현지에 연락해서 통역할 수 있는 사람을 구해달라고 당부한다.

통역을 통해 상대방을 한두 번 만나본 다음에는 내가 직접 부딪히면서 문제를 해결해 나갔다. 내가 영어를 유창하게 하지 못하더라도 영어에 대한 두려움이 없어서 프랑스와 미국 등 파트너 회사와 거래를 할 수 있었다.

내가 유럽이나 미국에 관한 정보를 갖다 주면 삼성에서도 관심을 가지고 경청하곤 했다. 이렇게 삼성과 인연을 맺고 부품 공급 회사로 협약까지 맺게 된 것이다. 국제 무역을 하기 위해서는 외국어의 중요성은 아무리 강조해도 지나침이 없다고 생각한다.

5
도전 정신과
도덕 수준

이병철 회장과 정주영 회장

나와 비슷한 시기에 태어난 이들은 모두 배고픈 시대를 살아왔다. 이들의 꿈은 오직 잘사는 나라를 이룩하는 것이었다. 그런 꿈들이 차곡차곡 쌓여 '한강의 기적'을 이룰 수 있었고, 그 꿈을 어깨에 짊어지고 미래를 향해 나아간 사람들이 바로 이 땅의 기업인들이다.

삼성의 이병철 회장, 현대의 정주영 회장, LG의 구인회 회장, SK의 최종현 회장, 포스코의 박태준 회장 등은 일제 강점기와 한국전쟁을 거치며 폐허가 된 땅 위에서 '한강의 기적'을 이룬 주인공들의 리더분들이다. 비단 대기업 총수뿐 아니라 그 시절 조국의 경제발전을 위해 수많은 중소기업인이 함께 뛰었다. 그들의 피땀으로 이루어 낸 경제적 기반 위에서 현재 세계 1위의 전자산업이 꽃피우게 되었다.

특히, 삼성의 이병철 회장과 현대의 정주영 회장은 대한민국 산업계의 양대 산맥으로 한국경제의 대표적 인물이다.

삼성의 이병철 회장은 안목과 혜안을 가지고 반도체에 투자하여 삼성전자를 세계적인 기업으로 키우는 원동력이 되었다. 또한, 기업조직의 관리 시스템을 확립하고 경영의 초석을 마련한 시대적 영웅이었다. 삼성의 관리 시스템은 한국 조직문화의 근간을 세우는 교과서가 되었다.

현대의 정주영 회장은 우리나라 중공업 역사의 기틀을 마련하고 끊임없는 도전과 불굴의 정신으로 한국 근대화의 업적을 이룩한 세계적 인물이다. 현대의 개척 정신과 도전 정신은 한국이 세계로 뻗어가는 견인차 역할을 주도적으로 하였다.

여기에 이승만 대통령의 건국 정신을 이어받은 박정희 대통령은 확고한 국가관과 애국 애족의 강한 사명감으로 미래 한국의 기본계획을 수립하여 한국경제의 기적을 이루어냈다. 박정희 대통령은 기업인과 국민들에게 "잘 살아 보자"는 꿈과 희망을 심어주고 잠자던 DNA를 눈뜨게 했다. 온 국민이 한마음으로 열심히 뛰도록 동기부여로 선진국 도약의 기반을 마련해 주었다.

나는 기업인이야말로 이 시대의 영웅이고 애국자라고 생각한다. 기업은 국민과 같이 발전한다. 기업이 발전하면 직원들은 자아실현의 기회가 확대된다. 가족을 부양하고 그 가족들은 다시 기업과 국가를 발전시키는 원동력이 된다. 삼성전자, 현대자동차를 비롯한 우리나라 기업이 세계시장에서 글로벌 선도기업이 됨으로써 한국의 국력이 강해지고 국격이 높아졌다.

도덕 수준

　도덕성은 사람들이 행동을 결정할 때 따르는 기준이다. 그것은 무엇이 옳고 그른지, 그리고 무엇이 선과 악인지에 대한 개인의 믿음과 개념이 확고해야 한다. 도덕성은 문화, 종교, 개인의 경험에 따라 다를 수 있다.

　도덕성은 정의, 공정, 존엄, 연민과 같은 개념과 관련이 있다. 도덕적인 행동은 다른 사람에게 해를 끼치지 않으며, 공정하고, 정직하며, 존중하는 행동이다. 도덕적인 사람은 다른 사람을 염두에 두고, 자신의 행동이 다른 사람에게 미치는 영향을 고려하며, 자신의 행동에 책임을 지는 사람이다.

　도덕성은 사회의 규칙을 유지하고, 사람들 간의 조화를 촉진하면서 개인과 사회 모두에게 이익이 되는 것을 기본으로 삼는다.

　도덕성의 기준과 가치는 일반적으로 다음과 같다.

정의 : 옳고 그름을 구분하는 기준이다.

공정 : 모든 사람에게 동등한 대우를 하는 것이다.

존엄 : 모든 사람의 고유한 가치와 인격을 존중하는 것이다.

연민 : 다른 사람의 고통을 이해하고 공감하는 것이다.

책임 : 자신의 행동에 대한 책임을 지는 것이다.

　이러한 기준과 가치를 따르는 행동은 개인의 행복, 만족, 성공을 가져다주며, 사회적 관점에서 평화, 안정, 번영을 이루는 동력이 되기도 한다.

　나는 이러한 가치관을 가지고 있는 직업 중에서 으뜸으로 꼽는 직종이 바로 우리나라 산업을 이끌고 있는 기업인이라 생각한다.

그들의 도덕성은 어느 직업인보다 한 차원 위에 있다고 여긴다. 유독 우리나라만이 기업인을 부도덕하게 보려는 선입견을 가지고 있는 경향이 있다. 이는 기업가의 도덕성을 과소평가한 것이며, 오늘날 대한민국이 이렇듯 풍요롭고 편리하게 살게 된 나라를 건설하는데 앞장선 사람들은 누구보다도 기업인들이다.

이 지구상의 '비포 서비스(Before Service)'와 '애프터 서비스 (After Service)'를 해주는 업종과 직종은 기업인만이 할 수 있는 영역에 속한다.

기업인은 자신의 모든 재산과 지식과 경륜과 지혜를 투자하여 생산한 제품과 서비스를 제공한다. 그리고 소비자에게 이를 사용하기 위한 모든 정보를 사전에 설명하고 불특정 다수의 소비자에게 제품의 좋은 점과 상식을 알려 주려고 수많은 비용을 지불하는 것이 기업의 비포 서비스다.

만일 제품에 하자가 발생하면 바로 뛰어와 고개 숙여 "미안합니다" 하며 고쳐주고, 용의치 않으면 새것으로 무상 교체해 준다. 이게 바로 애프터 서비스다.

학교에서 학생을 가르쳐도, 취업은 책임지지 않고, 교회나 사찰도 타인의 구원을 보장하지는 않는다. 그러나 기업은 판매하는 제품과 서비스에 대해 상당 기간 동안 책임을 다 한다.

세상에 이런 직종이 어디 있는가. 그렇다고 기업인들이 거만한가? 악한가? 고객을 왕으로 모시는 조직은 오직 기업밖에 없지 않은가. 기업은 고객에게 언제 어디서든 최선을 다한다. 자기 소유의 모든 것을 투자해 신제품을 개발 생산했으나 소비자의 외면으로 망하는 기업도 수 없이 많다. 투자에 대한 아무런 보상도 받지 못한다. 기업인의 희생정신은 애국, 애족, 봉사의 사명감에서 비롯된다.

다만, 도덕성을 망각하고 악덕 기업으로 낙인찍혀 국민의 지탄을 받는 사례도 있다. 이러한 기업과 기업인은 우리 사회서 퇴출되도록 감시의 끈을 놓아서는 안 된다.

그간 정부에서 기업을 대하는 태도를 보면 지나치다는 생각을 지울 수 없다. 세계 일류 기업을 만드는 것은 아무나 할 수 있는 것이 아니다. 최고가 되려면 얼마나 많은 노력과 인력, 시간, 비용이 소요되는지 아는가, 이런 희생도 마다하지 않고 묵묵히 조국과 민족의 번영을 위해 불철주야 헌신하는 사람이 바로 대한민국 기업인들이다.

사택

80년대 후반, "월급은 쥐꼬리, 물가는 소꼬리"라는 우스갯소리가 있을 만큼 월급이 물가를 따라가지 못했다. 나는 직원들의 복지를 향상시키고 이러한 격차를 해소하고 싶었다. 직원들의 교통비와 주거비를 획기적으로 절약할 수 있는 방안을 강구했다. 그리고 회사 인근 주택을 구입하여 직원용 사택으로 무상 제공하였다.

당시 정부는 법인의 부동산 매입을 억제하기 위해, 개인이 매입할 때 보다 세금을 5배나 높은 부동산 취득세와 등록세를 부과하였다. 출 퇴근 고통에서 벗어나 지근거리서 직원들이 출퇴근 하는 모습을 생각하니 그 비용이 전혀 아깝지 않았다. 나는 이미 1985년에 공장에 에어컨을 설치했고, 김대중 대통령 시기에는 타 회사보다 먼저 주 5일 근무제를 도입했다.

기숙사는 내가 직접 관리했다. 가족이 있는 직원은 함께 살게 해 주었고, 화장실도 수세식으로 교체하고 난방 보일러도 설치해 주었다. 화장실 변기가 막히면 직접 가서 뚫어주고, 전구도 손수 갈아주고, 청소도 해 주었다.

불법 파업

"화불단행(禍不單行), 화는 하나로 그치지 않고 잇달아 온다"는 뜻이다.

리드 어셈블리를 개발하여 생산을 막 시작할 때였다. 회사의 앞날이 달린 시기였다. 이 무렵은 88올림픽 특수로 인해 중소기업에서는 사람 구하기가 무척 어려웠다. 우리 회사도 공업고등학교 학생을 연수생으로 받아야만 했다. 이 무렵은 노동운동이 정점에 달해 파업이 일종의 펜데믹처럼 번지고 있었다.

이런 상황에 양재천 제방이 붕괴되어 양평동 공장이 침수되었다. 기계가 물에 잠겨 가동할 수 없게 되었고, 미국에서 들여온 기계인 까닭에 한국에는 고칠 사람이 없었다. 미국에 연락하여 출장 비용을 감당하는 조건으로 기술자를 파견해 달라고 긴급히 요청했다. 그때 파견된 엔지니어가 전부터 우리 회사를 도와주었던 체이슨이다. 그는 침수된 기계를 분해하여, 가지고 온 부품으로 재조립 과정(Overhaul)을 반복했다. 그래서 생산설비를 다시 가동할 수 있었다.

어느 날 외부 일정을 마치고 오후 5시경 회사로 돌아왔다. 그런데 무슨 영문인지 회사에는 직원 한 명만 사무실을 지키고 있었다. 그 직원은 내게 파업이 일어나서 전 직원들이 파업 요구 조건을 작성한 요구서를 내게 전달해 주었다. 직원들은 공장 현장을 무단 이탈한 상태였다. 직원들의 요구사항은 무려 24가지였다. 생산을 계속해도 물량 부족으로 납품이 어려운 실정에 망연자실할 수밖에 없었다. 파업에 대한 사전 예고나 협의도 없었기에 나는 전혀 예상하지 못했다.

노동부에 전화하여 문의한 결과는 다음과 같았다.
첫째, 사전 협의 없는 파업은 불법이다.
둘째, 불법 파업의 요구서는 회사측이 들어 줄 의무가 없다.
셋째, 가동 중인 기계를 멈추고, 현장을 이탈한 것은 사규 위반이다.
넷째, '회사에서 요구서를 거부하면 근무하지 않겠다'는 것은 사직의 의사로 해석할 수 있다.

이런 요지의 답변을 받았다. 나는 직원들이 모여 있는 식당으로 갔다. 직원들은 그곳에서 술을 마시며 떠들고 있었다. 나는 차례대로 면담하면서 입사 시에 내가 약속한 근무조건과 처우가 지켜지지 않은 것이 있는지 물었다. 한결같이 그런 사실은 없다는 답변이 돌아왔다. 그리고 나는 요구서에 대해 동의할 수 없음을 말했다.

"노동부는 이번 파업은 불법이며, 작업장을 무단 이탈한 것은 사규에 의해 처리해도 된다고 했다. 더구나 여러분의 요구서는 사직의 의사로 보아도 무방하다고 했다. 여러분은 해고와 사직 둘 다 해당이 된다. 불법 파업을 자행한 여러분 전원을 사직 처리하겠다"라고 전하고 무거운 마음으로 그곳을 나왔다.
이튿날 일찍 출근하여 공고 실습생 두 명에게 공장 셔터를 내리게 하고 기계를 작동하게 했다. 사직 처리된 직원 몇 명이 회사 앞에 모여 다시 일하게 해 달라고 요청했다. 이후 대부분의 직원들은 재입사했다.

그러나 이후에도 연례행사처럼 파업은 일어났다. 야간 근무를 지시하고 자정을 넘어 퇴근했는데 회사로부터 전화가 왔다. 공장 직원들이 작업을 거부하고 기계 전원 차단기 내리고 소주 파티를 한다는 것이다. 두 명이 주도하여 일으킨 파업이다. 그중 한 명은 친한 분의 소개로 차마 거절하지 못해 입사시킨 직원이었다. 그래서 더욱 실망이 컸다.

나는 노사분규를 통해 불만을 품은 사람을 어떻게 처리해야 하는지 깨달았다. 미움과 분노는 타인을 향한 것이지만 결국 자신을 파괴하게 된다. 이런 생각이 들 때마다 하나님께 기도했다. 하나님과 소통하는 기도를 통해 미움을 내려놓고 담담해질 수 있었다. 상대를 위해서도 기도할 수 있는 마음의 여유가 생겼다.

양평동 점보실업주식회사 본사 사옥

기독교와 여성

조선 왕조(1392-1910년)는 유교를 건국이념이자 통치사상으로 숭상하여 남성 사대부 중심의 사회를 구축했다. 유교 중심 사회는 엄격한 가부장제에 매몰되어 남성 우월주의가 팽배했다. 여성에게는 삼종지도(三從之道)라고 하여 어려서는 아버지를, 결혼해서는 남편을, 남편이 죽은 후에는 자식을 따라야 하는 삶을 숙명처럼 여기며 살아오도록 강요했다.

1885년 미국의 북 장로교회에서 조선으로 파송된 선교사들이 선교 활동 외에 교육과 의료 봉사를 통해 주류 사회에서 소외받은 약자와 여성의 권익 신장을 외치면서 한국의 여성 해방 운동이 시작되었다.

선교사의 복음 전파와 교회를 통한 교육과 의료 봉사는 천대받던 조선인의 눈에는 천지개벽과 같은 일이었다. 견고하게 자리잡았던 남녀 7세 부동석이 무너지고 사대부와 천민이 함께 예배보고, 한마음 한뜻으로 기도와 찬양으로 소리 높여 부르는 기적이 일어났다.

여성들은 자기의 울분과 염원을 하나님 앞에 기도로 호소하며 세상을 이길 수 있는 믿음과 자존감으로 불타오르고, 삶의 희망과 용기가 솟아나는 자신감에 자아의 정체성을 발견하는 계기를 맞았다.

그 후 여성 해방운동은 전국적으로 확산되었다. 미국 감리교 선교사인 스크랜턴(Scranton) 부인이 1886년에 세운 이화학당을 시작으로 정신여학교, 진명여학교 등 외국 선교사와 민간이 세운 여자학교가 설립되었다.

1898년에는 우리나라 최초의 여성 단체인 찬양회가 출범하면서 여권신장이 체계화되는 계기가 되었다. 1922년 한국 YWCA가 창설되고 김활란,

김필례, 유각경 등 여성 리더의 활동으로 한국 여성 해방운동과 사회정의 구현에 기여할 수 있는 종교가 기독교라고 믿게 되었고, 기독교 정신을 바탕으로 여성교육과 계몽운동을 펼쳐 왔다.

또한, 사회 발전과 민족 독립운동에 즈음하여 1919년 3.1운동 독립선언서에 서명한 33인 중 16명이 기독교 신자였다. 오씨 집안에서도 오화영, 오세창 두 분이 참여하여 중추적 역할을 수행했다.

한국 기독교 신자는 현재 1,200만 명에 불과하지만 대한민국의 독립과 건국에 기여한 공로는 어느 누구도 부인 할 수 없는 명확한 사실이다.

오늘날 대한민국을 이토록 풍요롭고 아름다운 나라로 일궈놓은 바탕은 기독교의 정신과 교육을 통한 희생과 봉사와 정의에서 찾을 수 있다.
한국의 여성 권익 신장과 남녀평등 시대를 오늘처럼 우리 사회 도처에서 메아리치게 한 근원은 바로 기독교 신앙의 토양에서 비롯된 것으로 "모든 인간은 하나님이 손수 만드신 귀한 존재"라는 사실을 한국 기독교가 우리 사회에 뿌리내리게 하였다.

6
생존

1990년대는 냉전 종식과 다가오는 뉴 밀레니엄의 여파로 혼란스러운 분위기였다. 1993년 김영삼 정부가 출범하면서 금융실명제가 실시되었다. 이듬해 성수대교 붕괴 참사가 일어났고 1997년 11월 IMF 외환위기가 닥쳤다.

협심증

리드 어셈블리 개발에 성공한 후 얼마 되지 않았을 때였다. 갑자기 쇼크가 와서 가슴이 오그라들고 숨을 쉴 수 없었다. 산소마스크를 쓴 채 응급차에 실려 대학병원 응급실로 들어간 후 1달 동안 입원 치료를 받았다.

나는 평소 죽음에 대해 하나님이 보내셨으니 때가 되면 언제든 가는 것이 마땅하다고 생각해 왔다. 그러나 당시는 해야 할 일이 많이 남아 있었다.

회사도 이제 막 성장 궤도에 들어섰고 아이들도 혼인 전이었다.

앞만 보고 전력으로 달렸던 것이 문제였을까. 그동안 리드 어셈블리 개발에만 매진하였고, 개발 후에는 생산과 판매에 이르기까지 하나부터 열까지 직접 발로 뛰어다녔다. 그 와중에 양평동 공장 침수와 삼성전관과 우리 회사의 노사분규에 이르기까지 감내하기 힘들었지만, 정신력으로 버티고 극복해 왔다.

그러나 육체는 정신을 따르지 못했다. 어쩌면 하나님께서 크신 뜻으로 이제부터라도 몸 관리하라고 제동을 거신 것일 수도 있다. 퇴원할 때 쇼핑백 가득히 약을 받아왔으나 약을 먹어도 낫는다는 보장이 없었다. 죽음을 목전에 두니 도움받은 이들에게 고마운 마음이라도 전해야겠다는 생각이 들어 가까운 일본부터 먼저 갔다.

그때 마침 삼성전관 윤승중 과장이 동경사무소 소장으로 부임해 있었다. 그가 사무소 현지 직원에게 병원을 수소문해 찾아낸 곳이 도라노문 병원이다. 그 병원에서 심혈관 검사와 치료를 받았다. 한국에서는 포기했던 생명이 그 덕분에 살아날 수 있었다. 3년 정도 치료제를 복용한 후 완치되었다. 나는 최후의 생존자가 승리자라고 생각한다. 이 모든 것이 하나부터 열까지 하나님의 은혜이자 축복이었다.

산업훈장

우리 회사뿐 아니라 내 인생에 있어서 가장 큰 보람이자 자랑은 세계에서 4번째로 리드 어셈블리 개발에 성공한 것이다.

나는 리드 어셈블리를 개발하여 브라운관 기술향상에 기여한 공로를 인정받아 1992년 대한민국 산업훈장을 수상하였다. 점보실업은 이미 수출의 탑을 수상했고, 상공부장관 표창, 기술선진화기업과 유망중소기업 선정, ISO9000과 100PPM 인증을 받고, 특허 4건을 취득했다.

이후 점보실업의 해외 진출을 위해 1990년대 초 시장개척단의 일원으로 남미 멕시코와 브라질을 다녀왔고, 러시아 산업연구원 초청으로 모스크바를 방문했다. 그리고 다음 해, 투자사절단으로 중국 청도와 상해를 방문하여 해외 진출을 모색했다. 평택 전자부품연구소에 기금을 출연하고, 2004년에는 전자산업 분야 최고경영자들과 함께 북한을 방문하여 금강산 세미나를 통해 남북한의 상생을 모색했다.

제10956호

표 창 장

점 보 실 업 (주)
대표이사 오 성 호

귀하는 우리나라 전자공업발전에 기여한 공이 크므로 전자공업 30주년을 맞이하여 이에 표창함.

1989년 10월 10일

상공부장관 한 승

상공부장관 표창장

해외 진출을 위해 방문했던 중국과 멕시코, 브라질은 여러 제반 사항이 맞지 않아 진출을 포기했다. 중국은 공산국가로서 공무원과 간

대한민국 산업훈장 수여식

부들의 위세가 대단하게 느꼈고, 멕시코는 치안이 불안했다. 브라질은 거리가 너무 멀었다. 점보실업은 1997년 IMF 외환사태가 발생한 바로 그해 말레이시아에 진출했다.

대한민국 훈장

훈장 받은 후 아내와 함께

해외 진출

점보실업은 1997년 삼성전관 및 중화영관 부품 공급을 위해 삼성전관 말레이시아 공장장의 요청으로 말레이시아에 진출했다. 우리 회사와 돈독한 관계를 유

시장 개척단 미국 방문시 LA 톰 브래들리 시장과 함께

모스크바(러시아) 산업연구원 초청 방문시
산업기술정보원 박홍식 원장과 함께

지한 삼성이었지만 일부 직원은 비협조적이었다. 공급계약을 외면하고 일방적 요구를 하면서 협력업체 부품의 발주는 줄이고 일본산 부품을 수입하기도 했다.

이러한 행태는 파트너십을 위태롭게 하고 부품 국산화 업체를 큰 곤경과 마주치게 만들었다. 이들처럼 간혹 자기 직위를 이용해 횡포를 일삼는 간부도 있었다. 그들과는 갑과 을의 관계로 맺어져 있어 이의를 제기하면 지금까지의 노력이 물거품이 될 수도 있었다.

반면 지금까지도 생각나는 고마운 직원들도 많다. 당시 삼성전관 업무부 이광호 부장, 윤승중 과장, 남택조 대리이다. 리드 어셈블리를 개발해서 삼성TV 국산화에 성공했을 때 함께했던 이들이다. 이광호 부장은 리드 어셈블리 개발제안자였다. 윤승중 과장은 내가 심근경색으로 힘들 때 일본 병원을 소개해 주었다. 남택조 대리는 삼성전관을 퇴사한

중국 투자 사절단 청도 방문

상태에서도 나를 위해 집을 담보로 재정보증을 해 주었다. 잊지 못할 사람들이다.

'점보물산'으로 회사명 변경

나는 1974년도에 설립한 '점보실업'을 내 생에 가장 귀한 업적으로 여기며 하나님께서 나와 후손들을 통해 주님의 영광을 나타내고, 하나님께서 창조하신 아름다운 이 땅에서 민족과 인류와 함께 우리 후손들이 주님 재림하시는 그날까지 공존하며 번영하기를 바라는 소명감을 가지고 있다.

기업을 세 아들에게 위임하면서 지속 가능한 영역을 넓혀가며 민족과 인류로부터 사랑받는 기업으로 성장, 발전하기를 간절히 바라는 마음과 "새 포도주는 새 부대에 넣느니라(마가복음 2:22)"라는 성경 말씀과 같이 아들 세대가 이어가기를 소망하면서 회사명을 점보실업에서 '점보물산'으로 변경하였다.

금융실명제

우리나라에서는 금융실명제가 김영삼 대통령의 취임 첫해인 1993년 8월 12일 '대통령긴급재정경제명령 16호' 발동을 통해 전격 시행됐다. 쉽게 설명하면 금융실명제란 예금, 대출, 채권 같은 모든 금융 거래는 반드시 본인 이름으로 하는 제도다. 가명과 차명을 쓴 금융 거래가 각종 비리·부패

사건의 원인이라는 지적이 꾸준히 제기되었기 때문이다.

나는 외환위기 당시 경제부총리였던 분에게 "금융실명제로 인한 향후 변화를 아느냐?"고 물었고, "금융실명제는 신분 사회로 가는 첫 단추가 될 것이다"라고 말한 적이 있다. 내가 이런 이야기를 한 것은 금융실명제 이전에는 신분의 변화가 빨라질 수 있겠지만 후에는 신분이 고착화되는 경향이 높아지기 때문이다. 돈의 흐름을 투명하게 노출시켜 검은 돈의 유통을 막고 투명하고 정의로운 금융사회를 이루겠다는 취지였다.

국회의원 증원 반대

김영삼 대통령과 관련된 두 가지 기억이 있다.

김영삼 대통령은 1979년 10월 4일 국회의원직이 박탈되었다. 공화당과 유정회 주도로 여당 단독으로 신민당 김영삼 총재의 의원직 박탈을 의결했다. 그날 나는 거래하던 쌍용과 외환은행에 가서 "오늘 신문 잘 보관해라. 역사적 사건이다. 나중에 어떤 일이 발생하는지 주시해 보라"고 말한 적이 있다. 결국, 내 예상대로 이후 여러 사건들이 일어나서 역사가 뒤바뀌는 계기가 되었다.

또한, 김영삼 대통령 당선 직후 최측근 인사인 최형우 의원에게 국회의원 수에 대한 의견을 피력한 적이 있다. 당시 새정치민주연합이 제의한 의원 정수 확대가 뜨거운 감자로 부상하고 있었다. 의원 수를 적게는 369명, 많게는 390명까지 늘리자는 주장이었다. 나는 현재 국회의원 300명도 많다고 느끼는 국민의 정서를 외면하지 말고 더 이상의 증원 논의를 그치고, 의원

수를 300명 이하로 선출하도록 요청했다.

"세계 각국의 면적 및 인구비례를 보면 한국의 국회의원 수가 300명으로, 미국이나 일본에 비해 국회의원 수가 크게 웃돌고 있다." 현실을 외면한 일부 정치 세력들은 국회에서 상반된 정책으로 국회의원 수를 확대하려는 논의가 활발하게 진행되고 있다는 것은 국민을 무시하는 처사라 했다. 미국은 국토 면적이 9,833,520km², 한국의 국토 면적은 100,200km²이고 미국의 인구는 약 3억 명, 한국의 인구는 약 5,000만 명에 불과하다.

미국의 국회의원 수는 535명이다. 따라서 미국의 국회의원 1인당 인구수는 560,000명, 한국의 국회의원 1인당 인구수는 약 166,000명에 해당한다. 즉, 미국의 국회의원 1인당 인구수는 한국의 국회의원 1인당 인구수보다 3.4배 많다. 또한, 미국의 국토 면적이 한국의 국토 면적보다 약 98배 넓고 인구는 약 6.0배 많다.

일본 인구는 약 1억 1천만 명, 국회의원은 465명으로, 일본 국회의원은 더 많은 지역을 대표하고 있으며, 일본의 인구가 한국의 인구보다 2배가 많다. 대통령 취임식과 더불어 김영삼 정부가 출범하면 "국회의원 수를 300명 이하로 축소 조정 해 줄 것을" 1992년 11월 고려대학교 국제대학원 특강장에서 제안했었다. 김영삼 대통령 임기 중에 내 제안대로 300명 이상으로 국회의원 수를 확대하려는 논의는 멈추게 됐다.

7

공적 제안

나는 중소기업을 운영하면서 잘못된 시행령이나 제도가
있으면, 시간을 아껴가며 끊임없이 관계 기관에 건의하고 시정을 촉구했다.

세금 분할

1960년대까지 국내 소주 시장을 지배하던 삼학소주 기업이 있었다. 삼학
소주는 전남 목포를 연고지로 두었는데, 잘 나가던 회사가 1971년 '납세증
지 사건'으로 세무사찰을 당해 3억 2천만 원을 한꺼번에 추징당함으로써
2년 후 부도 처리됐다.

이 무렵 나는 경제인 조찬 모임에서 세금 분할 납부안을 건의했다.

"대한민국은 자주독립 국가이고, 식민 통치를 받는 국가도 아니다. 우리
정부가 우리 기업을 죽게 해서 되겠는가. 일시에 세금을 추징당하면 어떤 기

업이 살아남겠는가. 그러니 국세청에서 세금 분할 납부 제도 도입을 재고해 주기를 바란다."

병역 특례 제도 개선

대기업에만 적용되는 병역 특례 제도의 모순을 지적하고 인력난에 어려움을 격는 중소기업에도 그 혜택을 받도록 건의하고 개선하였다.

이중 감정

기계가 수입될 때 관세청은 수입가격과 품목, 용도 등을 상세히 감정평가하여 감정 가액을 수입면장에 기재한다. 이는 관세청의 방대한 자료를 기반으로 한 공인된 평가금액이다. 그런데 은행이 해당 기계를 담보할 경우, 수입면장 금액을 무시하고, 다시 한국감정원의 감정서를 요구했다. 이는 기업의 시간과 비용을 이중으로 부담하게 하여 기업에 2중 부담을 주는 처사였기에 시정을 요구하여 개선되었다.

근저당

은행 자금을 융자받기 위해서는 은행에 부동산 담보물을 제공해야 한다. 한국감정원의 평가서를 기준으로, 은행은 대출금액의 120% 담보물을 근저당으로 잡는다. 이때 담보물 평가금액은 실거래 가격 대신 당해연도 국토부 공시지가금액만 인정하였다. 결국 담보물건이 취약한 중소기업은 담보물의 50~60%의 금액만 인정받게 된다. 중소기업을 위해 설립된 중소기업은행은 당시 시중은행보다 높은 130% 근저당을 적용하고 있었다.

나는 재무부, 경제기획원, 금융감독 기관에 이러한 부당성을 지적했다. 한국은행에서 시중은행 여신부장을 소집한 회의에 중소기업 전체 대표로 참석하여, 중소기업에게 가혹한 제도를 개선하고, 중소기업 정책자금 지원 확대를 요청했고, 이후 근저당 담보 설정률이 개선되었다.

자기앞 수표

시중은행이 발급한 자기앞 수표는 현금 지급이 거부되는 반면, 외국은행이 발행한 여행자 수표는 아무런 문제없이 현금으로 지급되는 모순점을 지적했다. 자기앞 수표는 발급한 은행에 현금을 지급하고 발급된 수표로서 현금과 전혀 다를 바 없는 유가 증권이다.

외국은행이 해외서 발급한 여행자 수표는 은행 창구에서 현금과 동일하게 취급하면서, 한국 조폐공사가 제조한 자기앞 수표를 발급한 은행이 외면하는 행위는 앞뒤가 맞지 않는 처사였다.

송금이나 당좌수표, 어음 결제도 할 수 없는 경우가 발생하면 기업은 속수무책이 된다. 그 후 자기앞 수표는 은행 간 전화로 확인해서 현금과 다름없이 사용되도록 개선되었다.

보증인

리드 어셈블리를 개발할 때 1천만 원을 대출해 주는 조건으로 국민은행은 무려 6명의 재정 보증인을 요구했다. 이는 과도한 처사이므로 보증인제도 개선을 건의했다.

천황

국사편찬위원회에 연락하여 "왜 일왕을 천황이라 칭하는가. 천황은 일본에서 왕을 부를 때 쓰는 것인데 왜 우리나라에서 그 호칭을 쓰는가. 일왕이라 불러야 한다"고 지적했다. KBS에도 "방송에서는 더더욱 천황이란 호칭은 쓰면 안 된다. 이는 식민지 시대의 잔재물이다"라고 말했다.

KBS와 고맙습니다

〈감사합니다〉, 〈고맙습니다〉 어느 말이 올바를까?

1984년 여름, KBS PD로 있는 후배 최진근의 소개로 안국정 KBS 편성국장을 만났다.

나는 편성국장에게 대한민국 공영방송은 올바른 용어 선택에 주의를 기울여야 한다고 말했다. 순수 우리말인 〈고맙습니다〉와 한자어에서 비롯된 〈감사합니다〉를 그 대표적인 예로 들었다. 그 때까지만 하더라도 KBS는 〈감사합니다〉를 상시 사용하고 있었기 때문이다. 나는 〈고맙습니다〉로 바꿔야 한다고 그에게 주문했다. 이후 KBS 9시 뉴스 끝 멘트는 "고맙습니다"로 바뀌기 시작했다. 〈고맙습니다〉는 각 방송사에서 점차적으로 일상화되었다.

大韓航空(대한항공)

70년대, 80년대 초까지만 해도 대한항공 비행기 기체에 한자로 '大韓航空'이라고 쓰여 있었다. 하루는 대한항공 대구 지점장이 주최하는 모임에 본사 직원과 대구지역 기업체 대표들과 함께 상호 관심사와 발전 방안에 대한 간담회에 참석했다. 그때 내가 대한항공 측에 "왜 항공기에 대한한공 표시에 한자로 표기하는가, 우리 고유의 한글 문자를 두고 중국문자를 로고로 사용하는 것은 좋아 보이지 않는다"라고 건의했다. 이후 '대한항공'은 한글로 표기가 되었다.

두루말이 휴지

분당 새마을 교육과정을 수료할 때, 우리사회 개선안을 제출하게 되었다. 나는 화장실 두루말이 휴지 3각 접기와 두루말이 휴지의 식당 사용을 금지하는 운동을 전개할 것을 제안했다.

일본은 도쿄 올림픽을 개최하면서 호텔과 요식업소는 두루말이 휴지를 3각으로 접게 했고, 식탁에서 두루말이 휴지 사용을 금지했다. 우리나라 식탁에도 두루말이 휴지를 금지하고 네프킨 사용을 권장(勸奬)하여, 국가의 위생 수준을 높이는 계기가 되도록 해야 한다고 피력했다.

　담당 반장은 그러한 내용은 개선안에 합당하지 않다며 거부하였으나, 나는 외국인이 한국의 위생 수준을 평가하는데 매우 중요하게 여기는 항목이라며 보고서에 넣을 것을 강조했다. 그 후 특급호텔과 고급 요식업소로 확산되어, 지금은 업소마다 고유 브랜드로 제작된 네프킨을 사용하고 있으며, 전국의 호텔과 숙박업소 화장실에는 3각접이 두루말이 화장지가 보편적인 모습으로 자리잡고 있다.

중소기업연수원에서 최고경영자 새마을 교육을 마치고

8

존경하는
대통령

나무는 그 열매에 의해서 알려지고,
사람은 일에 의해서 평가된다.
- 탈무드 -

　　　　　나는 우리나라 역대 대통령 중 이승만 대통령과 박정희
대통령을 가장 존경한다. 이 두 분이야말로 진정한 애국자이자 대한민국을
세계 최빈국에서 세계 10위권의 경제 강국으로 선진국 반열에 우뚝 서게
만든 '세계적인 정치가'이기 때문이다.

　내가 굳이 내 삶을 되돌아보며 집필한 이 책에 두 분의 이야기를 쓰는 것
에는 나름의 이유가 있다. 내 생애는 이 두 대통령의 시기와 많은 부분이 중
첩되어 있고, 그 정책의 영향을 크게 받았다. 국가와 민족의 부흥이 나의 삶
과도 직결될 수밖에 없었다. 또한, 개인의 자유와 번영이 국가의 영광으로
이어지는 에너지가 분출하는 시기였다. 이 불세출의 두 대통령에 대한 인
식은 나를 이해하는 중요한 요소가 된다.

건국 대통령 이승만 박사

꿈꾸는 사람이 펼쳐 나가는 삶은 개인의 행복을 넘어 한 나라와 인류 전체에 큰 유익을 끼친다. 현 세대뿐만 아니라 그 후손에게까지 꿈의 유산이 전수되고 풍요로 이어지게 된다. 잃어버린 나라를 되찾고 자유민주주의를 이 나라에 뿌리 내리게 한 건국 대통령 이승만 박사의 꿈이 그 예다.

옛날 경주에서 살 때 이삼산 할머니가 이승만 대통령께 드리기 위한 유과를 만든 것을 곁에서 지켜보았고, 이 대통령이 하와이에서 서거 후 그 유해가 한국에 돌아왔을 때 시청 앞까지 가서 운구 차량을 바라보며 참 답답하고 슬픈 감정을 느꼈다.

1940년대와 1950년대 우리나라는 세계에서 가난한 국가로서 대다수 국민은 비참한 삶을 영위하고 있었다. 굶주리고 헐벗은 나라에서, 쓰레기 더미에서 장미꽃을 반세기 만에 피우며 G8 수준까지 도약할 수 있는 토대는 바로 대한민국 건국이었다.

이렇게 단기간에 발전한 나라는 세계사에 대한민국 우리나라밖에 없다. 그 시작은 건국 대통령 이승만이었다. 우리나라뿐 아니라 아시아에서도 타의 추종을 불허하는 출중한 세기적 인물이다.

당시 미국의 조야에 어필 할수 있는 사람은 한국인 중에서는 이승만 대통령이 유일했다. 그로 인해 한국이 건국될 수 있었고, 6.25 한국전쟁에서 미국이 참전할 수 있었다. 그때 미국 젊은이들 3만 6천 명이 아까운 목숨을 잃었는데, 이 같은 희생을 감수하면서도 미국이 참전한 이유는 '한미동맹'

때문이었다.

미국의 참전이 없었다면 한국은 공산화되었을 것이다. 그 한미동맹을 체결한 분이 바로 이승만 대통령이다. 세계 최강대국이 세계 최빈국 신생국가와 동맹을 맺은 일은 세계사에서 유래를 찾을 수 없는 사건이다.

어떻게 이런 일이 가능했을까. 바로 이승만 대통령의 미국 사회에 미치는 탁월한 영향력 때문이었다. 이승만 대통령은 미국의 최고의 대학인 조지워싱턴대학에서 학사, 하버드대학에서 석사, 프린스턴대학에서 국제 정치학 박사학위를 동양인 최초로 취득하였다.

이승만 박사 논문은 우드로 윌슨 대통령이 미국 의회연설에서 인용할 정도로 미국 사회에서 주목을 끌었다. 이승만 대통령의 학력과 인맥이 바로 미국의 영향력 있는 사람들을 움직이는 원동력이 되었다. 아무도 관심가지지 않던 망국 조선의 젊은이가 가진 꿈이 반공을 기치로 한 자유민주주의 대한민국을 탄생시켰고, 북한, 러시아, 중국의 공산주의 무력도발을 저지할 수 있었다. 이는 오늘날 대한민국을 풍요로 이끄는 토양이자 우리 대한민국의 정체성이 되었다.

이승만 대통령 기념관 건립은 한국 역사의 한 획을 그은 인물에 대한 존경과 평가를 담은 의미있는 사업이다.

이승만 대통령 기념관 건립이 성공적으로 추진되어 한국의 역사와 문화를 이해하는 데에 기여할 수 있기를 바라면서, 나 역시 기념사업회가 추진하는 기념관 사업을 환영하며 미력하지만 그 뜻에 찬동하고 세계사에 빛나는 성지로 자리매김 되기를 바란다.

기적을 이룬 박정희 대통령

1960년대 한국의 경제 상황은 참혹했다. 6.25 전쟁으로 산업시설은 완전히 붕괴되었고, 1인당 GDP는 60~70달러로 전 세계 최하위 국가에 속했다. 전체 노동력의 60%가 농업에 종사했지만, 실제로는 대부분이 실업 상태였다. 이러한 대한민국을 단 36년 만에 1만 달러 소득으로 이끈 인물이 박정희 대통령이다.

박정희 대통령은 새마을운동을 전개하면서 근면, 자조, 협동을 실천하는 행동 강령을 선포했다. 새마을운동을 통해 새로운 꿈과 희망으로 조국 근대화 대열에 합류하여 세계에서 가장 헐벗고 굶주린 국민이 세계 최고 수준의 삶을 살게 한 지도자가 바로 박정희 대통령이다.

박 대통령은 "우리도 한번 잘 살아 보자", "남에게 의지하지 않고 우리 힘으로 해 보자", "서로 협동해서 해보자" 하는 정신을 국민에게 일깨워 주었다.

시대를 읽고 미래를 내다보는 안목과 혜안을 지닌 위대한 지도자였다. 박정희 대통령은 재임 기간 중 수차례의 경제개발 5개년 계획 추진, 중화학공업 육성, 자주국방과 방위산업 구축, 과학기술 및 인력양성, 고속도로 건설, 중동진출, 새마을운동 등을 통해 산업화의 토대를 마련하고 선진국 진입을 위한 기반을 조성하였다.

9
함께한 사람들

나는 사람 관계를 무척 중요하게 여긴다. 가족은 물론이고 나와 함께한 사람들은 모두 자신을 사랑하고, 자신의 가족을 사랑했으며, 자신이 속한 사회와 국가를 사랑한 사람들이었다. 그들을 통해 정말 많은 것을 배웠고, 그들 덕분에 내 삶이 보다 더 성숙하고 풍요로울 수 있었다. 고맙고 또 고맙다.

정강정 한국교육과정평가원 원장

경제기획원 출신으로 국무총리비서실 실장과 경주세계문화엑스포 사무총장 및 한국교육과정평가원 원장을 지낸 정강정 원장은 나와 인연이 많은 사람이다. 소년 시절 석천교회에 부임한 김주일 전도사 부인의 남동생이 정강정 원장이었고 고향 후배이기도 하다.

정 원장이 경제기획원에 재직할 시기에 나는 서울에 출장때마다 그를 만났다. 1984년 3월 초에 만났을 때 "내년에는 서울로 이사 오려한다"고 했더니 "오늘 바로 이사 절차를

정강정 사무총장과 문무대왕릉 앞에서

밟으라"고 조언해 주었다. 아이가 중학교 3학년이었는데 그때가 3월 초라서 지금 아니면 전학이 힘들고 내년에는 고등학생이 되어 안 된다고 했다.

큰아들(창재) 강남 언주중학교 졸업식에서

당장 서울시 교육청에 전학 절차를 알아보라면서 담당 장학사도 소개해 주었다. 이때 정 원장이 아이들 전학, 회사 이전 등에 조언을 주었다. 덕분에 전광석화처럼 이사하고 서울 시민이 되었다. 우리 가족의 서울 정착에 멘토와 가이드 역할을 해 주었다.

정강정 원장은 오늘까지 함께하고 있는 내 인생의 동반자이다. 또한, 나의 호 '자운(紫雲)'을 지어준 절친이기도 하다.

문정두 판사

내가 대구에서 기자로 있을 때 문정두 판사는 대구지방법원 경주지원 판사였다. 어느 여름날 포항종합제철 연수원장의 취재를 마치고 갈증이 나서 다방에 들렀는데, 때마침 포항에서 순회재판을 마치고 잠시 쉬고 있던 문 판사와 마주쳤다. 서로 반가워하며 포항에서 저녁 식사를 하고 경주에서 많은 담소를 나누다 보니 어느새 자정이 다가왔다.

문 판사는 자기 집에서 묵고 가라고 했다. 문 판사 내외가 거주하는 처소는 단칸방에 부엌 달린 집인데 그곳에서 하룻밤 머물고 가라는 것이었다. 난 절대 있을 수 없는 일이라며 끝내 거절했다. 그는 근처 여관을 잡아줘서 자고 있는데 누가 깨워 일어나니 문 판사였다. "오늘 오전 공판이 있어 일찍 출근해야 하니, 같이 아침밥을 먹자"며 데리러 온 것이다. 그렇게 상대를 배려하고 마음으로 대하는 사람이 문정두 판사였다.

대전고법에서 부장판사로 법복을 벗고 대전에서 변호사로 활동할 때도 자주 연락하며 지냈으나 안타깝게도 얼마 전 고인이 되었다.

김인환 검사

김인환 검사는 대구지방검찰청 검사와 영덕지청장을 거쳐, 서울 남부지검 검사로 재직한 후 경주에서 변호사로 있었다.

영덕 지청장으로 재직할 때, 형사범으로 수감된 범인이 일주일 뒤 결혼식이 잡혀 있음을 알고 그 범인이 결혼식을 올릴 수 있도록 허락해 주었다. 수사관들의 반대를 설득하며 모든 책임은 자신이 지겠다고 했다. 극히 보기 드문 인간미 넘치는 검사였다. 대구에서 김 검사와 이웃에 거주하면서 아이들끼리도 친하게 지내고, 서울로 이주 후에도 가족과 친하게 지냈다. 내가 제조업을 시작한 초기에 물심양면으로 도움을 받았다.

서울대 이종덕 교수

나와의 인연은 경북대학교 전자공학과 조교수로 재직할 때부터 시작된다. 진공관 부품 국산화를 시작으로 많은 자문을 받았고, 관련된 여러 전문가도 내게 소개해 준 분이다. 그 후 모교인 서울대학교 교수로 자리를 옮겼다.

사옥 이전 기념 예배후 오찬에서
서울대 이종덕 교수님과 함께

내가 리드 어셈블리 국산화에 도전했을 때도 이 교수의 도움이 많았다. 그에게 일본산 리드 어셈블리 성분 분석을 의뢰했다. 이 교수의 분석자료를 가지고 유럽 업체를 탐방해서 견본용 원자재를 주문

소망교회 유정현 목사님과 함께

했다. 수입된 원자재로 견본 부품을 만들어 국산화에 성공하게 되었다. 이종덕 교수의 많은 협조와 조언에 감사를 드린다.

이목회·정원식 국무총리

[정원식 국무총리, 한두진 한국병원장, 김성림 언론인, 손정찬 한국증권협회 임원, 최덕인 카이스트(KAIST) 총장, 오성호 점보실업 회장(6명)]

이목회는 매월 둘째 목요일 만찬 모임으로, 20년 이상 지속되었다.

우리 모임의 불문율은 정치와 종교를 배제한 문학, 음악, 과학, 교육, 경제를 비롯한 다양한 이슈를 자유롭게 논하는 것이었다.

연말에는 클래식 카페를 빌려 장기 자랑도 하며 여흥을 즐기곤 하였는데, 특히 총리님은 우리 가곡과 가요는 물론 프랑스 샹송과 미국의 째즈까지 200여 곡을 외우고 있었고 와인에 대한 조예도 무척 깊었다. 노령에도 불구하고 매년 전문서적을 한 두권씩 집필하시고 신간서적을 내게도 건네 주셨다.

정원식 국무총리는 모임이 끝나 귀가할 때는 역방향에도 불구하고 나를 집 앞까지 차로 배려해 주셨다. 어쩌다 그럴 수 있어도 매번 그러기가 쉽지 않은데 꼭 그렇게 하셨다. 말씀하실 때도 내게 극존칭어를 쓰셨다. 내가 말씀 편하게 하시라고 매번 부

정원식 국무총리 서재에서 정 총리님과 함께

탁드려도 "아, 우리 오 회장님이 이렇게 말씀하셨는데~" 하곤 하셨다.

"꿈과 사랑은 축복의 근원"이라는 '휘호'도 주시면서, 책을 출간하면 추천사를 꼭 써 주시겠다며 나를 격려해 주셨다. 정말 많은 사랑을 받았다.

몇 년 전 갑자기 소천하셔서 다시 뵙지 못하는 그리움이 안타깝게 다가온다. 많은 사랑 주셔서 늘 감사드리는 마음을 간직하고 있다.

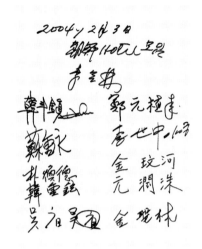

조선호텔 중식당에서 회원들의 사인 모임

한덕수 국무총리

1980년대 중반, 정부의 산업 지원 정책을 알아보려고 '상공부'를 방문하는 횟수가 늘어나던 어느 날 상공부 공무원과 대기업 직원이 관세감면 승인이 재무부에서 언제 나오는가에 대해 담소를 나누고 있었다.

그 이야기에 눈이 번쩍 띄어 '관세감면제도'가 무엇인지, 중소기업체도 그 혜택을 받을 수 있는지를 알아보았다. 하지만 이미 당해 연도 신청분은 마감되어 재무부로 신청서류가 넘어간 상황이라, 다음 해에나 가능하다고 말했다. 그럼 "언제 신청서가 넘어갔느냐?"고 물어보니 얼마 되지 않았다고 알려주었다

나는 절박함을 인식하고 산업정책국에 도움을 청하면서 담당 과장에게 자초지종을 설명하고, 정책국장도 만나려고 했으나 부재중이라 만나지 못

해 사정을 보고해 달라고 당부했다.

　나는 즉시 '재무부'로 달려가 상공부에서 넘어온 관세감면 승인 여부를 물어보자, 관세국장이 새로 부임하여 처리가 지연되고 있다고 했다. 내 사정을 헤아린 과장은 상공부에서 추가 신청이 넘어오면 같이 처리하겠다고 약속을 해주어서 곧바로 신청 작업에 들어갔다.

　신청서류를 준비하여 제출하려고 상공부로 갔는데 '전자부품과'의 담당자는 "지금 추가로 신청하면 오해의 소지가 있다"라며 난색을 표현했다. 나는 다시 '산업정책국'으로 달려가서 담당자의 반응을 설명하고 도움의 손길을 구했다. 그때 한덕수 국장께서 "재무부가 해준다는데 해당 부처인 상공부에서 외면하는 것은 있을 수 없는 처사"라며 담당 과장이 해당 과장과 협의해서 중소기업의 애로를 해결하도록 지시하여 업무가 일사천리로 진행되었다.

　점보실업은 먼저 신청한 서류와 함께 재무부의 승인을 받아 김포공항에 계류 중인 설비부터 그 혜택을 받게 되었다. 짧고 긴박한 상황에서 적극적이고 능동적으로 임해 주신 당시 상공부 산업정책국을 비롯한 공직자 여러분에게 감사를 전하면서, 특히 한덕수 국장의 도움에 감사를 드린다.

　그때 중소기업의 애로 사정을 헤아려 난제를 처리해 주는 고위공직자는 보기 드문 사례로써 가슴이 뛰고 뭉클했다. 나는 마음속으로 "이분은 앞으로 반드시 크게 쓰일 인물이 되시겠구나!"라고 생각하게 되었다. 그 일이 인연이 되어 한덕수 국장을 주목하게 되었다. 한 국

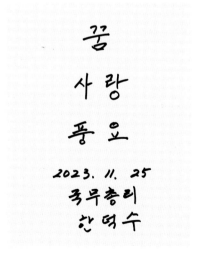

꿈
사 랑
풍 요
2023. 11. 25
국무총리
한 덕 수

장은 공직자로서 승승장구하여 재정경제부 장관, 국무총리를 역임했다.

노무현 정부 국무총리 시절 국회 질의 답변에서 명 총리의 위상을 여지 없이 발휘하는 장면을 보고 감탄을 자아냈다. 한덕수 총리께서 확고한 국가관과 공직자로서 정체성을 잃지 않는 모습에 경의와 흠모의 정을 느끼게 되었다. 현재 윤석열 정부에서도 초대 국무총리가 되어 국정을 책임지고 있다. 노무현 정부에서 이미 명 총리로 명성을 쌓은 덕분에 윤석열 정부에서 국무총리를 맡아 두 번째 총리를 하는 진기록을 세웠다.

얼마 전 총리로서 국무를 수행하느라 바쁘신 중에도 나의 가훈 "꿈 사랑 풍요"라는 격려의 글을 직접 친필로 써주셔서 고맙고, 감사한 마음을 금할 수 없다. 늘 존경의 마음을 드리고 건강하시고 행복하시기를 기원할 뿐이다.

오정회·김동기 교수

[김동기 대한민국학술원 회장, 박종대 평화은행장, 홍용수 한국경제신문 논설위원, 이호철 회장, 오성호 점보실업 회장(5명)]

오정회는 정동로터리클럽 멤버 중 가깝게 지낸 5명이 만든 모임이다. 정동로터리클럽은 서울시의 로터리클럽 중에서도 명문클럽에 속한다.

김동기 교수도 정원식 총리처럼 나를 아껴주셨다. 무엇이든 챙겨 주시려 하셨다. 김 교수는 대한민국학술원 회장과 고대 국제대학원 원장을 역임했다. 대한민국학술원은 우리나라의 각 분야 권위자들로 구성된 우리나라 최고의 아카데미이다.

김동기 교수와 인연은 한국경영학회에서 시작되었다. 인품이 훌륭하시고 추진력도 뛰어난 분이다.

김 교수가 오래 전에 삼성 이건희 회장을 찾아가서 후원금 70억 원을 지원받은 스토리는 유명하다. 나와 아내, 세 아들 모두 고대 국제대학원 출신이다. 나는 서거하시기 전에는 졸업생들을 대상으로 하는 강연에 아내와 함께 참석했다.

고대 노동대학원에서 폴란드 바웬사 대통령과 함께

2년 전, 김동기 교수도 갑자기 별세하셨다는 소식을 듣고 고대 안암병원으로 문상갔다. 아직도 김동기 교수를 생각하면 가슴 한구석이 허전하고 쓸쓸하다.

신말업 장군

신말업 장군은 육군 대장 출신으로 1군 사령관도 지냈다. 나와는 고대 국제대학원 동기이고 정동로터리클럽 회원이다. 그가 나를 정동로터리클럽에 추천하여 가입하게 되었다.

신말업 장군님과 함께

정동로터리 클럽 회원들과 함께

로터리클럽은 '회원 각자의 직업을 통하여 사회봉사와 세계평화를 표방하는 기업가 및 전문직업인들의 단체'이다.

이 단체는 1905년 변호사 폴 P. 해리스가 미국 시카고에서 설립한 국제조직이다. 역사가 오래된 만큼 국가, 지역별 클럽이 잘 운영되고 있다. 나는 그분과 같이 정동로터리클럽에서 일하면서 더 가까이 지냈다. 시간만 나면 만날 만큼 무척 좋아하던 분이다.

박세직 장관

박세직 장관은 체육부 장관, 서울올림픽 조직위원회 위원장, 서울특별시장, 제14·15대 국회의원 등을 역임했다. 나와는 인간개발연구원에서 인연을 맺었는데 확고한 국가관과 사명감이 투철하고 배려심 많고 다정다감한 분이었다. 재향군인회 회장으로 재임 중 돌아가셔서 매우 안타깝고 아쉬운 분이다.

남택조 사장

남택조 사장은 행정 공무원으로 첫 사회생활을 시작했으나, 부친이 일찍 돌아가시는 바람에 공무원 월급만으로는 어린 동생들의 생계까지 책임지기가 어려웠다고 한다. 이에 고심 끝에 공직을 사임하고 처우가 좋은 삼성그룹에 입사했다.

입사 후 삼성NEC 초기 멤버로 선발되어 일본NEC 기술 연수를 받았고, 부품개발에 무한한 열정을 쏟아 삼성이 일본을 능가하는 회사로 발돋움하는데 크게 공헌한 삼성맨이다. 진공관 부품, CRT, CPT 부품 등 국산화 개발에 애국심과 사명감으로 임하셨다.

어느 날, 삼성을 퇴사하고 부산에서 사업을 시작했다는 소식을 듣고 축하 전화를 드렸다. 나는 추가설비 도입에 따른 은행 담보에 관한 이야기로 근황을 전하면서 사업의 발전을 기원하였다.

이틀 후 남택조 사장으로부터 전화가 왔다. "오 사장님, 내가 도움이 된다면 제 집을 담보로 제공해 주겠습니다. 설비를 도입해야 리드 어셈블리 공급이 차질이 없을 것이니 그렇게 하십시오."

뜻밖의 제의에 "그럼 내가 어떻게 하면 되겠습니까?" 하고 묻자, 남택조 사장은 "아무 조건 없습니다. 삼성이 망하지 않는 이상 전혀 걱정 없습니다"라고 하면서 전 재산인 주택을 담보물로 제공해 주었다. 남 사장의 배려 덕분에 그 어려운 시기를 극복할 수 있었다.

2019년 11월, 나는 다리 골절로 병원에 입원 중이었는데, 남택조 사장의 안부 전화를 받게 되었다. 그때, 남 사장이 느닷없이 "형님! 오늘부터 제가 형님으로 모시겠습니다. 지금부터 말씀 낮추시고 동생으로 받아주십시오"

하며 간청했다. 나는 놀라움을 금치 못했다.

"남 사장님! 나는 인품이나 역량이 부족한 사람으로, 그런 말씀은 내가 받기가 민망합니다"라고 했으나, 그는 끝내 그 뜻을 내려놓지 않았다. 지금은 형 아우로 호칭하며 인연을 이어가고 있다. 나로서는 이런 분을 아우로 맞게 되어 감개무량할 뿐이다.

윤승중 사장

나는 협심증으로 아주 어려운 시기를 보낸 적이 있다. 그때는 우리나라 의료 수준이 높지 않아 이미 의사도 포기한 상태였다. 마침 일본에 있었던 윤승중 사장이 수소문한 병원에서 치료를 받은 덕분에 건강을 되찾을 수 있었다. 그는 삼성전관 상무로 퇴직하고 기업체 사장을 역임했으며 지금은 고인이 되었다.

김억만 친구

고향하면 가장 먼저 떠오르는 사람이 바로 김억만이다. 그는 석계초등학교 시절 친하게 지내던 교회 친구다.

하루는 이 친구가 그리워 기억을 더듬어 친구의 집을 찾아갔다. 그러나 친구는 옛집에 없었다. 나는 그 집에 이사 온 사람에게 수소문하여 다행히 친구의 소재지를 알아낼 수 있었다. 당장 친구가 있다는 목장으로 달려가 고향땅 지킴이로 살고 있는 억만이를 만났다. 어릴 때 추억을 간직한 친구가 고향에 남아있어 얼마나 고맙고 반가웠는지 모른다.

그는 고향에서 낙농업을 하며 여유롭게 살고 있었고, 그을린 얼굴에 자신감 넘치는 모습이었다. 친구는 슬하에 3남매를 훌륭하게 키워 지금은 남들이 부러워하는 삶을 누리고 있었다.

큰딸 미연은 계명대 성악과를 나와 서울에서 교편생활을 했고, 아들은 대기업을 거쳐 개인 사업을 하고 있고, 둘째 아들은 울산 금융기관에서 중책을 맡고 있다. 훌륭한 가장으로 자식들로부터 "우리 아버지 최고!"라며 존경받고 있다.

나는 그 이후로 친구 가족과 교류하고 있으며 몇 년 전까지 매년 내게 김장김치와 농산물을 보내주었다. 그 정성에 매번 감동했다.

최석근 동생

울산에 사는 고종사촌 동생 최석근 내외는 매년 맛깔나는 김장김치와 감칠맛 나는 멸치젓갈을 보내준다. 그리 쉽지 않은 일을 수십 년 계속하고 있다.

그리고 경주 개곡 선영을 돌봐주기도 하고, 조경용 나무도 심어주고, 잡초도 제거하는 일을 오래도록 해 주었다. 너무도 고마운 동생 내외에게 감사할 뿐이다.

고창 오씨 경주 종친들

나는 고창 오씨이다. 경주의 문중 사람들이 선산을 관리하고 조상들을 위한 여러 행사를 주관하고 있다. 문중 사람들은 한 핏줄로 이어진 친족이다. 그분들이 내 고향을 지키고 있어 마음이 든든하다. 역대 회장단과 종친들이 고마울 따름이다.

학우와 고향

내남초등학교에 다닌 지 1년 만에 졸업했다. 짧은 기간 중에 녹아있는 고향 학우들의 일상이 생생하게 떠오른다. 옷깃만 스쳐도 인연이라면 좁은 공간에서 공부하고 먹고 마시며 때론 심한 장난에 씩씩거리며, 붉어진 얼굴에 멋쩍은 미소를 머금고 우물가로 피하는 친구들의 모습이 주마등처럼 눈앞을 스쳐갔다.

시험 답안지를 받고서 입꼬리만 살짝 올라가는 손진수와 오암조, 선생님 귀염둥이 권오길, 표정 없이 태연한 김영호와 최영덕, 이것저것 개의치 않는 무던한 김상태와 박무수, 예쁜척하며 머리카락에 마음 쓰는 김학자, 잽싼 정채순, 60가지 색상의 성격과 개성이 어울어진 친구들과의 인연이 이렇게 긴 세월에도 끊어지지 않고 이어질 줄이야.

내 고향 경주는 나의 뿌리가 태동한 선조의 터전이며 인격 형성에 지대한 영향을 끼친 곳이다. 보이는 것 무엇 하나 그냥 스쳐가지 않는다. 계절마다 바뀌는 아름다움과 여우비에 옷 젖으며 무명천 책보를 가슴에 부둥켜

앉고 비 피할 곳 찾느라 눈알 굴리던 소박한 바람, 영하의 날씨에 차가운 손가락 녹이려고 논두렁 양지쪽에서 햇볕 쬐던 풍경이 왜 그렇게 아름다운 영상으로 생생하게 가슴에 닿아 오는지… 아마도 그 시절 나의 꿈과 사랑과 풍요를 움숫게 한 옥토 같은 곳이기 때문이 아닐까.

이 세상에 아무리 좋은 곳이 많다고 해도 내가 조상들에게 이어받은 경주와는 비길 수 없다. 결국, 지속적으로 생각나고 발걸음이 옮겨지는 곳은 경주가 유일하다. 산과 강, 바람과 하늘, 심지어 땅까지 좋은 내 고향에 뿌리내린 소나무는 선덕여왕 치맛자락의 붉은 물이 튀어 번져서인지 유별나게 피부가 연분홍빛이다. 곱게 물들여진 소나무는 가는 곳마다 아름다운 자태를 뽐내며 지나가는 길손을 맞는다.

유럽의 천년 도시 로마도 곳곳에 소나무가 푸르게 자리하고 있는 모습이 경주와 흡사해서 나는 놀랐다. 내 고향에만 있는 줄 알았는데, 다른 사람들의 시선에는 로마의 소나무가 더 웅장해 보일지도 모르지만 팔은 안쪽으로 굽는 법이다. 내 눈에는 우리 고향 경주의 소나무가 훨씬 더 예쁘다.

붉은 피부를 가진 아름드리 소나무는 맑은 공기를 토해 내며 거친 호흡을 내뿜는다. 그 소리는 마치 태풍이 부는 듯 하면서도 호랑이가 포효하는 것처럼 용맹하다. 봄날에 피어나는 벚나무의 변신은 사람을 무아의 경지에 몰아넣고 바쁜 발걸음을 멈추게 한다.

프랑스 임피, 하링(Mr. Hearing)

하링(Mr. Hearing)은 스웨덴 왕립대학 금속학 전공인이자 프랑스 최대

비철금속 회사인 임피 (Imphy)의 수출부장으로 미국과 한국에 많은 관심을 가지고 있었다. 특히, 한국 전자부품의 탈일본화 정착에 기여할 수 있도록 조언해 주었고 리드 어셈블리를 개발할수 있는 방안을 알려준 고마운 사람이다.

리드 어셈블리 개발할 때 임피의 수출부장 하링과 함께

독일 다이나밋 노벨, 가쉬(Mr. Gasch)

독일 다이나밋 노벨 (Dynamit Nobel)의 가쉬는 나에게 유럽지역 소재 업체들을 소개하여 전자부품 국산화와 탈일본을 하는 데 큰 도움을 준 사람이다. 그 무렵 30대 중반이었는데 미혼의 노총각이었다.

독일 다이나밋 공장에서 가쉬와 함께

나는 그에게 빨리 결혼하라고 우리나라에서 결혼을 상징하는 원앙을 선물로 주었다. 잊어버리고 있었는데 몇 년 지나 싱가포르 지사에 있던 그가 결혼하게 되었다며 연락 후 나를 보러 서울에 왔다. 내가 준 원앙 선물을 잊지 않고 혼인 소식을 전해 주기 위해 온 것이었다. 플라자 호텔에서 만나 이야기를 나누고 그날 밤 그는 싱가포르로 돌아갔다. 그의 환한 미소가 아직도 생생하다.

미국 GTI, 스테이크(Mr. Steak)와 체이슨(Mr. Chason)

스테이크는 독실한 크리스천으로 젊은 시절 가수 생활을 한 사람이다. 스테이크와 체이슨은 미국의 GTI의 엔지니어로 리드 어셈블리 기계 도입과 생산기술 및 생산설비 국산화에 많은 기여를 하였다. 그들의 협조로 빠른 기간에 부품 개발을 성공시킬 수 있었다.

체이슨은 베테랑 엔지니어로서 부품 국산화에 현실적인 많은 도움을 주었다. GTE 실바니아에 근무하는 레인도 미국의 리드 어셈블리 제조 담당 엔지니어로 소재와 기계에 대한 조언을 아끼지 않았다. 고마운 분들이다.

남아공 은행원, 더런(Mr. Theren)

더런은 남아공 스탠다드 은행(South Africa Standard Bank) 허머너(Hermaners) 지점장으로 재직 중에 싱가폴에 업무차 와서 막간을 이용해 센토사 섬을 관광 중에 나를 만났다. 그 인연으로 남아공에 초청을 받아 극

진한 대접을 받았다.

우리 내외와 막내 아들은 남아공의 케이프 타운의 여러 절경을 보면서 감탄을 금치 못했다.

남아공 스탠다드 뱅크 지점장 더런 가족과 우리 부부

세계 7대 식물원 커스텐보쉬, 워터프런트, 럭비 경기 관람과 경기장, 자연의 조화와 절경들, 물개섬의 물개 떼들, 펭귄 해안, 다양한 새들, 풍부한 해산물과 농산물, 악어 고기와 타조 고기, 수박 크기의 타조알, 맹수와 초식동물, 소문난 와인들, 11월이면 찾아오는 고래 떼들, 우리와 계절이 정반대인 대륙 국가, 지구의 최남단, 인도양과 대서양이 교차되는 해안, 파도의 힘찬 함성과 펼쳐지는 파도의 파노라마를 잊을 수가 없다.

세계 최고의 고급 열차를 비롯하여 여기가 아프리카인지 유럽의 어느 도시인지 착각하기도 했다. 깨끗한 도로와 산야에 펼쳐지는 곡식과 과일들, 야생 타조와 각종 동물들을 보며 눈이 즐겁고 오감이

아프리카 최남단 희망봉에서 아내와 함께

설렘으로 다가오는 들뜬 기분! 해안가 얕은 곳에 친 그물에 걸려든 150cm 상어를 그냥 바다로 보내주는 그를 보면서 우리와 다른 무엇인가를 보게 됐다. 소중한 경험이자 추억이었다.

이승태 목사

이승태 목사는 대구 제 일교회에서 우리 큰아들 의 지도 전도사로 인연을 맺게 되었다. 아들 삼형 제의 결혼 주례를 위해 미국 샤롯데(Charlotte) 에서 두 번이나 한국을 방문해 주셨다.

아들 결혼 전 주례자 이승태 목사님과 아들, 예비 며느리들

양병무 원장

양병무 박사는 인간개발연구원 원장 때 인연을 맺었다. 설립자인 장만기 원장은 회장으로 자리를 옮기고 그 자리에 양병무 박사를 원장으로 초빙하 신 분이다.

그 분은 생각보다 내강외유의 모습으로 매주 목요일 아침 경영자연구회 에서 활기를 불어넣는 조련사로 많은 사람들로부터 칭송을 받았다. 눈여겨

본 재능교육 회장이 양병무 원장을 사장으로 발탁하여 수년에 걸쳐 지속되었던 노사문제를 해결하는 능력을 발휘하였고, 인천재능대학교에서 교수로 재직 중에는 졸업생 취업을 위해 여러 기업체를 방문하여 성과를 거두었다.

정년 후 감사나눔연구원 원장으로 취임하여 기업과 군부대 및 교도소에 감사나눔 인성교육을 실행하고 있으며, 대통령 직속 국가교육위원회 위원으로 활동 중이다. 또한 39권의 책을 발간한 베스트셀러 작가다.

학자로서 연구와 집필을 즐겨하면서 맡은 업무에 최선을 다하며 겸손과 온유의 아이콘으로 어디서나 존경 받고 있다.

양 원장은 나에게 책 쓰기를 권유하였고, 항상 세월과 맞서 싸울 수 있는 용기로 노년의 삶을 맛갈나게 한다.

상공부 이만영 선생

내가 부품 개발로 힘들어 할 때 다각적인 방향과 절차에 대한 조언과 지도편달을 해주셨다. 덕분에 용기를 낼 수 있었다.

상공부 퇴직 후에는 연락이 되지 않아 많이 아쉽다. 항상 빚지고 있는 마음이며 만나 보고픈 분이다.

경북대 서수생 교수

경북대 교수 서수생 박사의 안내로 1977년도에 경북대 김재진 교수와 함께 합천 해인사의 팔만대장경 소장품을 관람했다.

경남 해인사 사찰 입구에서 한국경영학회 회원들 기념사진

서수생 박사는 해인사에 1년에 몇
번씩 가서 조사도 하고, 팔만대장경
상태를 확인하고, 해인사의 모든 문
화재 보존 상태를 점검하는 등 해인
사의 현황을 학자로서 잘 알고 있는
분이다. 덕분에 주지스님의 각별한
환대를 받았다. 팔만대장경을 내 손
으로 직접 만져보고 해설도 들으면
서 많은 감동과 역사의 현장을 체험
할 수 있었다.

해인사 팔만대장경 목판 원본

경남 해인사 경내 사찰, 경북대 서수생 박사(지팡이 짚고 계신 분), 한국경영학회 회원들

영남대 상무달 교수

상무달 교수는 대구에서 언론사에 몸담고 있을 때 만났다. 그의 추천으로 나는 영남대 경영대학원에 입학했다.

나는 상무달 교수의 제안으로 경영학에 대한 최신 이론과 동향을 공부할 수 있었고 언론사 운영에도 큰 도움이 되었다. 상무달 교수가 한국마케팅협회 경북지회장 때 나는 지회 이사로 있으면서 마케팅을 깊이 공부할 수 있었고, 이후 점보실업을 경영할 때도 많은 도움이 되었다.

계명대 전경태 교수

대구 미국문화원은 정보의 보고였다. 기자 활동 뿐만 아니라 사업을 운영하는데 필요한 해외 정보를 활용하는데 큰 도움이 되었다.

나를 문화원 회원으로 이끌어 주신 분이 바로 전경태 교수다. 그분이 나를 문화원 회원으로 추천하여 수많은 도서 열람과 최신 영화 및 강연, 국제 정세를 공유할 수 있는 기회를 제공해 주었다. 이후 계명대 교무처장. 학장, 부총장 등을 역임했다. 현재 계명대 경제통상대학 명예교수로서 DGB 대구은행 이사회 의장으로도 활동하고 있다.

10여 년 동안 매주 6일간 매일 아침 카톡으로 성경 말씀과 해설 찬양을 보내주며 삶의 의미를 공유하는 50년 지기이다.

OCI 이회림 회장

'마지막 개성상인'으로 불리는 OCI 창업주 이회림 회장은 화학산업의 기초 재료인 소다회를 국산화하여 대한민국 화학산업의 기초를 닦은 분이다. 나

동양화학 이회림 회장님(오른쪽 세 번째)과 함께

에게 많은 사랑을 주셨다. 수송동 송암미술관에 초대해 주어 많은 미술 작품을 관람할 수 있었다.

서울신문 오풍연 대기자

오풍연 대기자는 우리 회사에 취재하러 와서 인연이 되어 오늘까지 이어지고 있다. 과분할 정도로 내게 잘하는데 나 역시 우리 아들들 못지않게 아끼는 사람이다. 매년 대천김을 내게 선물한다. 가족 모임도 자주 한다. 좋은 일이든 나쁜 일이든 가장 먼저 달려와 주는 가족같은 사람이다.

내가 사고를 당해 고생할 때도 온갖 정성을 다해 음식을 만들어 주고 병원의 원장을 만나 빠른 회복을 위해 노력해 주었다. 항상 나의 건강을 염려하고 챙겨 주려고 애써주었다. 계절마다 좋은 화분을 구입해서 집안 분위기를 신선하게 해준다.

어버이날에는 카네이션을 매년 우리 내외에게 달아 주었다.

외동아들 인재는 부모를 향한 효심이 뛰어난 젊은이로 회사 생활에도 성실함으로 소문난 사람이다. 우리에게도 '할아버지, 할머니'라고 부르며 건강을 염려해 주고 있다.

오풍연 대기자는 최근 한국교직원공제회 이사로 취임하여 교직원들의 경제 안정과 복지 증진을 위해 헌신하고 있다.

인연의 소중함

나는 한 번 인연을 맺으면 평생 함께하기 위해 노력한다. 내가 정현종 시인의 〈방문객〉이란 시를 좋아하는 이유이다.

"사람이 온다는 건
실은 어마어마한 일이다.
그는 그의 과거와 현재와
그리고 그의 미래와 함께 오기 때문이다.
한 사람의 일생이 오기 때문이다.

부서지기 쉬운
그래서 부서지기도 했을
마음이 오는 것이다.

그 갈피를
아마 바람은 더듬어 볼 수 있을 마음
내 마음이 그런 바람을 흉내낸다면
필경 환대가 될 것이다."

시인이 노래하듯이 사람을 만날 때 한 사람의 일생을 만난다는 마음으로 대하는 자세야말로 사람을 존귀하게 여기는 최상의 자세가 아닌가 생각한다.

이렇게 쭉 내 인생에서 함께 한 사람들을 생각하다 보니 새삼 주위에서 과분한 사랑을 많이 받은 것 같다. 지면 관계상 여기에 일일이 소개하지 못한 많은 분들이 있다. 이 분들께도 고마운 말씀을 드리고 싶다.

어디를 가든 나를 도와주는 사람이 많이 있었다. 나는 이 모든 것이 하나님의 은혜라고 생각한다. 고맙습니다.

제3부 풍요

풍요

정신 – 인격을 높인다
정신 – 배려할 줄 안다
정신 – 마음이 넓어진다
정신 – 애국, 애족한다
물질 – 국력을 강하게 한다
물질 – 삶의 질을 높인다
물질 – 문화를 창달한다
물질 – 품격을 높인다

인생이란 꿈(Dream), 사랑(Love), 풍요(Richness)이다.
최대의 가치는
'나와 가족, 우리의 이웃과 민족 공동체의 생존'이다.

1
가정, 이웃,
국가의 풍요

꿈과 사랑은 풍요로 귀결된다. 풍요의 대상은 가정과 이웃과 국가이다. 가정이 풍요로울 때 그 풍요가 이웃과 국가로 이어진다.

가정의 풍요

부부는 가정의 행복과 풍요를 가꾸어 가야 한다. 소설 『어린 왕자』의 작가인 생텍쥐페리는 "사랑이란 서로를 마주 보는 것이 아니라 같은 방향을 보는 것"이라고 했다. 부부가 손잡고 같은 방향을 보면서 서로를 존중하고 사랑할 때 행복한 가정이 된다. 그리고 행복한 부모를 보고 자란 자녀들이 성숙한 인격체를 형성한다.

이웃의 풍요

세상은 자기 가족만으로 살아가는 게 아니다. 자신의 가족만 풍요로워서는 공동체의 행복이 보장되지 않는다. 주어진 삶에 최선을 다하고 타인에게 누를 끼치지 않으며, 시기와 질투에서 벗어나 공의와 선을 행하는 것이 이웃을 향한 최선의 자세이다. 또한, 보이지 않는 선한 가치를 위해 적극적으로 참여하는 삶이 풍요로운 인생이다.

십일조의 정신은 나눔이다. 기업 또한 일자리를 만들어 근로자에게 급여와 복지를 제공함으로써 풍요에 동참한다. 나아가 소득에 합당한 세금을 냄으로써 국가가 사회복지정책을 집행할 수 있는 재원을 공급하는 것 역시 풍요를 나누는 방법이다.

국가의 풍요

대한민국은 순국선열들의 피와 땀으로 세워진 나라다. 우리가 6월을 보훈의 달로 정한 것은 국가를 위해 목숨 바친 호국영령들의 숭고한 애국정신을 계승하고 추모하기 위한 것이다.

나는 '대한민국'이란 소리를 들어도 기분이 좋고 글씨만 봐도 가슴이 설레인다.
누가 보릿고개로 허덕이던 이 나라를 국민소득 3만 달러가 넘는 부유한 나라로 만들었는지 삼척동자도 알 수 있다.

오늘날 풍요롭고 아름다운 대한민국의 건설은 오직 국가의 백년대계와 부강한 나라를 건국한 이승만 대통령, 선진한국의 기틀을 세우신 박정희 대통령, 애국충정에 불타오른 기업인들을 비롯하여 경제 발전에 기여한 수많은 국민들의 합작품이라 생각한다.

내 가족과 우리 민족이 함께 살아가는 터전이 바로 대한민국 우리 조국인 것이다. 내 가정과 내 나라는 양분할 수 없다는 사실을 깊이 새겨야 한다.

2
하나님과 가정

우리가 보이는 가족을 멀리하고 보이지 않는 하나님을 섬긴다는 것은 자기모순이자 그릇된 신앙관이다. 인간은 완벽한 존재가 아니어서 겸손해야 한다. 잠언에서는 "교만은 패망의 선봉이요. 거만한 마음은 넘어짐의 앞잡이니라(잠언 16:18)"며 교만과 거만한 마음을 경계하고 있다. 얼마 전 손자가 와서 컴퓨터 소프트웨어를 정리하던 중에, 아담과 하와가 선악과를 따 먹고 에덴동산에서 왜 추방됐는지를 이야기하면서, "그 많은 과일만 먹어도 배불리 먹고 살 수 있는데 왜 먹지 말라는 선악과를 따 먹었을까?" 하고 질문을 던졌다. 그리고 나는 이렇게 설명해 주었다.

"그것은 인간의 끝 모를 탐욕 때문이다. 세상을 살아가면서 해야 할 일과 하지 말아야 할 행동이 있다. 그 결과는 엄청나게 달라진다는 교훈이 성경에 기록되어 있다. 그것이 바로 자기관리이고, 가치관이고, 자기 정체성을 만드는 것이다. 자유와 책임, 법과 제도는 바로 에덴동산의 선악과와 같은 법칙이다."

변명

창세기 3장에 하나님은 선악과를 따 먹은 아담을 찾았다. "네가 어디 있느냐?"라고 아담에게 묻자 아담은 "내가 벗었으므로 두려워하여 숨었나이다"라고 대답한다. 두려움이라는 말이 성경에 처음으로 등장한다. 아담과 하와는 다음과 같이 변명한다.

"하나님이 주셔서 나와 함께 있게 하신 그 여자가 그 나무 열매를 내게 주므로 내가 먹었나이다." 하와는 "뱀이 나를 꾀므로 내가 먹었나이다"라고 남 탓을 한다. 아담은 하와에게, 하와는 뱀에게 책임을 전가한다.

변명은 우리에게 본능처럼 다가온다. 그때 변명하지 않고 겸허하게 수용하는 태도를 취하는 사람은 그릇이 큰 사람이다.

순종

아브라함은 100세에 낳은 아들 이삭을 제물로 바치라는 하나님의 명령에 순종하여 이삭을 희생 제물로 바치기 위해 3일 걸려 모리아 산으로 데리고 갔다. 이미 장성한 이삭은 거부할 수 있었으나 아브라함에게 순종하여 희생의 제물이 되기 위해 아버지와 동행했다. 아브라함이 이삭을 결박하여 칼을 들어 내리치려는 순간 하나님의 음성이 들려왔다.

"그 아이에게 네 손을 대지 말라. 그에게 아무 일도 하지 말라. 네가 네 아들 네 독자까지도 내게 아끼지 아니하였으니, 내가 이제야 네가 하나님을 경외하는 줄을 아노라(창세기 22:12)."

하나님은 희생 제물로 바치려는 이삭 대신에 어린 양을 준비하여 제물로 사용하도록 하셨다.

아브라함의 순종과 이삭의 희생적 순종이 전하는 메시지는 자기 아버지 아브라함의 빗나간 요구가 어불성설(語不成說)인 줄 알면서도, 듣고 따르며 순종하는 이삭에게 하나님은 축복의 선물을 일생 동안 베풀어 주셨다.

부모님의 말씀을 듣고 순종하는 자는 천지만물을 창조하신 하나님의 권능과 성령의 역사를 통해 세상에서 가장 좋은 것으로 우리 가족과 후손들 자자손손들에게 축복해 주실 것이다.

그 축복은 이삭에게 베푸신 축복보다 더 크고 더 많은 축복으로 형용할 수 없는 영광의 면류관을 받게 될 것이다.

경외

성경을 보면 "주 여호와 네 하나님을 경외(敬畏)하라"는 말씀을 자주 접하게 된다. 여기에는 두 가지의 뜻이 있다. 하나는 창조주 하나님을 거룩한 마음으로 받드는 것이고, 그 말씀에 겸손한 마음으로 순종하라는 뜻이다. 또 다른 하나는 나를 낳아준 부모도 공경(恭敬)하라는 의미다.

이삭이 받은 축복은 예의 바르고 순종하는 공손의 미덕이고, 노아의 아들 함은 아버지의 실수를 덮지 않아 그 후손이 저주를 받게 되었다. 그러므로 경외와 공경은 뜻을 같이하고 있다, 자녀는 세월의 흐름과 함께 부모가 되고, 부모는 또 자식을 낳게 된다. 이렇게 해서 후손이 이어지는 것이다.

3
예배와 기도

기도를 통하여 우리는 신에 대한,
그리고 다른 사람에 대한 자세와 태도,
또한, 마땅히 해야 할 일이 무엇인가 명확히 알 수 있다.
- 탈무드 -

나는 설과 추석 명절, 추도식, 특별한 행사가 있을 때는 가족이 함께 모여 예배를 드리고 축복기도를 한다. 물론 세 아들 가족은 각자 섬기는 교회에서 주일예배를 드리지만 온 가족이 모일 때는 집안에서 예배를 드린다. 가족 예배 중 몇 가지와 기도를 소개한다.

설날 예배

2021년 설날에 온 가족이 모여 예배를 드리고 나는 "안주하지 말고 꿈을 꾸고 성장하라"는 주제로

설날 예배 후 세배하는 손주들

말씀을 나누었다.

① 내 꿈의 롤 모델(Role model)을 정하라

인생에서 롤 모델은 중요하다. 내가 닮고 싶은 인물을 정하고 끊임없이 노력하여 "내가 되고 싶은 나"가 되도록 정진해 나가야 한다.

② 닮아가라

롤 모델을 닮기 위해 노력하다 보면 미국의 소설가 너새니얼 호손 (Nathaniel Hawthorne)이 말하는 '큰 바위 얼굴'처럼 어느덧 자신이 그 모델 가까이 가 있음을 느낄 수 있다. 자신의 꿈을 향해 쉬지 않고 전진하기를 바란다.

③ 기도하라

기도는 하나님과 소통하는 것이다. 자신의 꿈과 목표를 위해 기도해야 한다. "쉬지 말고 기도하라"는 성경 말씀의 의미를 깨달아야 한다. 종교개혁자 마르틴 루터는 "하나님께 기도하라. 그리고 그 다음에는 하나님이 근심하게 하라"고 말했다.

④ 노력하라

노력 없이 이루어지는 일은 없다. "부지런한 자의 손은 사람을 다스리게 되어도 게으른 자는 부림을 받느니라(잠언 12:24)". 노력하는 사람에게 축복이 다가오는 법이다.

⑤ 최선을 다하라

어떤 일을 하든지 적당히 해서는 안 된다. 최선을 다하는 정신이 요구된다. 핑계, 변명, 남 탓을 해서 이룰 수 있는 일은 없다. 마라톤 선수는 출발할 때 어떻게 하는가. 장신구를 다 떼어내고 가벼운 최소한의 옷만을 걸치고 목표를 향해 42.195km를 달려간다.

우리 아들 가족들 모두, 꿈을 이루고 건강하고 축복받는 삶을 누리기를 예수님의 이름으로 축복하며 기도한다. 아멘. (2021년 2월 12일)

추모 예배

나는 부모님 기일이 되면 세 아들 부부와 손자 손녀까지 모여서 추도 예배를 드린다. 2020년 아버지 기일날, 온 가족이 경주 선영에 모여 예배를 드렸다.

아버님은 탄신 107주년, 서거 27주기이고, 어머님은 탄신 105주년, 서거 35주기이다. 다 함께 사도신경을 고백하면서 예배를 시작했다. 묵상기도를 한 후 찬송가 478장 〈참 아름다워라〉를 힘차게 불렀다.

"참 아름다워라 주님의 세계는, 저 솔로몬의 옷보다 고운 백합화,

주 찬송하는 듯 저 맑은 새소리, 내 아버지의 지으신 솜씨 깊도다."

이어 〈시편 1편 1-3절〉을 함께 낭송했다.

"복 있는 사람은 악인들의 꾀를 따르지 아니하며, 죄인들의 길에 서지 아니하며, 오만한 자들의 자리에 앉지 아니하고, 오직 여호와의 율법을 즐거워하여, 그의 율법을 주야로 묵상하는도다. 그는 시냇가에 심은 나무가 철을 따라 열매를 맺으며, 그 잎사귀가 마르지 아니함 같으니, 그가 하는 모든

일이 다 형통하리로다.”

우리 가족은 선대로부터 이 말씀을 무수히 듣고 묵상해 왔다. 나는 이렇게 말씀을 전했다.

첫째, 세상을 살면서 복 받는 삶과 선과 악을 구분하는 기준을 알고 살아야 한다. 우리 삶에서 옳고 그름이 모호할 때 이 말씀으로 쉽게 알 수 있다. 사탄의 꼬임에 아담이 넘어가 인류가 에덴동산에서 쫓겨난 사실을 기억하고 악인의 유혹에서 벗어나 살아가야 한다.

둘째, 가룟 유다의 탐욕을 은으로 매수한 대제사장이 예수님을 죄인으로 피소하고, 부화뇌동(附和雷同)한 군중들은 예수님을 십자가에 못 박게 하라며 예수님을 돌아가시게 했다. 죄짓는 자와는 어떠한 이권도 권력도 같이 하지 말고 살아가야 한다.

셋째, 하나님은 오만하고 교만한 자를 무척 미워하신다.
하나님은 교만한 자를 싫어하시고 겸손한 자를 좋아하신다. 하나님은 “나는 교만과 거만과 악한 행실과 패역한 입을 미워하느니라(잠언 8:13)”고 말씀하신다. 교만은 악의 원천이 된다. 특히, 교만한 자는 자기의 권좌도 잃게 된다. 능력에 맞는 삶에 감사하며 살아야 한다. 오만한 사람과 같이 앉지 말고 살아라.

말씀이 끝나고 찬송가 384장 〈나의 갈 길 다 가도록〉을 함께 찬양했다.
“나의 갈 길 다가도록 예수 인도하시니, 내 주 안에 있는 긍휼 어찌 의심하리요. 믿음으로 사는 자는 하늘 위로 받겠네, 무슨 일을 만나든지 만사 형통하리라."

이어서 아버님과 어머님에 대한 회고담을 나누면서 고인들을 기렸다. 주기도문으로 추도 예배를 마쳤다. (2020년 6월 30일)

경주 선영에서 추모예배 후 함께 모인 가족

가족을 위한 기도

지금까지 우리 가족을 품어주시고 삶을 인도해 주신 주 여호와 우리 하나님, 고맙습니다. 아브라함과 이삭과 야곱에게 함께 하시고, 다윗과 솔로몬의 머리 위에 기름 부어 축복하신 만군의 주 여호와 우리 하나님!

오늘 저희 내외를 비롯한 큰아들 창재 내외, 둘째 아들 정재 내외, 셋째 아들 동훈 내외와 손자 손녀들, 승헌, 승준, 승민, 승수, 지원, 지영이를 주님의 사랑과 축복으로 하나님께서 창조하신 아름다운 지구 위성에서 번영과 축복의 삶을 향유하며 "꿈, 사랑, 풍요"의 소망을 주셔서 고맙습니다.

하나님께서 영생의 피로 맺어준 가족을 사랑하고 보호하며 이웃과 사회와 국가에 소속으로 살아가는 힘과 능력과 지혜를 주옵시고, 우리들의 몸과 마음을 강건하게 하사, 대대손손 사랑받고 존경받고 살 수 있는 지혜와 총명함과 삶에 근간이 되는 의, 식, 주와 인격과 품격을 겸비한 하나님의 선택된 자녀로 축복받는 삶을 살아가게 하옵소서!

삶에 필요한 모든 물질을 풍성하고 윤택한 가운데 우리 아들들 가정에 곡간이 차고 넘치게 하시고, 그들 손길 위에 무한한 은혜로 축복하여 주옵소서!

후손들이 우리 민족과 온 인류가 함께 창대케 하옵시고, 하나님께서 세워주신 점보물산이 인류에게 공헌하며 우리 후손들이 자부심을 갖는 기업으로 번영케 하옵소서!

삶의 발걸음을 평탄케 하시어 할 일 많은 이 땅에서 귀하게 쓰임 받게 하옵시고, 긍지와 보람으로 자존감 넘치는 삶에 이웃들이 본받고 싶어하는 삶을 살아가게 하옵소서!

주님의 사랑으로 이 땅에 태어난 저의 손자 손녀들! 그리고 내일을 이끌어 갈 후손들!

준수하고, 아름답고, 지혜롭고, 총명하게 자라서 가문과 우리 민족과 인류를 위해서 선한 영향력을 미치며 살게 하옵소서!

이 세상 어느 곳에든 남의 머리가 될 수 있는 능력과 자질을 갖추게 하시고, 부지런하고 성실하게 노력해서 신뢰받고 사랑받아 삶의 이치를 깨우쳐, 앞날을 예견하는 안목과 혜안으로 번영하며 승리하는 삶을 누리게 하옵소서!

우리를 사랑해 주시는 주 여호와 나의 하나님!

주님께서 주신 우리들의 귀한 생명을 올바른 삶을 이어가게 하옵시고, 생존의 날들이 하나님과 동행하며 가족과 이웃에 기쁨과 행복을 나누며 고맙게 살아가게 하옵소서!

교만과 경거망동의 언행이 싹트지 않게 하시고 삶의 여정을 겸손하게 걷게 하옵소서!

나의 후손들은 할아버지 할머니가 되고 증조할아버지, 증조할머니가 될 때까지 건강하고 행복한 삶을 살아가도록 임마누엘 하나님께서 함께 하여 주옵소서!

나를 사랑하시는 주 여호와 나의 하나님!

우리 가족들! 앞날에 태어날 후손들의 삶을 통해, 위로는 주 여호와 우리 하나님께 영광이 되게 하시고, 이 땅에는 주님의 빛과 사랑을 펼치고 주 하나님의 이름을 만방에 더 높이는 삶을 살아가게 축복하여 주옵소서!

오늘 함께한 저희 가족들에게 평강과 축복과 행복이 넘치는 앞날을 맞게 하시고 우리 주 예수 그리스도의 이름으로 기도 드립니다. 아멘! (2014년 1월 31일 설날)

아내(김희자 권사)를 위한 기도

10여 년 전 부부의 날(5월 21일)에 아내에 대한 고마운 마음과 소망을 담아 '아름답고 지혜로운 아내가 이런 삶을 살게 하소서!'란 제목으로 작성한 기도문이다.

제 아내가 기뻐하고 즐거워하며 행복한 마음으로 항상 웃는 모습으로 살아가게 하옵소서!

항상 건강하고 몸과 마음에 어떠한 상처도 받지 않게 하시고, 낮에는 활기차게 활동하고 밤에는 어린아이처럼 새근새근 꿀잠을 자게 하소서!

남편과 자식들로부터 이웃들로부터 사회에 일어나는 어떠한 상황에도 상처받지 않고, 사랑받고 존경받고 칭송받는 강건한 아내가 되길 바랍니다.

이웃들이 본받고 싶어 하는 일상의 삶에 외롭지 않고 평안하고 안락한 삶을 살아가게 하옵소서!

나이 들어도 오장 육부, 이목구비, 사지, 신경, 세포, 혈관, 피부, 뇌, 골근, 머리부터 발끝까지 신진대사가 원활하여 풍기는 모습이 아름다운 장미꽃처럼 피어나게 하시고, 스치는 순간에도 백합의 향기가 나는 단아한 여인의 품격으로 향기롭기를 원하옵나이다.

아내는 사랑받을 자격이 있고 하나님께서 복 받을 여인으로 축복한 존재입니다. 하나님 나라에 갈 때까지 외롭지도 아프지도 않고, 근심 걱정 없이 아들 내외와 손자 손녀들과 그 외 사랑하는 사람들과 우리가 만든 선진국 된 대한민국에서 행복하게 살게 하옵소서!

훗날 마지막 작별의 시간을 맞게 된다면 기쁜 마음과 밝은 표정으로 인사를 주고 받으며, 창조주 계시는 천국에서 마중 나온 천군 천사의 안내로 하나님 품으로 웃음 띤 모습으로 가게 하옵소서!

나는 아내가 그런 삶을 누릴 것이라 믿고 간구합니다.

아내가 나에게 베풀어 준 애틋한 사랑과 헌신은, 나의 초라한 모습을 변화시켜 왔으며, 우리 가족과 가정에 꿈과 사랑과 풍요의 삶의 지휘자 역할을, 때론 격려와 설득으로, 때론 침묵으로, 때론 강한 질책으로 조련사 역할을 시의적절하게 구사해온 명 감독에 명 조련사로 오늘의 우리 가족과 가정이 건재하게 되었습니다.

때론 서운하고 야속하고 기분이 언짢아질 수도 있었지만, 아내의 구심력 밖을 벗어나지 않게 함으로써 가족이 하나 되었습니다.

하나님 아버지, 이런 천사같이 아름답고 지혜로운 아내를 주셔서 고맙습니다. 아멘! (2012년 5월 21일 부부의 날)

4
성경

성경은 하나님의 말씀을 선지자를 통해 기록한 책으로 구약성경과 신약성경으로 구분하고, 죄값으로 죽을 수밖에 없는 인간을 구원과 영생의 길로 인도하는 생명의 말씀이다.

성경 말씀을 대할 때마다 성령의 은사로 하나님과 소통하며 깊은 감동을 받는다. 특히, 나는 〈십계명〉, 〈주기도문〉, 〈사도신경〉을 좋아한다. 이 셋은 나의 신앙생활의 핵심가치이다.

십계명

1. 하나님에 대한 4개의 계명
 ① 하나님 외 다른 신들을 네게 두지 말라.
 ② 우상을 섬기지 말라.

③ 하나님 여호와의 이름을 망령되게 부르지 말라.

④ 안식일을 기억하여 거룩하게 지키라.

2. 사람에 대한 6개의 계명

⑤ 네 부모를 공경하라.

⑥ 살인하지 말라.

⑦ 간음하지 말라.

⑧ 도둑질하지 말라.

⑨ 네 이웃에 대하여 거짓 증거하지 말라.

⑩ 네 이웃의 집을 탐내지 말라.

나는 십계명을 묵상하면서 하나님께서 인간이 지켜야 할 '율법'을 명확하게 구분해 주신 것에 대해 감사드린다.

주기도문

주기도문을 암송하면 하나님이 나의 아버지가 되어 가까이 계시는 것을 느낄 수 있다. 하나님은 이 세상을 고아처럼 살지 말고 하나님의 자녀로서 살라고 말씀하신다. 주기도문을 매일 암송하며 은혜를 받고 있다.

"하늘에 계신 우리 아버지여,

이름이 거룩히 여김을 받으시오며... ...(마태복음 6:9-13)."

사도신경

"전능하사 천지를 만드신 하나님 아버지를 내가 믿사오며,

그 외아들 우리 주 예수 그리스도를 믿사오니,

이는 성령으로 잉태하사 동정녀 마리아에게 나시고,

본디오 빌라도에게 고난을 받으사 십자가에 못박혀 죽으시고,

장사한 지 사흘만에 죽은 자 가운데서 다시 살아나시며,

하늘에 오르사, 전능하신 하나님 우편에 앉아 계시다가,

저리로서 산 자와 죽은 자를 심판하러 오시리라.

성령을 믿사오며, 성도가 서로 교통하는 것과,

죄를 사하여 주시는 것과, 몸이 다시 사는 것과,

영원히 사는 것을 믿사옵니다. 아멘."

사도신경은 기독교 교리가 일목요연하게 정리돼 있어 이를 묵상하면 성경 전체가 선명하게 다가온다. "어떻게 성경의 핵심을 이렇게 명쾌하게 정리했을까?"라는 탄성이 저절로 나온다.

나는 사도신경을 매일 3회 이상 암송한다. 어떤 날은 수십 번 암송하기도 한다. 기계적으로 외우지 않고 구절 하나의 의미와 배경을 음미하면서 하나님의 사랑과 은혜를 체험한다.

나는 〈십계명〉, 〈주기도문〉, 〈사도신경〉이 왜 기독교의 '3대 보배'인 지를 실감하고 있다. 이 3대 보배만 잘 이해하고 삶 속에 체화시키면 기독교의 본질이 우리의 삶 속에서 함께 살아 움직이는 것을 느낄 수 있기 때문이다.

5

가훈

가정에서 부도덕한 일을 하는 것은
과일에 벌레가 붙은 것과 같다.
알지 못하는 사이에 퍼져가므로.
- 탈무드 -

　우리 집 가훈은 '꿈, 사랑, 풍요'이다. 이것이 바로 하나님이 우리에게 주신 삶의 이정표다. 꿈이 나와 더불어 후손들까지 계승된다면 그것은 조상의 얼을 이어가는 가치 있고 자랑스러운 일이다.

　사랑은 목숨과 바꿀 수 있을 만큼 소중하다. 사랑의 대상은 누구인가. 하나님, 가족, 이웃과 조국이다.

　풍요는 몸과 마음이 넉넉하고 삶의 질을 높이고 사람의 인격과 물건의 품격을 높여 준다.

　나는 자식들에게 우리 집 가훈을 삶 속에서 체화(體化)할 수 있도록 늘 강조해 왔다. 가훈이 자손들에게 계승되기를 바라는 마음이 간절하다.

　그러나 일방적으로 손주들에게까지 강조하는 것은 공감하는 마음이 떨어질 수 있다는 생각에, 손주들 스스로 가훈에 대해서 생각해 볼 수 있도록 2018년 2월에 〈할아버지의 가훈 감상문 공모전〉을 실시했다.

손주들이 가족별로 가훈에 대해 스스로 공부하고 열띤 토론을 벌였다. 그 결과를 아래와 같이 정리했다.

[가훈 감상문 공모 1] 오승헌

가훈은 한 집안의 어른이 그의 자손들에게 주는 교훈이다.

가훈은 가정의 윤리적 지침이자 삶의 이상향을 좇아가는 데 있어서 도움이 되는 글귀라고 생각한다.

우리 오씨 집안의 가훈은 꿈, 사랑, 풍요이다.

이 세 가지 요소는 서로 매우 밀접한 관계를 지니고 있으며, 삶을 살아가는 데 있어서 중요한 요소라고 생각한다.

꿈과 달란트 비유

첫째로, '꿈'은 개인이 미래에 이루고 싶은 꿈과 목표를 설정하여 그것의 달성을 위해 매사 노력하며 살아가야 한다는 동기부여의 의미를 가진다.

인간은 태생이 나약한 동물로서 본능대로 살아간다면 단순히 생존을 위해 사는 짐승들과 다를 게 없다. 하지만 꿈이라는 목표 의식을 가지게 된다면 인간의 생존 목적이 바꿔지는 것이다. 꿈을 이루기 위한 노력을 통해서, 또한 꿈을 이루고 난 후에 얻는 성취감을 통해 인간의 삶은 가치가 더욱 부여되고 의미 있는 삶을 살게 된다. 성경에서 예수님의 달란트에 얽힌 비교를 보면 한 가지 교훈을 깨달을 수 있다.

어떤 사람이 타국에 갈 때 3명의 종을 불러서 자기 소유를 맡겼다. 한 종에게는 5달란트, 다른 한 종에게는 2달란트, 마지막 종에게는 1달란트를 주고 떠났다.

5달란트와 2달란트를 받은 두 명의 종은 주인에게 부지런함을 보이려는 꿈을 가졌기 때문에 열심히 노력하여 주어진 재산을 각각 두 배로 늘렸다. 주인은 '착하고 충성된 종'이라고 칭찬을 했다.

그러나 1달란트를 받은 종은 아무런 꿈이 없이 주인을 비난하고 나태하게 놀기만 하다가, 재산을 하나도 늘리지 않고 주인한테 처음에 받은 1달란트만 갖다 주었다. 주인은 이익을 남기지 못한 종에게 '악하고 게으른 종'이라고 꾸짖으면서 그가 가진 1달란트마저 빼앗고 밖으로 쫓아냈다.

결과적으로 예수님께서 꿈 없이 살았던 종을 벌하신 것으로부터 우리 인간이 깨달아야 할 것은 바로 하나님께서 인간은 꿈을 가지고 살아나가길 바라신다는 것이다. 그러므로 사람이 꿈을 설정하고 그것의 달성을 위해 노력하는 것은 삶을 값지게 만드는 것이고, 어찌 보면 당연한 일이기도 한 것이다.

사랑과 가족

'사랑'은 개인의 목표 달성과는 별개로 삶에 있어서 또 다른 목표이자 인간이 살아가는 이유라고 생각한다. 사랑하는 사람이 생기면 그 사람의 마음을 얻고 도움이 되는 존재가 되기 위해 노력하게 된다. 또한, 사랑하는 존재가 있으면 그 사람들과 계속 사랑하며 살아갈 수 있도록 열심히 살게 된다. 이 과정에서 육체적인 노동이나 업무를 하며 돈을 버는 등 피곤한 일들이 다양하게 일어나지만, 마음속에 사랑을 품고 있는 사람은 사랑이란 감정이 그 힘든 것들을 자연스레 상쇄시켜 준다.

대표적인 예로는 우리 가족을 들 수 있다. 가족들은 모두 가정의 화합을 위해서 개개인의 임무를 가지고 있다. 아버지는 가장으로서 경제적 안정을 위해 열심히 일하시는 것이고, 어머니는 자식들의 교육과 집안일에 최선을 다하시고, 자식들은 학생으로서 공부를 충실히 하는 것이 대표적인 사례로 들 수 있다.

만약 가족의 개념을 배제하고 각 구성원이 주어진 방식대로 살아야 한다고 가정해 보자. 과연 그 누가 저 힘든 일들을 순전히 자신만을 위해 계속해 나가며 살아갈 수 있겠는가?

하지만 가족의 사랑이란 개념을 도입시키면 저런 생활은 충분히 가능한 사례이다. 자신을 희생함으로써 가정의 화목을 이끌어 나갈 수 있다면, 일하면서 느끼는 힘든 감정들을 가족의 '사랑'으로 상쇄시키며 살아갈 수 있는 것이다.

그러므로 사랑하는 존재가 있으면 힘든 인생 속에서 행복을 찾으며 즐겁게 살 수 있다. 또한, 사랑을 유지하기 위해 열심히 사는 것도 하나의 꿈이 될 수 있으므로 꿈과 사랑은 서로 밀접한 관계를 지니고 있다는 것도 알 수 있다.

풍요와 배려

'풍요'는 인간의 물질적, 정신적 풍요로움을 뜻한다. 우선 인간의 정신이 풍요로워져야 세상을 사람답게 살아갈 수 있다고 생각한다. 이 세상은 70억 인구가 공동체를 이루며 살아가는 곳이므로, 나 스스로 남들을 배려하며 희생해야 한다. 이 과정에서 사람은 계속 덕목을 쌓아나가며 인격을 가꾸어 나갈 수 있고, 비로소 정신적으로 풍요로워지는 것이다.

추가적으로 물질적으로도 풍요로워진다면 삶의 질이 상승하여 물질의 부족함 없이 살아갈 수 있으므로 인간의 육체가 느끼는 삶의 질이 더욱 좋아질 것이다

예를 들어 가난한 사람과 부유한 사람이 있다고 가정해 보자. 이 둘은 각자 살아가는 방식에 있어서 행복과 만족의 기준이 서로 다를 수 있으나 정신적으로는 둘 다 풍요로울 수도 있다. 하지만 물질적 풍요로움을 가진 부유한 사람은 좀 더 나은 환경에서 다른 차원의 풍요로움을 느낄 수 있을 것이다.

중요한 것은 꿈, 사랑, 풍요 이 세 가지 요소는 모두 밀접한 관계를 가지고 있다는 점이다. 사랑이 있으면 꿈도 존재하고, 꿈이 존재하면 풍요는 자연스레 따라오는 것이라 생각한다. 또한, 사랑이 있다면 정신적인 풍요로움도 존재하기 때문에 이 세 가지 요소는 살아가는 데 있어서 필수적으로 가슴에 새겨야 한다고 생각한다.

"저는 우리 집안의 가훈을 평생 마음속에 새기며 살아나갈뿐더러, 후손들에게도 이 정신을 가르치며 대대로 가훈의 뜻을 이어 나갈 수 있도록 하겠습니다. 또한, 우리 집은 기독교 집안으로 항상 하나님의 말씀을 묵상하고 실천하도록 노력하여 믿음 안에 거하고, 복 있고 지혜로운 사람이 될 수 있도록 살겠습니다.

우리 집안의 가훈을 되새기고 하나님의 교리를 지키며 살아간다면 하나님께서도 기뻐하시며 복을 주시고, 하나님께서 예비해 주신 가장 좋은 길로 저희를 인도해 주실 것이라 믿습니다."

[가훈 감상문 공모 2] 오승준

가훈은 무엇인가

가훈이란 할아버지가 만들어 주신 집안의 '삶의 지침'이라 생각한다.

우리 집 가훈을 보면 꿈, 사랑, 풍요, 이 모든 것을 가질 수 있다는 확신을 주는 가훈인 것 같다. 그리고 내가 인생을 살아갈 때 꼭 필수적인 3가지 교훈이 담겨 있다. 이 3가지 중 하나라도 없으면 인생이 무의미해질 것 같다. 그래서 우리 집 가훈은 참 의미가 있고 뜻이 깊다고 생각한다.

가훈의 의미

우리 집 가훈의 의미는 인생을 살아갈 때 정말 도움이 된다.

첫째, 꿈이 없으면 인생의 목표를 찾을 수 없고

둘째, 사랑이 없으면 인생에 슬픔만 가득할 것이고

셋째, 풍요가 없으면 인생살이에 마음은 공허하고 육체는 심한 고통을 받을 것이다.

또한, 이 3가지가 없다면 사람이 사는 이유가 없다고 느껴질 정도로 의미 있는 뜻이 담겨 있다.

가훈이 주는 뜻을 계속 기억하고 가훈이 나에게 적용될 거란 믿음을 가지고 살아간다면 꼭 할아버지가 우리들에게 소망하는 인생의 축복이 내게 오리라 생각한다.

가훈과 나의 생각

가훈이 있다는 것은 참 의미 있는 것 같다. 우리가 어떻게 살면 좋을지에 대한 할아버지의 바람이 잘 담겨 있는 것 같고, 또한 나도 내가 어떻게 살아가야 할지 어떤 목표를 가지고 그 방향으로 나아가야 하는지에 대한 도움을 주는 교훈이라 생각한다.

특히, 꿈은 내가 가져야 하고 내가 앞으로 미래에 어떤 직업을 선택해야 하며, 세상을 어떻게 살아갈 것인지에 대한 길이 될 것이라 생각한다.

우리 집 가훈을 보면서 내 진로를 더욱더 깊이 고민하고 생각하게 된다. 과연 내가 어떤 일을 해야, 이 세상에서 내 꿈을 잘 펼치면서 내 삶을 풍요롭고 사랑하며 행복하게 살아갈 수 있을까 하는 생각을 더 깊게 하게 된다.

가훈 후세에 계승

나는 우리 가훈을 후세들에게 계속 계승할 가치가 있다고 생각한다.

나중에 후세들이 우리 집안 가훈을 보면서 나와 우리 가족들이 이 의미를 알고 살아가듯이, 그들도 나중에 커서 그 의미를 알고 그것을 깨달을 거라 생각하며 대대손손 후세들에게 계승해야 한다고 믿는다.

꿈과 사랑 풍요, 이것은 세상을 살아가는 데 필수적인 3대 지침으로 참 의미 있는 뜻이다. 후세들이 좋게 받아들이고 그것을 자신의 삶에 적용시키면 자기 자신에게 길잡이가 되는 교훈이기 때문에 나는 할아버지의 가훈이 후손들에게 계속 이어질 것이라고 믿는다.

[가훈 감상문 공모 3] 오지원

고등학교 2학년. 사춘기가 아주 제대로 왔을 때다. 한창 공부에 전념해야 할 시기였지만 뭔가에 씌었는지, 전엔 한 번도 의심해 본 적 없는 것들에 대해서 의문을 갖기 시작했다. 철학적이지만 '중 2병 적'이라고 느끼기에 충분할 수 있는 생각들. 이들 중 몇 가지를 좀 정리해 보자면 이런 것들이다.

'세상은 왜 존재하는가'부터 시작해서 '공부는 왜 해야 하는가?', '행복은 무엇에 의해 결정되는가?', '규칙을 지켜야 하는 이유는 무엇일까?'와 같은, 어쩌면 지극히 당연한 것들이 그때는 그렇게 미심쩍었다. 열심히 공부해야 할 시기인데 자꾸 뜬구름 잡는 생각을 무의식적으로 하고 있으니 나 자신에게 화도 많이 나고 괴로웠다. 그렇지만 지금 생각해 보면 그런 것에 대해 한 번쯤 고민할 수 있는 소중한 시간이었다.

할아버지께서 깜짝 공모전을 개최하셨다. 우리 집안 가훈인 꿈, 사랑, 풍요에 대해 본인의 생각을 표현하는 것인데, 상당히 친숙한 단어들이라서 아주 수월하게 뭔가를 떠올릴 수 있을 것이라는 예상과는 다르게 너무나 어려웠다. 하지만 이렇게 우리 집 가훈에 대해 한 번쯤 깊이 생각해 볼 수 있는 건 정말 좋은 기회인 것 같다. 이런 과정을 통해서 내가 앞으로 살아가는데 크게 도움이 되었으면 한다.

존재의 의미

인간이라면 살면서 누구나 한 번쯤은 나의 존재 이유, 그리고 이 세상이 왜 만들어졌는지에 대해 궁금해하지 않을까 싶다. 왜냐하면 가장 근본이 되는 부분이기 때문이다. 하지만 어디에서도 그 이유에 대해선 가르쳐 주지 않는다. 지구과학 교과서에서도 우주의 탄생이나 지구의 형성 과정만 나와 있을 뿐 만들어진 이유에 대해선 언급조차 없다. 적어도 고등교육과정에선 말이다.

종교적으로 접근하면 알 수 있지 않을까 싶어 전도사님께도 여쭤봤지만 "그분의 생각은 정확히 알 수 없지만 ~이렇지 않을까?" 하고 대답을 해 주셨다. 정확한 이유를 알면 좀 더 그 목적에 맞게 잘 살아갈 수 있을 텐데 하고 아쉬운 마음이 들었다.

그렇다면 잠시 생각해 보자. 우리가 살아가는 이유를 쉽게 찾지 못하도록 해 놨다는 건, 우리한테 스스로 찾으라는 것이 아닐까? 그리고 감히 생각해 보면, 이 땅에 던져지게 된 이유를 모르는 상태이기 때문에 우리에게 오히려 '자율성'이 주어진 것 같기도 하다.

그 자율성을 가지고 스스로 내가 나아가야 할 길에 대해 고민하고, 나 자신에 대해 알아가고, 꿈을 정하고, 계획을 수정하기도 하고, 실패도 하고, 성공도 하면서 인생을 쭉 걸어 나가는 것이다. 결국, '꿈'이라는 건 살아가면서 끊임없이 고민해야 하는 것이고, 가장 본질적인 질문인 '우리의 존재 이유'에 대해 가까이 다가갈 수 있는 연결통로라고 생각한다.

족보의 발견

방학 때 친구와 삼청동을 돌아다니다 한 도서관에 들어갔다. 역사가 깊은 도서관이라 그런지 오래된 책이 많았는데 그중에 '족보'도 있었다. 친구가 먼저 족보를 발견해서 자신의 성인 '정씨' 책을 찾아서 읽고 있었다. 본인이 정약용의 후손인데 정약용 말고도 셀 수 없이 많은 조상님들이 자신보다 먼저 살고 갔다는 것이, 그리고 그 핏줄이 본인에게까지 전해 내려온 것이 너무나 신기하다고 했다.

나도 왠지 궁금해져서 '오씨' 족보를 찾아 펼쳐보았다. 그 안엔 수많은 이름들이 적혀 있었지만 아쉽게도 아는 사람 이름은 없었다. 하지만 '오씨'

족보에 적혀져 있는 것만으로도, 그리고 같은 성을 가지고 있는 것만으로도 왠지 모르게 가깝게 느껴졌다. 또, 그분들도 언젠가는 살아계셨다는데 생각이 미치자 족보에 적힌 이름들이 그저 동화책 속 허구의 인물들이 아니라 실제 살아 있었던 사람이고, 내 조상이고, 가족이라는 것을 깨달았다.

친구가 말한 것처럼 까마득한 옛날부터 내려온 핏줄이 지금의 나에게까지 왔다는 것이 너무나 놀라웠지만 동시에, 시간은 지체없이 계속 흐르고 있다는 사실이 조금 무섭기도 했다. 생각해 보면 나의 존재는 엄마 아빠만으로 설명될 수 없는 것 같다.

수많은 사랑이 대를 타고 도미노처럼 계속 전해져 왔기에 지금의 내가 있지 않을까? 사랑이 가족을 이루고, 그것이 커져 사회를 이루고, 우리가 살고 있는 세상과 다가올 미래의 세상을 이루기에 사랑은 꼭 필요한 것이라고 생각한다.

행복한 삶

철없는 초등학생 시절, 누군가 나에게 '어떤 삶이 행복한 삶이라고 생각해요?'라고 묻는다면 아마도 나는 '공부 안 하고 매일매일 신나게 노는 거요'라고 답했을 것 같다. 중학생 땐 돈이 제일 중요한 것이라고 생각했기 때문에 '공부 열심히 해서 돈 많이 벌고 풍족하게 사는거요'라고 대답했을 것이다. 사춘기의 정점을 찍었던 고등학교 2학년 때는 돈보다 나의 가치관과 마음이 중요하다고 생각했기 때문에 '선한 영향력으로 세상을 이롭게 변화시키며 사는 삶이요'라고 답했을 것 같다.

그리고 지금 만약에 똑같은 질문을 받는다면 이렇게 대답할 것 같다. '내가 좋아하는 일을 하고, 경제적으로도 풍족하고, 사랑하는 가족들과 같이 살면서 모두가 건강한 삶이요!'라고. 돈이 넘쳐난다고 꼭 행복한 것도 아니고, 정신 승리를 한다고 행복한 것도 아닌 것 같다. 그 두 개가 적절히 그리고 풍족하게 있는 게 가장 바람직한 것 같다. 이왕이면 '배고픈 소크라테스'가 되기보단 '배부른 소크라테스'가 되는 편이 훨씬 좋지 않은가! 정신적으로도, 경제적으로도 풍요로운 삶을 살고 싶다.

노래 가사 같은데 보면 '행복은 멀리 있지 않아요. 우리 주변에 있답니다. 주변을 잘 둘러보세요~' 라고 외치는 것들이 많은데 그것도 맞는 말이긴 하지만 행복해지기 위해 스스로 '노력'을 하는 것도 필요한 것 같다.

세상은 그리 호락호락하지 않고 앞으로도 계속 그럴 것이다. 무엇이든 잘 헤쳐나가고, 아빠가 말하는 '훌륭한 사람'이 되기 위해 부단히 노력할 것이다.

[가훈 감상문 공모 4] 오지영

할아버지께서 깜짝 공모전을 내셨다. 주제는 가훈에 대해서 자신의 생각과 각오를 서술하는 것이었다. 가훈에 대하여 자신의 생각을 서술하라니, 주제는 간단한 거였지만 은근히 부담스러웠다.

가훈은 무엇인가

나는 가훈을 우리 가족이 살아가는 동안 지키고 마음에 담아두어야 할 간단한 문장이라고 생각한다. 수많은 말들과 단어들과 문장들이 있는데 그중에 '꿈 사랑 풍요'를 우리 가족 가훈으로 삼았다는 것은 그만큼 할아버지께서 중요하게 생각하신 단어들일 것이다.

나는 할아버지께서 왜 수많은 좋은 단어들이 있는데 그중에서 꿈 사랑 풍요를 고르셨는지 깊이 생각해 보았다. 이에 대한 자세한 나의 생각들을 정리하겠다.

가훈의 뜻 그리고 가훈과 나의 생각

가훈의 단어 각각의 의미를 정리해 보겠다.

(1) 꿈

솔직히 '꿈'이라는 단어를 할아버지께서 고르신 이유는 바로 짐작이 갔다. 아마도 우리에게 꿈을 가지고 살아가라는 말씀을 하시고 싶으셨던 것이 아니었을까? 전체적인 내용은 잘 기억이 안 나지만 할아버지께서 말씀하실 때 꿈이라는 단어를 꽤 많이 언급하셨다.

내가 생각하기에 꿈은 사람이 살아가기 위한 일종의 '원동력'이 되는 것 같다. 항상 꿈을 가지고 살아간다면 내가 꿈에 다가가기 위한 '목표'가 생길 것이고 그 목표에 맞추어서 계획을 세우고 행동하게 될 것이다. 그래서 나는 꿈이란 사람이 살아가기 위한 중요한 원동력이라고 생각한다.

(2) 사랑

성경에 이런 말씀이 있다. "내가 너희를 사랑한 것 같이 너희도 서로 사랑하라." 나는 이 문장을 초등학교 6학년 때 처음 알았지만 아직까지도 기억이 난다. 예수님께서도 '사랑'이라는 단어를 쓰신 것을 보니 이 단어는 굉장히 중요한 것이라고 생각한다. 나는 사랑은 사람이 살아가는 데 필요한 인간관계와 가족 간의 애정도를 더 높여주는 말이라고 생각한다.

(3) 풍요

사람이 살아가는 데에 꿈과 사랑이 필요하지만 과연 풍요가 없으면 행복할까? 어떤 사람들은 "돈이 없어도 행복해요"라는 말을 쓰곤 하지만 나는 그 말에 동의하지 않는다. 최소한 나는 그런 사람들처럼 돈이 없으면 행복하지는 않을 것 같다. 사람이 살아가는 데에는 약간의 재산과 돈 같은 풍요함이 있어야 한다고 생각한다.

가훈 후세 계승에 대한 나의 생각

나는 이 가훈을 후세에 물려줄 생각이 있다. 우선 굉장히 훌륭하고 세상에서 가장 젠틀(gentle)하신 나의 할아버지께서 지으신 가훈이고, 내가 생각하기에도 정말 괜찮은 가훈인 것 같다. 나중에 나의 자녀와 자손에게도 이러한 공모전을 내어서 가훈에 대하여 깊이 생각해 볼 수 있는 기회를 주고 싶다.

[가훈 감상문 공모 5] 오승민

가훈이란 말하자면 가족의 교훈이다. 사람은 살아가며 교육이라든지 사회생활을 통해 여러 가지 교훈을 세워 윤리적 지침의 기본 틀을 이루어 가는 것은 참으로 중요하다. 따라서 가훈은 사람이 건강한 가정을 이루어 가고 훌륭한 인품을 가지고 사회에서 칭찬받고 행복한 삶을 이루어 가는 중요한 가치관으로 작용하게 된다.

나의 할아버지께서는 깊은 기도와 탁월한 지혜와 노력과 인내로 인생의 역경을 승리해 오시면서 얻은 통찰로 자손들을 위해 물려줄 3가지 중요한 가훈을 세우셨다. 꿈, 사랑, 그리고 풍요이다.

(1) 꿈

할아버지께서 가장 존경하는 성경의 인물은 요셉이다.

요셉의 꿈을 통한 하나님의 역사하심과 애굽의 총리가 되어 7년의 풍년 동안 7년의 흉년을 대비한 지혜, 형들의 배신에도 용서하는 하나님 사랑의 실천, 자기 민족 이스라엘의 흉년에서 구원과 고센 땅의 풍요를 할아버지는 삶에 투영하시면서 가족과 민족의 발전을 위해 살아오셨다.

이 3가지의 가훈에는 할아버지의 걸어오신 삶의 역사가 담겨 있기에 나는 우리 가정의 가훈이 자랑스럽다. 할아버지께서 세우신 우리 가족의 첫 번째 가훈은 꿈이다. 꿈이란 인간이 가지고 있는 생의 목적과 같다고 생각한다. 인간이 태어나 어려서는 부모님의 보호 아래 사랑을 받으며 부모님을 통해 삶을 살아가는 가치관의 교육을 받는다.

정체성을 확립하는 청소년기를 거쳐 성인으로 성장하면서는 자신이 어디로부터 와서 어디로 가고 있으며, 어떠한 일을 해야 할지를 깨닫고, 자기 스스로가 생각하고 결정하게 된다. 이러한 선택의 순간에 중요한 것은 나의 삶의 목적, 즉 꿈이다. 창조주가 이 땅에 인간을 보내주셨을 때 그에게 부여해 주신 재능이 있다.

그리고 하나님을 인격적으로 만나 구원 받은 사람에게는 부르심, 즉 소명이 있다. 재능을 발견하고 그 재능을 통해 하나님이 내게 주신 꿈인 그 소명을 이루면서 살아 나갈 때 비로소 삶의 바른 목적을 향해 살아가고 있음을 확신하게 된다. 나는 하나님의 꿈이 나의 소명이 되길 바라며 발견하기를 기도하고 있다.

(2) 사랑

두 번째 가훈은 사랑이다.

사랑이란 무엇인가. 사랑이란 사람들 간에 가질 수 있는 감정의 하나이다. 인간이 어떻게 태어났는지 생각을 해보자. 인간은 창조주에 의해 사랑받고 사랑하기 위해 지으심을 받았다. 창조주는 아담의 혼자 거함을 외로이 보시고 하와를 지으셔서 함께 사랑을 나누며 살도록 허락하셨다.

그들의 사랑을 통해 후손의 후손을 거쳐 인류는 생육하고 번성하였다.

나의 부모님 또한 나에게 사랑을 베풀어 주셨다. 나도 부모님께서 내게 주신 아낌없는 헌신적인 사랑을 장차 내 배우자에게 내 자녀에게 나아가 이웃에게 베풀고 훗날 자자손손 사랑의 대를 이어나가게 되리라 믿는다. 즉, 나는 하나님 사랑, 가족 사랑, 이웃 사랑을 실천하며 살아가길 기도한다.

(3) 풍요

세 번째 가훈은 풍요다.

풍요는 여러 가지가 있겠지만 가장 먼저 떠오르는 것은 물질적인 풍요로움이다. 물질의 풍요는 평안을 줄 수는 없겠지만 편안하게 살아갈 수 있게 해준다. 또한, 베풀며 살아갈 수 있는 여유를 준다.

하지만 풍요롭지 않다면 그 반대가 될 것이다.

한국의 역사를 뒤돌아보면 존경하는 건국 대통령 이승만과 박정희 대통령의 미국과의 탁월한 외교 협상으로 강대국인 미국의 군사적 물질적 지원을 받아 성장했다. 이렇듯 풍요한 미국은 자국과 다른 나라에 도움을 주었지만 반대로 풍요롭지 못했던 국가들은 자국을 지키기에도 버거운 것이다.

그러나 명심해야 할 것은 이 풍요로운 삶도 한순간에 물거품이 될 수도 있다. 우리나라와 비슷한 시기에 빠른 경제 성장을 이뤘던 필리핀이 대통령 부부의 부패와 사치로 몰락한 것을 예로 들 수 있다. 우리는 이것을 '반면교사'로 삼아 하나님이 주신 풍요를 청지기 사명을 가지고 겸손히 지켜나가야 한다.

나는 하나님의 영광을 위해 가문과 나라와 민족의 무궁한 발전과 풍요를 이루고 지켜나가기 위해 기도하며 노력할 것이다.

[가훈 감상문 공모 6] 오승수

사람은 꿈을 키우고, 꿈은 풍요로운 삶을 이끈다.

대부분의 집안에는 가풍에 맞는 가훈이 있다. 우리 집안의 가훈은 '꿈, 사랑, 풍요'이다. 이 세 가지는 각각 독립적인 것이 아니라 서로 연결되어 있고, 이 중 한 가지라도 부족하다면 나의 인생 역시 완전하지 못한 불완전한 삶이 되리라 생각한다.

아버지의 사업으로 어렸을 때부터 외국 생활을 한 나는 미국 대학에 진학을 해 이과 계열의 공부를 하고 싶은 꿈이 있다. 약 10년 동안 국제학교에 다니면서 내가 느낀 것은 세계는 넓다는 사실과 그 넓은 세계로 나아가서 나의 꿈을 펼치고 싶다는 생각이다.

10대인 내가 누릴 수 있는 특별한 혜택이 있다면 무한한 꿈을 꿀 수 있다는 것, 그리고 그 꿈을 이루기 위해 가족들의 조건 없는 응원과 지지를 받을 수 있다는 것이다.

가족의 사랑은 내가 꿈을 키우고 실현하는데 큰 원동력이 되고 있다. 내가 무엇을 잘하는지, 좋아하는지에 대해 가족들은 끊임없이 이야기해 주었고, 내가 스스로 꿈을 찾을 수 있도록 격려해 주고 있다.

나에 대한 가족의 관심과 사랑은 내가 꿈을 키우고 이루는데 밑바탕과 버팀목이 될 것이며, 나 스스로에 대한 자신감과 믿음을 강하게 해 줄 것이다.

대한민국의 많은 사람들이 그렇듯이 나 역시 풍요로운 삶을 꿈꾸고 있다. 어떻게 하면 물질적, 정신적으로 풍요롭게 살 수 있을지 생각하고 있고, 풍요로운 삶을 살기 위해 어떤 직업을 선택해야 할지 고민하고 있다. 우리 집안이 독실한 기독교 집안이기에 하나님의 말씀과 뜻도 헤아려야 함을 잊지 않아야 하니 고민이 더욱 크다.

우리 할아버지께서는 손주들에게 귀한 말씀을 많이 해 주신다. 가끔 야단도 치실 때가 있지만 이 역시 손주들에 대한 사랑이시며, 손주들의 꿈을 응원해 주시는 또 다른 표현이라고 생각한다.

할아버지께서 가훈으로 정하신 '꿈, 사랑, 풍요'라는 세 가지 덕목을 가슴에 새기며 나의 꿈을 키우고 실현하여 풍요로운 삶을 만드는데 최선을 다 할 것이다.

가훈 공모전 수상 오승준　　　　　　가훈 공모전 수상 오지원

가훈 공모전 상장　　　　　　가훈 공모전 시상식 후

선조들의 가훈의 소회(所懷)

　가훈은 한 집안의 행동이나 생활에 지침이 되는 교훈을 말한다. 우리나라
에는 옛날부터 가훈이 없는 집안이 거의 없을 정도로 보편화 되어 있었다.
잘 알려진 가훈으로 신라 시대 김유신 장군 집안의 '충효', 고려 시대 최영
장군 집안의 '황금 보기를 돌같이 하라.', 조선 시대 김굉필의 '인륜', 이언적
의 '근검과 절약', 신사임당의 '신의·지조·청백·성실·우애', 율곡 이이의 '화
목과 우애' 등을 들 수 있다.

대학자이며 도산서원 창설자인 퇴계 이황의 "독서(讀書)하고 덕행(德行)을 닦아라"는 가훈 역시 유명하다. 이 가훈은 단순히 학문에만 매진하라는 의미가 아니라, 학문을 통해 인격을 함양하고, 덕행을 기르고 실천하라는 뜻을 담고 있다. 이 가훈에 따라 후손들과 후진들이 훌륭한 인재로 성장할 수 있었다.

또한, 300년 동안 부(富)를 지속하면서 노블레스 오블리주를 실천해 온 '경주 최 부자 집'의 가훈 6가지도 감동으로 다가온다. ① 과거를 보되 진사 이상은 하지 말라. ② 재산은 만석 이상은 모으지 말라. ③ 지나가는 과객(過客)을 후하게 대접하라. ④ 흉년기에는 재산을 늘리지 말라. ⑤ 며느리는 시집온 뒤 3년 동안 무명옷을 입어라. ⑥ 사방 백리 안에 굶어 죽는 사람이 없게 하라.

이 외에도 "부모님을 공경하고, 형제자매를 사랑하라"는 평범한 가훈을 통해 한 집안이 일어선 일화가 전해 내려오고 있다. 이 가훈은 가족의 화목과 단결을 강조함으로써 집안의 어려움을 극복하고 명문 가문으로 성장하는 계기를 만들어 주었다.

우리나라의 전래 가훈은 단순히 한 집안의 가풍을 보여주는 것 이상의 의미를 지니고 있다. 가훈은 우리 민족의 정신과 가치를 담고 있으며, 이를 통해 우리는 민족의 역사와 문화를 이해할 수 있다.

6

경주 선영

전 인류는 단지 한 선조밖에 갖고 있지 않다.
- 탈무드 -

인간은 자신에게 허락된 시간과 공간을 살다가 하나님 나라로 돌아간다. 부모의 삶이 내 삶의 토대가 되고, 내 삶이 다시 자식의 삶의 바탕이 된다.

선영으로 모신 아버님

아버지는 부산에서 돌아가셨다. 돌아가시기 3년 전부터 나는 아버지를 어디에 모실지 의견을 여쭈었다. 아버지는 교회 묘지에 묻히시길 원했다. 이미 자리도 잡아놓으셨다고 했다.

"아버지, 저는 좋지만 제 자손들은 어렵습니다. 저도 늙어서 죽으면 선산에 묻힐 터인데 아버지만 이곳에 계시면 제 자손들은 어떡해야 하겠습니까? 이 문제만은 자식으로서 제가 해결할 수 있도록 도와 주십시오."

돌아가시기 얼마 전에도 다시 의견을 여쭈었다.
"아버지, 좀 양보해 주시면 안 되겠습니까?"
아버지는 여전히 교회 묘지로 가시겠다고 했다.
"그러면 아버지, 제가 마지막으로 한 가지 방안을 꼭 드리고 싶습니다. 아버지 말씀대로 그곳으로 모시겠습니다. 그 후 5년이고 10년이 지난 다음에는 선영(先塋)으로 옮기겠습니다. 그건 괜찮겠습니까?"
"그때는 네가 알아서 해라"라고 아버지는 승낙하시고 갑자기 하늘나라로 가셨다.
아버님이 소천하시고 원하시는 장소에 모신 후 5년의 세월을 보내고 경주 선산 양지바른 산자락에 터를 잡고 아버님을 모셔 왔다. 이렇게 해서 먼저 오신 어머님과 조부모님과 함께 선영에 모시게 되었다.

이듬해부터 가족과 후손들이 매년 '6월 30일' 아버님 기일 날 부모님과 조부모님을 위한 '합동추모예배'를 선영에서 드리고 있다.
나는 추모일 외에도 수시로 선영에 다녀온다.
그곳에 가면 마음이 편안하고 돌아올 때는 기분이 좋아진다. 때론 동행한 큰아들을 보면 아버님으로 착시를 일으켜 오인하기도 한다. 아마 아버님의 젊었을 때 모습과 아들의 모습이 흡사해 보여서 그런 현상으로 보이는 듯하다. '아들이 아버님을 참 많이 닮았구나!' 하는 생각이 든다.

산소 정리

아버지를 선영으로 모시면서 대대적인 산소 재정리에 들어갔다. 지난 수년 간 산소 정리로 경주에 왕래가 잦았다.

경주에는 신라 왕릉이 많다. 자신과 아무런 관련이 없는 왕릉에도 수많은 사람들이 수 세기 동안 유적이라며 찾아온다. 하물며 내게 생명을 이어준 조상들의 무덤을 방치하고 도외시하는 것은 조상에 대한 후손의 도리가 아니다. 그래서 조부모님과 부모님을 고향 선산에 모셨다.

비석을 세우고 축대를 쌓고 길을 만들었다. 내 후손들에게 우리 선조들을 이곳에 모셨음을 알리고, 이분들로 인해 내가 세상에 태어났음을 깨달을 수 있는 곳으로 만들었다. 그리고 동생 산소도 부모님 옆으로 이장했다.

산소 정비를 위해 고향에 있는 오윤필 형님, 오진필, 오장필 아우님이 많은 도움을 주었다. 고마운 분들이다.

비문

조부모 묘비 전면

고창 오씨 진사공파 오원희 1880년 05월 06일 – 1965년 08월 10일
개신교 초대 성도 남영실 1885년 07월 20일 – 1948년 08월 12일

___

주 예수를 믿으라. 그리하면 너와 네 집이 구원을 받으리라!
사도행전 16장 31절

부모 묘비 전면

사역자 오덕관 1913년 03월 07일 – 1993년 06월 30일
예수 사랑. 이웃 사랑. 한글 사랑 몸소 행하신 아버님 존경합니다!

권사 이봉기 1915년 02월 07일 – 1985년 07월 17일
삶의 지표를 심어주신 최고의 스승이신 어머님 사랑합니다!

이력

울산 우체국, 길림, 봉천, 독립운동가, 조선인 생계 지원
경주 석천교회 개척과 신축, 노곡교회 시무 사역

양지바른 곳에 모신 부모님 묘

경주

산소 정리작업을 하고 나니, 고향 경주에 더욱 애착이 들었다. 고향이 경주라는 사실이 기쁘고 자랑스러웠다.

경주는 천년 왕국을 유지한 신라(기원전 57-서기 936)의 수도였으며, 세계사에서 신라와 같이 천년을 이어온 왕국은 찾아보기 드물다. 신라가 어떻게 천년 왕국으로 존속할 수 있었을까. 신라 왕들의 나라 사랑하는 애국정신에서 찾아볼 수 있다.

특히, 삼국통일을 완수한 문무대왕의 나라 사랑은 가슴을 뭉클하게 한다. 문무대왕은 삼국통일 후 불안정한 국가의 안위를 위해 죽어서도 국가를 지킬 뜻을 가슴에 품고 숨을 거두었다. 유언으로 자신의 시신을 불교식으로 화장하여 동해에 묻으면 "용이 되어 국가를 평안하게 지키도록 하겠다"라고 했다. 이것이 바로 경주 앞바다에 있는 물속 무덤, 문무대왕릉이다. 죽어서도 조국의 안전과 번영을 위해 노력하겠다는 마음이다.

이러한 애국정신이 바로 신라 정신이고 천년 왕국이 가능했던 이유라고 생각한다.

내가 고향에 선산을 정리하고 선영을 모신 이유는 경주의 유구한 역사와 함께 신라의 건국 정신과 나라 사랑하는 마음을 간직하기 위해서다. 후손들이 선영을 찾아 조상들의 발자취를 더듬어보면서 신라의 정신도 함께 돌아보기를 바란다.

천년 신라 왕국의 신비

천년의 신라 왕국이 자리 잡았던 경주는 산과 강, 바다를 품에 안고 있는 지형이다. 도시 가운데는 경주의 젖줄인 형산강이 유유히 흐르고 있으며 반짝이는 물결은 마치 하늘의 신비가 비친듯하다. 하늘나라에 먼저 간 선조들은 이 물결을 통해 옛이야기를 소곤소곤 들려주는 듯했다. 저녁녘에 켜지는 불빛도 신라 왕실을 밝혔던 횃불처럼 고풍스레 펼쳐졌다.

경주가 볼품없다고 말하는 일부 사람들이 있기도 하지만, 그곳은 가는 곳마다, 발길 머무는 곳마다, 손길 닿는 마디마디 마다 천년의 이야기를 들려주려 하는 심오한 곳이다. 하지만 이곳도 자존심이 있는지, 고집 센 조상들을 닮은건지, 사람을 가려가며 이야기를 들려준다.

눈을 크게 뜨면 크게 보이고 적게 뜨면 적게 보이고 귀를 쫑긋 세우면 크게 들리고 귓등으로 들으면 듣지 못한다. 사람만큼 관심받는 걸 좋아하나 보다. 아니면 본인의 가치를 알아들을 사람들만 알아보라는 뜻이리라. 참 신비하고 이상한 곳이지만 그래서 내가 다른 곳보다 더 재미있게 느끼고 환영받는 기분이 드는 것 같다. 일단 나는 눈도 크게 뜨고 귀도 쫑긋 세우고 경주를 걸어 다닌다.

경주의 고적과 유물은 익히 세계에 알려진 사실이지만, 경주 최 부자의 선행은 우리나라 사람만 알고 있듯이, 이곳 경주만이 가지고 있는 신라의 찬란한 문화 유산과 긴 역사속에 이어온 정신 혼(魂)을 풍요롭게 하는 것들이 분명이 존재한다. 이러한 경주의 가르침이 바로 과거, 현재, 미래를 알려주는 안목과 혜안을 기르게 해주는 우리 교육의 기초이자 핵심이다.

나는 뿌리나 그루터기 같은 말만 나오면 얼마나 마음이 끌리는지 모른다. 만물은 그곳에서 생성될 뿐만 아니라 마지막 흔적을 남긴다. 우리 문화의 정체성이자 한국과 미국의 '한미동맹'의 발상의 모티브이며 오늘 대한민국의 탄생과 지킴이의 교본의 근원을 이곳 그루터기에서 찾을 수 있다.

신라의 DNA

왜 오늘의 빛나는 국가건설을 이룬 박정희 대통령이 경주에 깊은 관심을 가졌는지는 연구해 볼 만한 대목이다.

신라의 정기를 품고 있는 경주의 DNA는 지금까지 쉬지 않고 새로운 꿈을 꾸고, 새롭게 만들 위대한 미래 한국을 설계하고 있다. 그와 동시에 다른 한편으로는 깊은 숙면과 휴식을 취하고 있다.

본래 DNA는 변하지 않듯이 신라의 DNA도 변하지 않기에 언젠간 반드시 신라가 부흥할 것이라 믿어 의심치 않는다.

과거는 빛났고 지금은 바보인 척 하고 있지만, 경주는 본인이 나설 때와 그렇지 않을 때 구분을 확실하게 잘 한다. 다가올 미래에는 더더욱 찬란하게 빛날 것이다. 그날이 머지않아 오게 될 것이다. 나는 그날을 기대하고 기다린다.

누가 경주 신라를 잠들게 했는가?

그것은 신라인이 의도적으로 숨겨 놓은 비밀일 것이다. 그것은 명목상 문화재 보존이지만 사실은 신라의 선조들이 막았기 때문이리라. 그래서 나는 깊고 긴 천년의 고도에서 영글어진 짧은 만남과 긴 인연이 신기하게도 좋다. 경주에서의 삶도 길지 않았지만, 나의 마음 속에 깊게 자리 잡았다는 점에서 나이 들어서도 지금까지 계속 생각난다는 점에서 길고 아름다운 인연이다.

7

뿌리

한 노인이 들에서 묘목을 심는데 그곳을 지나치던 여행자가 물었다.
"언제쯤 그 나무에서 수확할 수 있습니까?"
"70년 후쯤이나요."
여행자는 고개를 갸우뚱하며 반문하였다.
"그렇게 장수할 수 있습니까?"
"아니요, 내가 태어났을 때 과수원에 열매가 잔뜩 열렸었소.
할아버지가 심어 두었기 때문이오.
나도 내 할아버지와 같은 일을 할 뿐이오."
- 탈무드 -

부모님 산소를 다듬고 난 후 조상에 대한 관심이 더욱 커져갔다. 당시 나는 '고창 오씨' 한림공 종중에서 수석 부회장직을 맡고 있었다. 부모님과 할아버지, 할머니 그리고 그 윗대 조상에 대해서도 알고 싶었다.

마침 오래전에 보았던 미국 작가 알렉스 헤일리(Alex Haley)의 〈뿌리〉라는 영화가 생각났다. 미국 흑인들이 자신의 근원을 찾아가는 과정을 다루어 세계적으로 화제가 되었던 작품이다.

나도 나의 뿌리를 체계적으로 찾고 싶은 마음이 생겼다.

고창 오씨인 나의 뿌리는 어디일까?

고창 오씨의 뿌리

나는 고창 오씨 시조인 오학린(吳學麟) 한림공의 35세손이다.

한국의 오씨는 무혜공 오첨(吳瞻)으로부터 시작되었다. 오첨은 중국 제나라 수군 도독이었으나, 신라 지증왕 원년(500년)에 경남 함양의 김종지의 딸과 결혼 후 그 후손이 번창하여 여러 관향의 오씨로 갈려 나갔고, 우리나라 모든 오씨의 비조(鼻祖)라 할 수 있다.

우리나라 오씨는 얼마나 될까?

오씨는 15개 관파가 있는데 고창, 해주, 평해, 군위, 동복, 보성, 화순, 함양, 나주, 락안, 함평, 울산, 장흥, 흥양, 전주 등이 있다. 그중 고창 오씨가 종가(宗家)격이다.

고창 오씨의 시조 오학린(吳學麟)은 오첨의 16세 손이며 신라왕의 부마 오적길(吳廸吉)의 현손이다. 오학린 시조는 어릴 때부터 몸가짐이 단정하고 부모에 대한 효성이 남달랐다. 고려시대 명재상 문헌공 최충의 문하에서 공부하였으며, 고려 제10대 왕 정종 때 문과에 급제하고 한림원 대표 학사였다.

도병마사(都兵馬使)를 겸직하면서 북쪽의 거란족을 토평한 공으로

고창 오씨의 시조공 오학린 영전
(출처 : 오순덕 교수)

전북 고창을 식읍(食邑)으로 하사받고, 고창 오씨의 시조가 되어 후손들이 고창을 본관으로 하여 문중을 이어왔다. 한림공은 한국역사에서 조명된 최초의 오씨 인물로서 고려사에 그 내용이 상세하게 기록되어 있다.

한림원 승지(장관급)로서 문교 국방 외교 중책을 수행한 사실은 고려왕조 통치 사료를 반추해 봄으로써 알 수 있다. 『동인문집(東人文集)』『삼한귀감(三韓龜鑑)』『동문선(東文選)』에 그 기록이 남아있다. 이와 같은 한림공의 업적은 전국의 오씨가문에 긍지와 자부심을 갖게 한다.

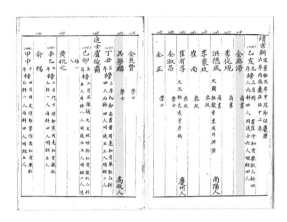

고창 오씨의 시조공 오학린 문과 급제 기록

오학린 시조는 고창의 향현사(鄕賢祠)와 황해도 평산의 죽림사(竹林祠)에 제향(祭享)되어 후손들의 추모를 받고 있다.

오나라 왕 오태백(吳太伯)

고창 오씨 시조인 오학린 공의 선조는 어디에서 왔을까?

전 세계 오씨의 근원은 중국 춘추시대 오(吳)나라의 초대 군주인 오태백(吳太伯)이다. 오나라는 지금의 상해 일대에 존재하던 춘추시대의 나라 중 하나로 오태백은 바로 이 오나라의 시조(始祖)이다. 사마천의 『사기』 중

「오태백세가(吳太伯世家)」에 그에 관한 기록이 있다.

"주(周)나라 고공단보(古公亶父)에게는 태백, 중옹, 계력의 세 아들이 있었다. 장남인 태백과 차남 중옹은 막내동생 계력에게 후계자의 자리를 양보하여 장강 남안의 형산(衡山)으로 가서 정착하여 그 땅의 제후가 되었다.

나중에 계력은 형인 태백과 중옹을 중원으로 불러들이려 했지만, 태백과 중옹은 계력의 말을 거절하였고, 온몸에 문신을 새겼다. 당시에 문신을 새기는 것은 이민족의 풍습이었으므로 자신들이 중원으로 돌아갈 생각이 없음을 보여준 것이다. 이후 태백과 중옹은 자신의 나라를 세우고 국호를 구오(句吳)라 칭하고, 태백은 장강 지역 사람들에 의해 추대되어 오나라를 건국하고 왕이 될 수 있었다."

오태백 시조의 정확한 출생과 서거 시기는 미상이나 대략 주나라(BC 1046~BC 256)의 초창기 인물임을 유추해 볼 수 있다. 오씨 계보는 현재까

오태백의 묘(출처: 중국인물사전)

吳氏开氏始祖泰伯公像

오씨의 시조 오태백(출처 : 중국인물사전)

지 약 3천여 년에 이르고 있다.

나는 전국 고창 오씨 한림공 종중에서 수석 부회장을 맡아 2019년 춘추 전국시대 오나라의 수도였던 중국의 우한(Wuhan, 武漢)을 방문한 적이 있다. 그곳에는 오태백의 묘가 있다. 3천여 년의 오랜 세월에도 시조의 묘가 잘 보존되고 있어 놀라지 않을 수 없었다.

중국 춘추시대의 왕 중 현재까지 남아있는 왕 무덤이 4개밖에 없다고 한다. 그중 하나가 바로 오태백의 무덤이다. 조상 오태백의 묘는 푸른색 대리석을 쌓아 만들었고, 높이는 2m이고 직경은 3m 정도다. 묘비는 사방형이며 정면에 '태백묘'라는 세 글자가 전서(篆書)로 고풍스럽게 쓰여 있다.

오태백 시조의 무덤을 보면서 3천년 전에 나의 조상이 존재했다는 실체적인 사실에 경이로움을 금할 수 없었다.

중국 우한에서 한국 오씨 비석 제막 기념식에서

8
손주에게 전하는
메시지

인사 잘하라

　우리는 사람들에게 존중의 표시로 인사를 한다. 나는 어려서부터 어머니에게 인사 잘하라는 말을 참 많이 듣고 성장했다. 인사 잘하는 사람은 어디를 가나 환영받고 사랑받는다. 자신의 겸손함을 보여주는 태도이다.

정면 돌파

　어떤 일이든 회피하거나 변칙을 찾지 말고 정공법으로 돌파해라. 변칙은 원칙을 이길 수 없다. 원칙 있는 삶은 아무리 강조해도 지나침이 없다.

시작한 일은 끝내라

일을 시작하기 전에 모든 가능성을 두고 검토하고 발로 뛰어서 직접 확인하고 또 점검한 다음 착수해야 한다. 큰 일이나 작은 일이나 같은 기준으로 결정해야 한다. 이렇게 시작한 일은 절대 포기하지 말라.

"절대로 포기해서는 안 된다(Never, never, never, give up!)." (처칠 수상)

탈무드의 78 : 22의 법칙

군중 심리에 현혹되지 말라. 이 세상을 이끄는 것은 78%가 아닌 22%다. 지혜와 능력을 가진 22%의 사람들이 세상을 주도한다.

지구상에 모든 사물(事物)은 78:22로 구성돼 있다.

보증 서지 말라

성경에는 "남의 빚에 보증을 서지 말라(잠언 22:26)"는 말이 자주 나온다. 남의 보증서에 서명하는 일은 어리석은 일이다.

식사는 꼭 챙겨라

생존의 첫째 조건은 식사다. 맛, 기분에 기만당하지 말고 입에 넣고 목에 넘기면 몸이 알아서 해결해 준다. 식사가 건강 유지의 기본이고 건강한 몸에 건전한 정신이 깃든다는 사실을 잊지 말자.

신선한 음식만 먹어라

아무리 배가 고파도 상한 음식을 먹으면 안 된다. 선도가 떨어진 과일과 채소는 이미 부패가 진행되고 있다. 그것을 먹으면 질병을 부른다. 변색된 아몬드, 땅콩, 호두 등의 견과류는 이미 부패한 것이다. 먹지 말라. 신선한 것만 먹어라.

기호품 선택 기준

기호품은 최소화하고, 평생 사용해도 후회 없는 것 한두 가지만 선택하라. 많은 걸 탐하면 빈곤해지고, 인간의 욕구는 끝없이 치솟는다. 생활용품은 용도에 맞는 것만 찾아 쓰고, 일회용품은 비싼 것을 구매하지 말아라.

남 탓하지 말라

리더가 될 사람은 남을 탓을 해서는 안 된다. 자신의 실수를 숨기려고 남 탓을 하는 자는 스스로 소인배라 선언하는 것이다. 리더는 모든 게 내 탓이라는 책임의식을 갖는다.

부지런하라

성경에는 "일하기 싫어하거든 먹지도 말라(데살로니가후서 3:10)"고 했다. 부지런한 사람이 흘린 땀은 냄새가 아니라 향기로운 성취의 삶을 누리게 된다.

어머님과 손주들

돈 교육

돈을 아끼면 재물이 쌓이고, 노년이 행복하다. 아낀 돈은 자신과 이웃에게 좋은 영향을 미친다. 유대인은 어려서부터 경제 교육을 시킨다.

13세 성인식을 할 때 친지들이 모아준 축하금으로 부모의 책임하에 투자하여 경제를 배운다. 유대인은 세계 인구의 0.2%에 불과하지만 미국 최고 부자의 40%, 노벨상 수상자의 22%를 차지한다.

정직과 성실에 바탕을 둔 수익을 창출하고 번 돈의 10분의 1을 기부하는 기부정신을 실천하고 있다.

힘이 되는 사람이 되라

사람 중에는 짐이 되는 사람이 있고 힘이 되는 사람이 있다. 언제 어디서든지 남에게 힘이 되는 사람이 되라.

기죽이는 모임에 가지 말라

"사람은 무엇으로 사는가." 톨스토이는 사랑으로 산다고 했다. 사랑은 용기와 힘을 준다. 반면, 기를 죽이는 사람이나 모임이 있다면 그런 자리는 가지 말라.

남을 칭찬하고 미운 사람을 위해 기도하라

남을 비판하는 사람은 자신도 비판받는다. 남의 장점을 보고 칭찬하라. 예수님은 "너희 원수를 사랑하며 너희를 박해하는 자를 위하여 기도하라 (마태복음 5:44)"고 말씀하셨다. 미운 사람을 용서하지 않으면 자신이 힘들다. 미운 사람을 위해서 기도할 때 마음의 평화가 깃든다.

경거망동 하지 말라

좋은 일이든 궂은 일이든 경거망동하지 마라. 마음의 평정을 가져라. 좋지 않은 일에는 냉철하게 대처하고, 기쁜 일에는 감사하고 겸손해라.

천국 갈 때까지 명함(일)을 가져라

명함은 자신을 소개하는 알림장이다. 세상을 떠날 때까지 자신의 명함을 가질 수 있는 사람은 할 일이 있어서 행복하다. 자신의 몸을 움직이는데 불편하지 않다면 하고 싶은 취미나 선한 일에 도움이 되라.

도덕성이 결여되면 존경받지 못한다

서양의 귀족들은 '노블레스 오블리주(noblesse oblige)'라고 하여 평민들로부터 존경을 받는다. 이들에게 '내로남불'의 자세는 통하지 않는다. 도덕성이 결여되면 존경받지 못한다. 자신을 반성하는 자는 가장 훌륭한 성자가 서 있는 땅보다 거룩하다.

선을 행할 때는 그것이 초래하는 어려움과 그것이 가져다줄 행복을 함께 저울에 올려보고, 악행이 주는 일시적 쾌락과 그 뒤에 따를 불행을 함께 저울에 올려보라. 탈무드의 질문이다.

나만의 자존감을 가져라

자기의 정체성을 인식하고 자신의 장점과 강점을 극대화할 때 자존감이 높아진다. 나를 존귀하게 여기는 자존감을 가질 때 자긍심이 커진다.

품격을 높여라

내 삶에 품격을 높여라. 어떠한 상황에도 자신의 감정과 행동에 신중해야 한다. 반듯한 몸 가짐, 단정한 옷 입기, 교양 있는 말씨, 바른 식사 예절이 바로 품격을 높이는 것이다.

어린아이는 어른의 아버지다

나는 꿈이 있는 동요를 좋아한다. 내가 애송하는 동요는 〈꽃 가지에 내리는〉, 〈옹달샘〉, 〈누가 누가 잠자나〉, 〈구름이 구름이〉이다. 동요를 부르거나 감상하면 동심이 살아나고 마음이 맑아지는 것을 느낀다. 영국의 시인 윌리엄 워즈워드는 〈무지개〉 시에서 "어린아이는 어른의 아버지(The Child is Father of the Man)"라고 노래했다.

아들, 며느리, 손주들과 함께

사업과 금융

신규 사업을 할 때는 대기업을 대상으로 하거나 소비자를 대상으로 하는 사업을 목표로 삼는 게 좋다. 중소기업이나 영세기업을 대상으로 하는 사업은 피하기를 권하고 싶다.

금융기관에서 대출받을 때 언제든지 상환할 수 있는 금액 안에서 빌리고, 그 이상의 자금을 차입하는 것은 화를 초래한다. 은행직원이 권하는 보험 또는 수익성 보장을 강조하는 어떠한 상품에도 현혹되지 말기를 바란다. 은행도 기업이며 피해는 가입자가 입게 된다는 점을 유념하라.

아들에게 결혼할 때 일러주는 말

1. 하나님을 경외(의지) 하라.
2. 생명을 소중하게 여겨라. 하나님과의 약속이다.
3. 겸손의 지혜로 인생을 살아라.
4. 남자(가장)의 책임과 역할을 다 해라.
5. 부부간에 화목하고 변치 않는 사랑을 보여라.
6. 부모를 존경하고, 형제간에 서로 존중하고 우애하라.
7. 일과 직업에 최선을 다해라.
8. 돈을 모으고 귀하게 여기고 사용하라.
9. 명분보다 실리를 추구하라.
10. 삶에 목표를 세워라.
11. 남에게 나약한 모습을 보이지 마라.

맏며느리에게 당부하고 싶은 말

1. 인사성 있는 사람이 되라.
2. 마음을 넓혀주기 바란다.
3. 소아적 발상을 바꾸고, 크게 생각하라.
4. 어른 물음에 성의있는 대답을 하라.
5. 인간은 생존이 기본임을 인식하라.
6. 시가에 조기 동화하고, 새 환경에 적응하라.
7. 시가의 가치관을 존중하라.

8. 능동적인 삶의 자세를 가지고 살아라.

9. 남을 기다리게 하거나 궁금하게 하지 말라.

10. 인간은 스스로 필요한 존재가 되기 위해 노력하고 살아가는 것이다.

11. 가문을 이끌고 집안의 윗자리에 있음을 명심하라.

12. 사람 관계는 가슴(마음)으로 계획하고 판단은 머리(지식, 경험)로 하라.

며느리에게 권하고 싶은 말

1. 이 집안의 객이 아닌 주인이 되라.

2. 옛 것에 미련을 두지 마라.

3. 여기서 내 모든 꿈을 실현시켜라.

4. 시가와 친정을 참고는 하되 비교하지 마라.

5. 50대에 철 들지 말고 20대에 철 들어라.

6. 50대의 내 남편, 나, 자식들의 미래의 모습을 상상하며 살아라.

7. 부부간에 서로 사랑하며, 존경심을 가져라.

8. 몸과 마음이 부유하게 살아라.

9. 남편과 의견 대립시 먼저 양보하고 진정된 후 개진하라.

10. 시가의 흉은 자신의 허물임을 인식하고 남에게 노출하지 마라.

11. 남의 것을 내 것으로 오인하지 마라.

12. 사람은 생각하는 대로 살아 간다는 것을 잊지 마라.

9
행복과 차원

행복은 생활에서 충분한 만족과 기쁨을 느끼어 흐뭇한 상태를 말한다. 그래서 행복은 주관적이다. 행복에 이르는 비결은 무엇일까. 남과 비교하지 않는 것이다.

행복하기에 가장 이상적인 조건은 가득 채워진 상태가 아니라 앞으로 채울 공간이 있는 삶이다. 무언가 채울 것이 있는 상태에서 한 가지씩 채워 나가는 것, 부족한 것을 조금씩 메워가는 것이 행복이다. 받아서 얻는 행복보다 주어서 얻는 행복이 더 값지다. 예수님도 "주는 것이 받는 것보다 복이 있다(사도행전 20:35)"고 말씀하셨다.

탈무드에서는 남을 행복하게 해주는 것은 마치 향수를 뿌려주는 일과도 같다고 했다.

차원(Dimension)

차원은 우리가 존재하는 공간의 특성과 차원의 개념에 따라 다양하게 이해될 수 있다. 차원은 수학, 물리학, 철학 등 다양한 분야에서 다른 의미로 사용된다.

수학에서 차원은 공간 내의 독립적인 축(axis)의 수를 나타내고, 일반적으로 우리가 경험하는 물리적인 공간은 3차원으로 설명된다. 이는 세 개의 독립적인 축인 가로, 세로, 높이를 가지는 것을 의미하지만 수학적으로는 1차원, 2차원, 3차원, 그 이상의 다른 차원도 존재할 수 있다.

물리학에서 차원은 시공간(時空間)의 특성을 설명하는 데 사용된다. 알버트 아인슈타인(Albert Einstein)의 상대성 이론에서는 시공간을 4차원으로 설명한다. 이 4차원 시공간은 세 개의 공간 차원과 하나의 시간 차원을 포함하며, 우리가 경험하는 사건의 위치와 발생 순서를 설명하는 데 사용된다.

철학적인 관점에서 차원은 존재의 수준이나 현실의 이해를 나타낸다. 예를 들어, 1차원적인 존재는 단순한 선형적인 존재로 이해될 수 있고, 다차원적인 존재는 다양한 측면과 복잡성을 가진 현실을 나타낼 수 있다. 이러한 철학적인 차원의 개념은 현실의 복잡성과 다양성을 이해하고 설명하는 데 도움을 줄 수 있다.

차원은 이러한 다양한 분야에서 개념적인 도구로 사용되며, 우리가 경험하는 세계와 그 이상의 현실을 이해하고 설명하는 데에 중요한 역할을 한다. 다양한 차원의 개념은 우리가 주어진 문제나 현상을 분석하고 해결하는 데 도움을 주며, 우리가 사고하는 방식을 넓히고 새로운 관점을 개발하는 데에 기여한다.

차원이란 사물을 보거나 생각하는 처지, 차이를 의미한다. 또, 지위나 품질 따위의 일정한 표준의 정도(수준)를 뜻한다. '차이 나는 클래스'란 TV프로그램이 있다. 각 분야의 최고 전문가들이 강의를 하고 패널로부터 질문을 받는 내용을 다루고 있어 좋아하는 시청자가 많다. 왜 그럴까? 강의 내용이 차이가 나기 때문이다. 삶에 있어서도 차원이 다르면 차이가 나는 법이다.

행복은 모든 차원에 존재하지만 차원에 따라 달라진다. 아래 일화를 통해 삶을 이해하는 차원이 다르면 삶의 태도나 방식이 어떻게 달라지는 알아보자.

하루살이와 메뚜기

후덥지근한 여름날 하루살이가 떼거리로 몰려와, 정신없이 볏잎을 갉아먹는 메뚜기에게 "야, 너 뭘 그렇게 먹고 살겠다고 땀 뻘뻘 흘려가며 그러고 사니? 우리와 같이 훨훨 날아다니며 친구들하고 놀면서 살지!" 하며 다가왔다.

이에 메뚜기는 "얘들아, 말은 고맙지만, 오늘은 내가 바빠. 내일 오후 날씨가 좀 선선해지거든 그때 같이 놀자."

하루살이가 말했다. "야, 내일이 어디 있냐? 이 정신 나간 놈아. 내일 너 혼자 잘 놀아."

메뚜기와 제비

메뚜기가 하루는 볏잎을 갉아먹고 있는데, 제비가 날아와 흙과 풀잎을 번갈아 물어가고, 쇠파리도 잡으면서 먹지도 않고 일만 하는 제비에게 말했다.

"넌 왜 그렇게 살아? 나같이 볏잎 사이 그늘에서 친구들과 더우면 미역이나 감으며 놀고 살지! 이리 와서 같이 놀아."

제비가 "나는 지금 그럴 시간 없어. 새끼들 살 둥지도 수리해야 하고, 갓 깨어난 새끼들 먹이도 잡아줘야 해, 그러니 꽃 피고 종달새 노래하는 내년 봄에 우리 만나면 얼마나 반갑고 좋겠니!" 하니까, 메뚜기가 "야, 넌 참 이상하다. 도대체 내년은 무엇이고 또 봄은 뭐니? 이 정신 나간 놈아!" 하고는 날아가 버렸다.

제비는 혼자서 "내년은 반드시 오고 새봄도 다시 오는데, 차원이 달라도 너무 달라"라고 중얼거리면서 가족이 있는 둥지로 돌아갔다.

파랑새

노벨 문학상 수상자인 벨기에의 작가 모리스 메테를링크(Maurice Maeterlinck)는 『파랑새』라는 희곡에서 "행복은 가까이에 있다"는 진리를 알려준다.

주인공은 행복의 상징인 파랑새를 찾아 멀리멀리 갔지만 끝내 찾지 못하고 피곤하고 지친 몸으로 집으로 돌아오니 집에 파랑새가 있다는 이야기다.

"세상에는 사람들이 생각하는 것보다 훨씬 많은 소박한 행복들이 있거든요. 하지만 대부분의 사람들은 그런 행복을 전혀 알아보지 못해요."

"너희 집은 문이랑 창문이 터질 정도로 행복으로 가득 차 있어!"

그렇다. 행복은 멀리 있는 것이 아니라 가까이에 있다. 지친 몸을 누일 수 있는 집, 서로를 아껴주고 사랑하는 가족, 맑은 공기와 아름다운 자연 등 일상의 소소한 것들이 우리에게 얼마나 많은 행복을 가져다주는지 모른다. 또한, 내가 행복을 찾을 때 이웃에게도 행복을 전해 줄 수 있는 법이다. 내가 행복해야 남을 행복하게 해 줄 수 있다.

행복은 만족하고 감사하는 데서 찾아온다.

행복은 감사의 문으로 들어오고 불평의 문으로 나간다고 하지 않는가. 감사하는 마음이 없으면 행복은 저 멀리 달아나 버린다. 파랑새를 생각하니 "범사에 감사하라"는 성경 말씀이 더욱 친근하게 다가온다.

10
탈무드의 삶의 지혜

책을 읽고 깊이 있게 생각하지 않는다면,
당나귀가 책을 싣고 길을 걷는 것과 다를 바 없다.
- 탈무드 -

나는 책을 읽고 글쓰기를 좋아한다. 책상에 앉아 필기하며 공부할 때 행복하다. 경주 입실 할아버지 댁에서 함께 살던 때였다. 할아버지 댁에는 내 마음을 사로잡은 아주 멋진 나무 책상이 있었다. 옆면과 다리에 조각을 넣은 책상이었다. 초등학교 입학 전이었는데 무척 갖고 싶었지만, 삼촌이 결혼하면서 책상을 가져가서 어린 마음에도 서운했던 기억이 난다.

그래서인지 지금도 책상에 앉아 책을 읽으며 좋은 글귀나 마음에 새길 내용을 노트에 메모하는 시간을 좋아한다.

어릴 때부터도 나는 스승을 찾는 마음이 컸다. 그래서 주로 어른들 곁에서 지냈다. 궁금한 내용이 있으면 알 만한 어른을 찾아 여쭤보았다. 그러면 어른들은 친절하게 설명을 해주거나 책을 선물했다. 그 책을 읽으며 내가 몰랐던 세상을 보게 되고 삶의 지혜까지 얻으니 무척 즐거웠다. 책은 나에게 훌륭한 스승이었다.

그래서 평생 책을 가까이했다. 좋은 내용은 노트에 적어 오래 기억하고 삶에 적용했다. 유대인의 『탈무드』와 맥스웰 목사의 『성공한 사람의 태도 101』이 그런 책이다. 밑줄 그어가며 참 열심히 읽었다. 읽어보니 어릴 때 부모님께서 "단추 풀고 다니지 말고 잘 잠그고 다녀라"고 가르치셨던 것과 같은 내용이었다. 그것은 삶을 대하는 마음가짐, 태도, 자세에 관한 것이었다.

지혜의 숲 『탈무드』는 내가 제일 좋아하는 책이다. '탈무드(Talmud)'란 '위대한 연구'라는 뜻으로 유대 민족을 지탱해준 생활 규범이자, 율법 그 자체이다. 5천 년에 걸친 유대 민족의 지적 자산이 농축되어 있는 경전임과 동시에, 세상을 살아갈 때 꼭 필요한 지혜로 가득 차 있는 책이다. 그래서 『탈무드』는 단순히 읽는 책이 아니라 삶을 공부하고 배우는 책이라고도 한다.

나는 『탈무드』를 좋아해서 회사 직원들과도 『탈무드』를 공부했고, 손주들이 어릴 때 매주 토요일에 『탈무드』를 함께 읽었다. 손주들에게는 조금이라도 유익하면서도 재밌는 시간이 되도록 무척 고민하고 성실하게 준비했었다.

내가 『탈무드』를 좋아하는 데는 이유가 있다. 성경이 "하나님의 이야기"라면 『탈무드』는 현실 속에서 "인간이 살아가는 지혜를 담은 이야기"이기 때문이다.

나는 탈무드의 내용들을 메모하고 자주 읽어본다. 탈무드의 많은 교훈 중에서 내 마음을 요동치게 했던 말들을 발췌해 보았다. 깊이 새겨보고 삶의 여정에 도움이 되면 좋겠다.

유대인과 돈

"몸은 마음에 의지하고, 마음은 지갑에 의지한다."

유대인은 돈을 경멸하지 않는다. 유대인은 어려서부터 돈의 소중함과 돈이 만들어내는 힘을 배운다. 그렇다고 수전노가 되라는 뜻은 아니다. 번 돈의 10분의 1을 기부하는 데서 알 수 있듯 탐욕이 아니라 정직과 근면에 바탕을 둔 수익 창출을 생활화하고 있다.

가정과 부부

"가정 안에서 부도덕한 행위를 하는 것은 마치 과일에 벌레가 생기는 것과 똑같다. 어느 사이인가 잘못이 번져나가기 때문이다."

이 세상에서 누구보다도 행복한 사람은 현명한 부인을 가진 남자이다.

이유 없이 아내를 학대하지 말라. 하나님은 지금도 당신 아내의 눈물방울을 빠짐없이 세고 있기 때문이다.

모든 병마 중에서도 마음속 병만큼 더 괴로운 것은 없다.

또한, 갖은 죄악 중에서도 악처만큼 더 나쁜 것도 없다.

이 세상에서 다른 무엇과도 바꿀 수 없는 것은 젊어서 결혼하여 함께 고생해온 늙은 아내이다. 남자에게 있어서의 집은 아내이다. 아내를 선택할 때는 겁쟁이가 되어야 한다.

자녀 교육

* 아이들을 키울 때 차별을 두어 가르치는 것은 안 된다.
* 아이들이 어렸을 때는 엄하게 꾸짖어 가르치고, 다 자란 뒤에는 작은 일로 꾸짖지 말라.
* 아이들이 어렸을 때는 엄하게 가르쳐야 하지만, 두려워하게 하는 것은 잘못된 것이다.
* 아이들을 나무랄 때는 한 번만 호되게 꾸짖어야 한다. 잔소리처럼 계속 나무라면 좋지 않다.
* 아이들과 어떤 약속을 하였다면 반드시 그 약속은 지켜야 한다. 만약 약속을 지키지 않으면 당신은 아이들에게 거짓말을 가르치고 있는 셈 이다.

아이들은 자기 아버지를 존경해야 한다. 아버지가 다른 어떤 사람과 언쟁을 벌이고 있을 때, 자식들은 다른 사람의 편에 서서는 안 된다. 자식들이 아버지를 존경하고 순종하는 것은 아버지가 자식들을 위해 의식주를 해결해 주기 때문이다.

"자식에게 물고기 한 마리를 주지 말고, 물고기 잡는 방법을 가르쳐 주라." 아이를 가르치지 않는 것은, 도둑이 되도록 가르치는 것과 같다.

언제나 바르게 행동하라. 특히, 아이들을 대하는 데 있어서 바르게 하라.

만나는 모든 사람으로부터 무엇인가 배울 수 있는 사람이 가장 현명한 사람이 된다.

세 부류의 친구

"세 부류의 친구가 있다. 첫 번째 부류는 음식과 같아서 매일 필요하다.
두 번째 부류는 약과 같아서 가끔 필요하다.
세 번째 부류는 질병과 같은 것으로 항상 피해 다녀야 한다."

* 아내를 선택할 때는 한 계단 낮추어 선택하라
* 친구를 고를 때는 한 계단 올려 선택한다.
* 벗이 화가 나 격해 있을 때는 달래려 하지 말고, 슬픔에 잠겨 있을 때도
  위로하지 말라.
* 두 사람이 싸웠을 때, 먼저 타협하는 사람이 인격이 높은 사람이다.
* 싸움이란 냇물과 같다. 한번 작은 냇물이 생기면 큰 냇물이 되어서 다
  시는 작은 냇물로 돌아오지 않는다.
* 사람들 앞에서 모욕을 주는 것보다는 차라리 피를 흘리게 하는 것이
  낫다.
* 친구인 체하는 사람은 마치 철새와 같아서 날씨가 추워지면 당신 곁을
  떠난다.
* 한 사람의 오랜 친구가 열 사람의 새로운 친구보다 낫다.
* 새 친구 사귀려고 옛 친구 버리지 말라
* 친구가 비록 꿀처럼 달더라도 혀로 다 핥아먹지 말라.

두 시간의 질

왕의 포도원에서 일꾼들이 일하고 있었다. 그중 한 일꾼은 비상한 능력이 있어 다른 일꾼들보다 유난히 뛰어났다.

어느 날 왕이 포도원을 찾아와 뛰어난 능력의 일꾼과 함께 포도원을 산책했다. 유대인의 관례대로 일한 품삯을 매일 지불했다. 그날도 하루의 일이 끝나자 일꾼들이 돈을 받아가려고 차례로 줄을 섰다.

일꾼들은 모두 같은 임금을 받고 있었는데, 능력이 뛰어난 그 일꾼도 같은 금액의 돈을 받자, 다른 일꾼들이 왕에게 항의했다.

"이 사람은 두 시간밖에 일하지 않았으며, 나머지 시간은 임금님과 함께 지냈다. 그런데도 우리와 똑같은 임금을 받는다는 것은 불공평하다."

그러자 왕은 이렇게 말했다.

"이 사람은 두 시간 동안 너희들이 종일 걸려서 한 일보다 더 많은 일을 해냈다."

오늘 28세의 나이로 사망한 랍비가 있다고 하자. 다른 사람들이 100년을 살면서 한 것보다 더 많은 일을 했을 수도 있다. 이는 사람이 몇 년 동안 살았는가 하는 것이 중요한 것이 아니라 얼마나 많은 업적을 남겼는가가 중요한 것이다.

현인의 자세 7가지

① 현명한 사람 앞에서는 침묵한다.

② 상대의 말을 중간에서 끊지 않는다.

③ 대답을 침착하게 한다.

④ 항상 핵심만 뽑아 질문하고, 대답을 조리있게 한다.

⑤ 먼저 해야 할 것과 나중에 할 것을 구분해야 한다.

⑥ 모르는 것은 스스로 솔직하게 인정한다.

⑦ 진실은 망설이지 않고 인정한다.

마음을 편하게 하는것

사람의 마음을 편하게 하는 것은 좋은 음악, 조용한 풍경, 좋은 향기, 좋은 음식이다.

생활 수칙

* 불필요한 위험에 자신을 노출시키지 마라.

* 남을 도와줄 땐 조건을 달지 마라. 조건을 달면 품만 팔고 욕만 먹는다.

* 비밀을 감추고 있는 한 비밀은 당신의 포로다. 그러나 당신이 그것을 말해 버리는 순간 당신은 비밀의 포로가 된다.

그릇의 용도

어느 날 로마 황후가 학식이 높고 지혜로운 랍비의 소문을 듣고 그를 황궁으로 초대했다. 포도주 한 잔을 대접하며 보니 랍비가 너무나 못생겼다. 그래서 "선생, 그 높은 학식과 지혜가 못생긴 그릇에 담겨 있군요"라고 비아냥댔다.

랍비는 끄떡도 하지 않고 "이거 못생겨서 죄송합니다. 그런데 황후마마, 황궁에서는 이 포도주를 어디에 담그시는지요?"

황후가 대답했다. "포도주는 나무통에 담그지요."

랍비는 깜짝 놀란 표정으로 "천하를 지배하는 로마 황제가 드시는 포도주를 보잘것 없는 나무통에 담으십니까? 응당 금 항아리와 은 항아리에 담그셔야지요?"

그 말을 듣고 황후는 일반 백성들이 먹는 포도주와 차별화한다고 금·은 항아리에다 포도주를 담갔다. 그러나 금·은 항아리 속의 포도주는 맛이 변해 먹을 수 없게 되었다.

결국, 황제가 황후를 꾸짖으며 "황후, 포도주는 나무통에 담아야 제맛이 나는 거요. 금·은 항아리에 담그면 맛이 변한다는 것을 몰랐단 말이오?"

화가 난 황후가 랍비를 불러 추궁하자 이렇게 대답했다.

"황후마마, 나쁜 뜻으로 그런 것은 아닙니다. 저는 좋은 것은 보잘 것 없는 그릇에 담아두는 게 더 좋을 때도 있다는 것을 가르쳐 드리려고 한 것뿐입니다."

맹인의 배려

어떤 사람이 캄캄한 밤에 거리를 걷고 있었다. 그때 맞은편에서 한 맹인이 등불을 들고 걸어왔다. 그 사람이 맹인에게 물었다.

"당신은 맹인인데 왜 등불을 들고 다니지요?"

그러자 맹인이 대답했다.

"내가 이 등불을 들고 걸어가야 눈 뜬 사람들이 맹인이 걸어가고 있다는 것을 알 수 있을 테니까요."

왕의 양보

왕과 신부의 결혼 행차가 한 길에서 만났다. 당연히 신부의 마차가 왕의 행차에 길을 양보해야 했다. 그런데 오히려 왕이 신부의 행렬에 길을 양보했다.

그러자 현자들이 그의 행동을 칭찬하면서 어떻게 그렇게 할 수 있느냐고 물었다.

왕은 "나는 매일 왕관을 쓰지만, 신부는 그날 하루 극히 짧은 시간에만 왕관을 쓸 기회가 있기 때문이다"라고 대답했다.

겸손

* 하나님은 자신을 낮추는 사람은 높이시고, 잘난 체하는 사람은 낮추신다.
* 당신의 혀에게 "나는 잘 모릅니다"라는 말을 열심히 가르쳐라.
  그것은 바로 "겸손"을 의미하기 때문이다.
* 겸손은 자신을 낮추는 것이지만 존경받는 지렛대가 된다.
* 가장 훌륭한 지혜는 친절함과 겸손함에 있다.
* 물이란 본디 산 정상에 머물지 않고 계곡을 따라 흘러가는 법이다. 진
  정한 미덕은 다른 사람보다 높아지려고 하는 사람에게는 머무르지 않
  는다. 겸손하고 낮아지려는 사람에게만 머무는 법이다.

11

사장님,
뵙고 싶습니다

핸드폰에 모르는 전화번호가 떠서 한참을 기다리다 받았다.

"사장님, 안녕하세요. 삼성전관에 있던 이인수입니다."

이인수 사장은 나를 만나기 위해 백방으로 수소문하여 전화번호를 얻었다고 말문을 열었다.

"꼭 뵙고 싶습니다. 부산에 한 번 오시면 식사를 모시고 싶습니다."

그는 며칠이 지나서 다시 전화를 걸어 빠른 시간에 만나고 싶다며 부산 방문을 진지하게 부탁했다. 몇 달 전 심장 수술을 받은 터라 장거리 여행이 쉽지 않으니 자신이 사는 부산에서 만나고 싶다며 양해를 구했다. 나도 그 옛날 삼성전관과 함께 '리드 어셈블리 개발'하던 때가 생각이 나서 빨리 부산으로 달려가고 싶었다.

지난 3월 초 기대와 설렘을 안고 부산행 열차에 몸을 실었다. 부산역에 도착하니 마중 나온 그가 반갑게 맞아 주었다.

"우리 지역에 신축한 호텔이 있어요. 33층 음식점이 전망이 좋고 음식도 맛있어서 꼭 대접하고 싶었습니다."

30여 년 만에 만났는데 옛날의 모습이 남아 있어 반갑고 고마운 생각이 들었다. 오랜 세월 속에서도 잊지 않고 기억해 준다는 사실이 눈물겹도록 감사한 일이 아닌가.

그는 삼성전관에 입사하여 그곳에서 퇴직한 후 계열사의 사장으로 재직하였다며 그간의 지나온 길을 소개했다.

"사장님, 어떻게 그 시절 아무도 생각하지 못했는데 선각자 역할을 할 수 있으셨나요? 세월이 지날수록 사장님의 선견지명에 궁금증이 더해 갔습니다."

그는 계속해서 말을 이어 나갔다.

"당시 모두가 TV에 들어가는 부품을 일본에 의존하던 시절이었잖아요. 어떻게 일본을 뒤로 하고, 탈일본화를 부르짖으며 유럽과 미국으로 발길을 옮기셨는지, 탁월한 안목을 지니신 분이라 생각했어요. 세월이 지난 오늘까지도 잊을 수가 없습니다."

이런저런 이야기들이 궁금해서 꼭 만나서 이야기를 듣고 감사의 표시로 식사를 모시겠다는 생각을 했다고 설명해 주었다. 그러면서 힘주어 말했다.

"많은 부품과 소재를 개발하시어 삼성전관 TV 브라운관 증설에 발맞추어 시의적절한 부품 공급으로 세계시장 공략에 기여한 공로는 빛나는 업적이 아닐 수 없습니다."

그는 내가 민망할 정도로 의미와 가치를 부여했다.

"사장님, 이런 이야기들을 꼭 책을 써서 기록으로 남기셔야 합니다."

그는 작가처럼 기록의 중요성을 강조했다.

나는 그가 무척 고맙게 느껴졌다. 잊지 않고 백방으로 수소문하여 연락하고 만남을 주선한 정성과 따뜻한 마음에 감동했다. 사실 그런 마음이 있더라도 행동으로 옮기는 건 쉽지 않은 일이다. 불편한 몸인데도 불구하고 그가 대화의 자리를 마련한 실천력이 대견해 보였다.

내가 했던 일들이 추억 속으로 아련히 사라져 가는 시점에 내 인생의 절정의 순간들을 회상시켜 주고 격려해 주어서 여간 큰 힘이 되는 게 아니었다. 그때 밤잠을 설치며 부품개발에 매달렸던 시절을 기억하고 돌아볼 수 있어서 진한 감동이 밀려왔다. 우리는 치열했던 그 시절을 생각하며 헤어지기가 아쉬웠다.

나도 그에게 힘주어 말했다.

"사장님, 빠른 치유로 온전히 회복하시어, 우리가 힘써 이룩한, 멋진 선진국 대한민국에서 천국같은 삶을 함께 누리며, 남은 세월 건강하게 살아갑시다."

서로 포옹하고 작별을 했다.

그는 '오뚜기 강황환' 상품을 추천하면서 "노인 치매 예방에 효과가 좋으니 꼭 복용하세요"라고 내 건강까지 챙겨주었다.

떨어지지 않는 발걸음을 뒤로한 채 서울로 향했다. 올라오는 열차 속에서 좋은 사람을 만나 좋은 이야기를 나누고 올라오는 발걸음은 가볍고 아름다운 추억이 감미로운 선율처럼 다가왔다. 부산 나들이는 짧은 시간이었으나 많은 이야기를 나눌 수 있었다.

즐겁고 유익하고 행복한 시간이었다. 공자가 설파한 "유붕자원방래불역낙호(有朋自遠方來不亦樂乎), 벗이 있어 멀리서 찾아오면 또한 즐겁지 아니한가" 구절이 떠올라 더욱 뜻깊은 시간이 되었다. 오래전 업무 파트너를 만나 추억 여행을 하다 보니 어느덧 서울역에 도착했다.

"이인수 사장님, 핵심 부품의 탈일본화를 이루던 시절의 감격을 생생하게 재현시켜 주셔서 고맙습니다."

에필로그 | 덕분입니다!
사랑합니다!
고맙습니다!

"복 있는 사람은 악인들의 꾀를 따르지 아니하며, 죄인들의 길에 서지 아니하며, 오만한 자들의 자리에 앉지 아니하고, 오직 여호와의 율법을 즐거워하여 그의 율법을 주야로 묵상하는도다(시편 1:1-2)."

내가 좋아하는 시편이다. 나는 늘 시편을 묵상하면서 살아왔다. 지금까지 살아온 80여 년을 돌아보니 하나님의 사랑과 은혜였음을 고백한다.

이 자서전을 준비하면서 우여곡절이 많았다. 하지만 자료를 찾고 사진을 정리하면서 그 과정 자체가 행복했다. 지난날을 돌아보니 그때의 기억들이 되살아나 회상하는 것만으로도 저절로 행복한 미소가 번져 나왔다.

초등학교 때 '요셉의 꿈'을 영상으로 보고 요셉처럼 꿈을 꾸며 살고 싶었다. 꿈이 있었기에 환경과 상황이 거칠고 힘들어도 요셉을 생각하며 견딜 수 있었다.

고비 고비마다 좋은 사람을 만나서 합력하여 선을 이룰 수 있었으니 감사한 마음 가득하다.

아버지께 교회 공동체 생활에서 독립을 선언하고 세상에 나왔을 때 나는 세상 물정을 잘 알지 못했다. 언론에 종사하면서 사회를 알아가는 기쁨이 컸다. 공자가 말한 "학이시습지불역열호(學而時習之不亦說乎), 배우고 그것을 제 때에 익히면 또한 기쁘지 아니한가"의 즐거움을 느꼈다.

'점보실업'을 설립하고 전자산업에 뛰어들어 TV 브라운관의 핵심부품인 '리드 어셈블리'를 개발하던 때의 감격은 이루 말할 수 없다. 일본에 의존하던 부품을 독자 개발하여 삼성전관에 공급했다. 그 기쁨과 감동을 어찌 필설로 다 표현할 수 있으랴. 이 땅의 국민으로서, 기업인으로서 국가산업에 중요한 역할을 했다는 사실에 말로 형용할 수 없는 긍지와 자부심을 가졌다. 더불어 회사가 성장하고, 특허를 받고 상공부장관 표창과 대통령이 수여하는 대한민국 훈장까지 받았다.

나는 기업인이야말로 고용을 창출하고 복지를 제공하여 근로자들의 생계를 책임지고 삶의 질을 높이는 애국자라는 자부심으로 사업을 했다. 또, 기업인은 높은 도덕성을 가져야 한다는 신념으로 '노블레스 오블리주'를 실천하기 위한 노력도 게을리하지 않았다.

이런 점에서 삼성그룹의 창업자인 이병철 회장과 현대그룹의 정주영 회장은 한국 경제성장의 쌍두마차 역할을 하셨던 분들이다. 기업이 살아야 나라가 잘되는 법이다. 기업을 통해 고용을 창출하고 근로자에게 급여를 주고 복지를 제공하니 이 얼마나 보람된 일인가.

기업인이 세계를 무대로 뛰면서 한국경제가 세계 10위권의 경제대국으로 발전한 것은 이승만 대통령의 건국정신(建國精神)과 박정희 대통령의 흥국정신(興國精神)이 뒷받침되었기에 가능했다.

이승만 대통령은 건국의 기초를 닦아 대한민국을 수립했고, 6.25전쟁에서 미국을 비롯한 16개국에서 유엔군을 파견하여 싸우도록 했고, 한미군사동맹을 맺어 대한민국의 안보를 지키면서 경제적으로 성장할 수 있는 토대를 만들었다.

박정희 대통령은 기업인과 국민들에게 "잘 살아 보자"는 꿈과 희망을 심어주어 온 국민이 한마음으로 열심히 뛰도록 동기를 부여함으로써 선진국으로 도약할 수 있는 기틀을 마련했다.

진공관 부품 소재인 '마이카' 개발을 위해 인도에 갔다가 위험한 고비를 넘겼던 기억도 새롭다. 그때를 돌아보니 이 또한 아름다운 추억이며 하나님이 나를 날개 밑에 안전하게 보호하여 주셨다. 하나님은 감당하지 못할 시험은 주지 않으시는 분이다. 세계 선진기업을 방문하면서 새로운 세상을 앞서 체험할 수 있었다.

나는 『성경』과 『탈무드』를 좋아한다. 성경 말씀과 탈무드에서 뽑은 구절을 책 곳곳에서 인용했다. 유대 민족은 소수에 불과하지만 노벨상을 가장 많이 받은 것으로 유명하다. 그 힘이 『성경』과 『탈무드』의 지혜에서 왔다고 한다. 그래서 글의 주제가 시작하는 곳마다 탈무드의 교훈을 소개했고 말미에도 탈무드의 지혜를 모아서 실었다.

'꿈, 사랑, 풍요'는 내 삶의 로드맵이고 우리 집 가훈이 되었다. 내 삶을 관통하는 말들을 가훈으로 삼으니 자녀와 손주들에게 전승이 되는 것 같아 흐뭇한 마음이다. 꿈과 사랑의 결과가 풍요다. 풍요는 궁극적으로 가정과 이웃 사랑 그리고 조국 사랑으로 귀결된다. 자녀를 통해 우리의 DNA는 흘러가는 것이다. 가정에 대한 생각을 담아 믿음과 기도를 강조했다. 특히, 손주들에게 '가훈 감상문 공모전'을 냈던 일은 잊을 수 없다.

순주들이 가훈을 얼마나 알고 있을까 궁금하기도 했다. 하지만 이들의 글을 보고 깜짝 놀랐다. 손주들이 가훈의 의미를 깨닫고 느낀 점을 진솔하게 기술하였을 뿐만 아니라, 가훈을 계속해서 자신들의 후손들에게도 전달하겠다는 결심을 보았을 때 하늘을 나를 듯이 기쁜 마음이었다. 감동과 감격의 순간이었다.

부족한 내 삶의 기록을 남기면서 후손들에게 지혜로운 삶으로 인도하는 작은 등불이 될 수 있다면 더 이상 바랄 것이 없다. 또한, 고해와 같은 세상에서 나를 격려하고 용기를 주고 도움을 주면서 귀한 인연을 맺어준 한 분 한 분에게 감사의 인사를 드린다.

덕분입니다! 사랑합니다! 고맙습니다!

지은이 | 자운(紫雲)
오 성 호(吳省昊)

천년 고도 경북 경주가 고향인 저자는 1942년에 태어나 초등학교 졸업 후, 고향을 떠나 경기도 부천에서 낮에는 건설사무소 급사로 일하며 밤에는 야간학교에 나가 주경야독의 길을 걸었다. 이후 '법률보사' 경북 대구지사장으로 활동하면서, 대구 미국문화원에서 세계적인 기업의 정보와 지식을 접하며 본격적인 기업인의 길로 나섰다.

전자 부품업체인 점보실업(주)을 설립하고, '부품 국산화'를 통해 일본으로부터 진정한 독립을 이루어야겠다는 신념으로 TV 브라운관의 핵심 부품인 '리드 어셈블리' 개발에 성공하여 삼성전관(현 삼성SDI)에 공급했다.

한국 전자산업이 세계적인 기업으로 성장하는데 기여한 공로로 상공부장관 표창과 대한민국 산업훈장을 받았다.

항상 배우기를 힘쓰는 저자는 바쁜 일상에서도 영남대학교 경영대학원, 고려대학교 국제대학원, 고려대학교 노동대학원, 서울과학종합대학원 경영대학원 수료, 서울신문 자문위원, 인간개발연구원 자문위원을 역임했고, '점보실업' 사장과 회장을 거쳐 현재 '점보물산' 회장으로 활동하고 있다.

꿈 사랑 풍요

초판 1쇄 발행   2024년 1월 24일

지 은 이   오성호
발 행 인   권선복
편   집   고은프린팅
발 행 처   도서출판 행복에너지
출판등록   제315-2011-000035호
주   소   (157-010) 서울특별시 강서구 화곡로 232
전   화   0505-613-6133
팩   스   0303-0799-1560
홈페이지   www.happybook.or.kr
이 메 일   ksbdata@daum.net

값 38,000원
ISBN 979-11-93607-07-7(03810)